Ancien journaliste à *Newsweek*, où il était chargé des affaires russes et moyen-orientales, Robert Littell se consacre entièrement à la littérature depuis les années 1970. Il a notamment publié *Ombres rouges* (1992), *Le Sphinx de Sibérie* (1994), *Légendes* (2005). Sa grande saga de la CIA, *La Compagnie* (2003), disponible en Points, a été adaptée en série télévisée. On lui doit également un document de référence sur Shimon Peres. Robert Littell est considéré comme l'un des meilleurs auteurs de romans d'espionnage. Ses livres sont traduits dans plus de vingt pays et figurent sur les listes de best-sellers dans le monde entier.

Robert Littell

LE TRANSFUGE

ROMAN

Traduit de l'américain
par Mélissa Manchette

Presses de la Cité

TEXTE INTÉGRAL
La traduction de cette édition a été revue.

TITRE ORIGINAL
The Debriefing

ISBN 978-2-7578-1715-5
(ISBN 2-264-01105-X, 1re publication)

« Un interrogatoire ? Cela veut dire que vous allez me poser des questions. Mais je n'ai pas de réponses. Je ne connais pas de secrets… Combien de temps cet… interrogatoire… prendra-t-il ?

– Il est déjà commencé. Il sera terminé quand nous en saurons sur vous plus que Dieu lui-même. »

CHAPITRE PREMIER

Il paraît désœuvré, à demi convaincu, poli mais distant, vaguement louche avec ses épais cheveux ondulés qui tirebouchonnent dans tous les sens, vaguement sinistre derrière ses lunettes à monture d'acier qui emprisonnent la lumière sous des angles bizarres et se changent en miroirs ternis. Il regarde d'un air absent par-dessus l'épaule des gens et a tendance à se rendre compte qu'ils ont parlé quand ils s'arrêtent. Il a du mal à avaler, à digérer, à déféquer. Et à se rappeler ; surtout à se rappeler. Son esprit vagabonde ; parfois il arrive là où il allait sans se souvenir du trajet. Dormir est hors de question. Les quelques fois où il a réussi à s'assoupir, il s'est réveillé en hurlant – bien qu'il n'ait jamais su avec certitude lequel des événements récents de sa vie l'a fait hurler.

– Aksanov s'est cassé une jambe, déclare l'officier de service. Le rapport a omis de préciser laquelle. (Sa lèvre supérieure se retrousse en une amorce de ricanement.) Il est descendu sur la chaussée devant un taxi, semble-t-il. Vous êtes le seul bonhomme que j'ai pu trouver sur la liste des courriers.

Par-delà la manche de blouse repliée et épinglée de l'officier de service, Oleg Koulakov contemple le calendrier mural avec la photo de la fille qui conduit un étincelant tracteur neuf ; quelque chose dans le sourire de la fille – la façon dont elle le donne sans compter ; elle ne lésine pas pour le photographe – lui rappelle Nadia avant qu'elle…

– Ce n'est pas le bon mois sur le calendrier, dit Koulakov, interrompant le souvenir avant qu'il devienne pénible. Nous ne sommes pas en janvier. Février, voilà quand nous sommes.

L'officier de service jette un regard dénué d'intérêt sur le mur, puis se retourne vers Koulakov.

– Je suis désolé de vous faire perdre le week-end, dit-il. Nous vous le revaudrons. De toute façon, vous serez rentré dimanche soir. Il y a un vol militaire du Caire pour Moscou. À l'aller vous allez voler sur Aeroflot et vous ferez escale six heures à Athènes. Les gens de l'ambassade vous accompagneront entre les avions.

Le pouls de Koulakov bat dans son oreille. Il se sent soudain faible, et presse ses genoux contre le bureau de l'officier de service pour se soutenir. Pendant un instant, il craint de se trouver mal. *À l'aller je ferai escale à Athènes pendant six heures ! À l'aller où ?*

– À l'aller où ? demande-t-il à l'officier de service, un faiseur d'histoires qui a manifestement raté plusieurs occasions de monter en grade au cours de sa carrière. (Il a le même rang que Koulakov – tous deux sont commandants – mais l'officier de service a au moins dix ans de plus. À en juger par ses décorations et son bras gauche manquant, il a dû être un héros en son temps. Curieusement, Koulakov n'avait jamais posé les yeux sur lui auparavant.) Où est-ce que je vais ?

– Vous ne m'avez pas écouté, se plaint l'officier de service qui porte au-dessus de ses décorations une petite plaque de plastique avec son nom, « Gamov ». D'un geste impatient, il brosse des pellicules sur son épaule gauche. Aksanov s'est cassé une jambe. Vous êtes le seul sur la liste des courriers que j'ai pu trouver sur-le-champ. Il faut que quelqu'un porte cette valise au Caire ce soir. Vous avez été élu. À une seule voix. La mienne.

Koulakov essaie de se concentrer sur les détails pratiques de la mission, mais la tête lui tourne ; il est étourdi par les conjectures.

– Bien sûr que j'y vais, dit-il vivement. Je suis heureux de dépanner. Aksanov est un vieux camarade. Il en ferait autant pour moi.

Koulakov regrette aussitôt d'avoir parlé ; cela sonne trop enthousiaste à sa propre oreille. Il est sûr que sa voix va le trahir, va pousser l'officier de service à le regarder d'un air soupçonneux, à éplucher la note que Koulakov lui-même a vue et qui ordonne que son nom soit rayé de la liste des courriers. Mais Gamov se penche sur son buvard, tamponne et signe prestement l'ordre de Koulakov qui lui servira de visa de sortie. De sa main unique, il plie la feuille de papier et la glisse dans une enveloppe brune portant un tampon « Service du Courrier ». Pour une quelconque raison, Koulakov concentre son regard sur les doigts de l'officier de service ; ils sont longs, minces et gracieux, féminins même – des doigts de femme sur des mains d'homme.

– Vos documents de voyage, dit Gamov en tendant l'enveloppe à Koulakov. Votre avion quitte Moscou dans… – il consulte sa montre qu'il porte à l'intérieur du poignet – une heure et quart.

Koulakov glisse l'enveloppe dans la poche intérieure de sa veste civile, et se dirige vers la porte, encore hébété.

– Ho, Koulakov, pas si vite, fait l'officier de service.

Koulakov se retourne et le regarde, le cœur battant. Il va se réveiller d'un instant à l'autre… en hurlant !

– La valise, lui rappelle l'officier de service. Vous avez oublié la valise.

– Oui, bien sûr, la valise.

Koulakov sourit faiblement.

L'officier de service secoue la tête, et s'accroupit devant un vieux coffre-fort de bureau. Dissimulant de son corps le cadran à la vue de Koulakov, il tourne précautionneusement le bouton. La lourde porte cliquette et s'ouvre. Gamov fourgonne dans l'intérieur obscur et en extrait une valise diplomatique en cuir usé. Koulakov, qui a été courrier diplomatique pendant vingt-huit ans, soulève la valise, verrouille autour de son poignet gauche le mince bracelet relié par une chaîne, règle le mécanisme de destruction, puis se baisse et dépose la clé dans une poche cousue à l'intérieur de sa chaussure. Il se redresse et se penche au-dessus du bureau pour signer les trois exemplaires du reçu reconnaissant que c'est à présent lui, et non plus le commandant Gamov, qui se trouve en possession d'une valise diplomatique scellée dont il s'engage à protéger le contenu jusqu'à la mort.

Tandis que Koulakov se retire, Gamov le regarde d'un air étrange. Sa lèvre supérieure se retrousse en une amorce de ricanement ; il se tourne d'un air absent vers le mur, arrache la page de janvier et la jette.

Le chauffeur, qui fait également office de gorille d'ambassade en raison de compressions de budget, surveille Koulakov dans le rétroviseur pour surprendre ses réactions.

– Et alors notre conseiller militaire dit à l'état-major égyptien…

– J'ai passé deux ans au Caire, interrompt le pâle deuxième secrétaire assis auprès du chauffeur. (Il écrase nerveusement sa cigarette de marque américaine dans le cendrier déjà plein à ras bord.) Qu'ils me donnent Athènes quand ils veulent, je saute dessus.

Ils filent dans une Mercedes sur la route côtière en direction de l'ambassade d'Athènes. Une autre Mercedes avec deux gorilles de l'ambassade à son bord les suit de près.

– Alors notre conseiller militaire dit à l'état-major égyptien, reprend le chauffeur en lançant un regard ennuyé au pâle deuxième secrétaire, « l'astuce c'est de faire ce que nous avons fait avec Napoléon. Vous laissez les Juifs pénétrer loin dans les terres jusqu'à ce que leurs lignes de ravitaillement soient très longues et les vôtres très courtes. Et puis quand ils sont dans le piège, vous ne bougez plus et vous attendez l'hiver ! ». (Dans le rétroviseur, le chauffeur observe le manque de réaction de Koulakov.) Vous attendez l'hiver, explique-t-il. Vous pigez ? *Il n'y a pas d'hiver en Égypte !*

– C'est une vieille blague, jappe le pâle deuxième secrétaire. Tout le monde la connaît. Là (il se tortille dans sa ceinture de sécurité et se tourne vers Koulakov, le fixe un instant avant de se surprendre à le dévisager et termine sa phrase) vous allez apercevoir l'Acropole d'un instant à l'autre.

La voiture quitte le front de mer, tourne dans une large avenue et Koulakov voit l'Acropole au loin à travers le pare-brise. Le monument étincelle dans le soleil froid, linge immaculé séchant sur une antique ligne d'horizon. Koulakov se penche sur la droite pour mieux voir, et pose négligemment les doigts sur la poignée de la portière.

– Cela fait quatorze mois que je suis ici, remarque le pâle deuxième secrétaire – le silence le met mal à l'aise et il essaie de le remplir –, et je ne me lasse pas de le regarder.

– Toutes les ruines se ressemblent, grommelle le chauffeur.

Les doigts de Koulakov se resserrent sur la poignée de la portière. Il se demande s'il aura le cran de le faire. Avec un curieux détachement, il s'était posé la question dès le moment où il avait quitté le bureau de l'officier de service. Le vieux concierge se trouvait alors dans le couloir, perché sur un escabeau pour changer des ampoules au plafond. Koulakov n'eut pas le courage de le regarder. Il se contenta simplement de lui saisir la cheville en passant – sa manière de lui dire au revoir. Dehors, une Moskovitch du ministère de la Défense patientait pour le conduire à l'aéroport de Moscou. Il grimpa à l'arrière, s'attendant à tout instant à entendre jaillir de la radio une voix déclarant : « Le courrier diplomatique Koulakov ne doit pas être autorisé à quitter le pays. » Mais il n'y eut pas de voix, rien que le bourdonnement de la circulation et les commentaires incessants du chauffeur, un civil ombrageux qui considérait que Dieu avait mis les piétons sur terre pour torturer le petit nombre de privilégiés qui se trouvaient derrière un volant.

À l'aéroport, on introduisit Koulakov dans un petit salon à l'écart, réservé au personnel du ministère, où se trouvaient déjà deux colonels et un inspecteur général, tous en partance pour Le Caire, pour une raison ou une autre. Ses papiers furent soigneusement contrôlés par un officier de frontière à la mine fermée qui, pendant un moment affreusement angoissant, étudia la photographie du passeport puis le visage de Koulakov. Lorsque le vol fut enfin annoncé, Koulakov se mêla aux autres passagers et se dirigea vers la porte. S'efforçant de respirer normalement, réfrénant une impulsion de dernière minute à se détourner et à décamper, il passa devant le contrôle puis devant les deux soldats armés qui se tenaient de part et d'autre de la passerelle d'embarquement. À l'intérieur de l'avion, Koulakov aspira une longue bouffée d'air vicié et se laissa tomber dans un siège de la section des premières classes à côté de l'inspecteur général, un bureaucrate rougeaud qui réclama de la glace et se versa, d'une petite flasque, une vodka bien tassée sans en offrir à son voisin. Aucune importance. L'estomac de Koulakov n'était pas en état de recevoir de la vodka.

L'avion roula jusqu'au bout de la piste… et puis s'arrêta abruptement. À travers le petit hublot rayé, Koulakov vit plusieurs limousines qui approchaient à grande vitesse. Il s'affaissa dans son siège, la respiration si haletante, que l'hôtesse se pencha sur lui et demanda si quelque chose n'allait pas. Non, tout allait bien, marmonna-t-il, et il tourna la tête et regarda les limousines stopper dans un crissement de freins, vit l'équipage ouvrir la porte de l'avion et installer une échelle de coupée. Dehors, un grand homme impeccablement vêtu, la cinquantaine – Koulakov reconnut en lui un jeune ministre dont la photo avait été récemment publiée dans la *Pravda* – échangea des poignées de main avec une demi-douzaine d'hommes. Une femme lui fourra dans les bras une gerbe de lilas enveloppée de cellophane comme il se détournait pour monter dans l'avion. Trois assistants suivirent le mouvement. Tout le monde fut très poli, très déférent. Le ministre lui-même trouva des places pour ses assistants avant de permettre qu'on le conduise à un siège voisin de celui de Koulakov, de l'autre côté de l'allée. *Une nouvelle race*, pensa Koulakov en jaugeant la coupe du costume du ministre, l'attaché-case neuf en cuir, l'insigne discret en forme de faucille et de marteau au revers. C'est comme ça que Gregori aurait fini si seulement il avait… si seulement… si… si… si…

Koulakov se débattait encore avec les « si » quand il repéra les gorilles d'ambassade qui étaient venus l'accompagner durant son escale. Ils attendaient juste à la sortie du contrôle des passeports à l'aéroport d'Athènes. Leur regard, vitrifié par une espèce de professionnalisme passif, passa en revue le ministre et ses assistants, les deux colonels et l'inspecteur général, et se posa sur Koulakov et la valise diplomatique de cuir usé enchaînée à son poignet gauche.

– Vous êtes prié de venir avec nous, dit celui qui semblait être le responsable. Puis il sourit et flanqua une grande tape dans le dos de Koulakov, et ajouta : un repas chaud vous attend à l'ambassade.

Les deux Mercedes, se mouvant lentement à travers une circulation chargée, tournent dans la place de la Constitution et viennent faire halte à un feu rouge. Un flot de promeneurs de midi traverse le carrefour juste devant elles. *Maintenant*, se dit Koulakov, *maintenant ou jamais*. Ses doigts tirent doucement la poignée ; la portière s'ouvre d'un cheveu. À l'avant le gorille se concentre sur le feu rouge, attendant qu'il passe au vert. Le pâle deuxième secrétaire farfouille à la recherche d'une autre cigarette américaine.

Le feu passe au vert. Le gorille fait grincer l'embrayage. Koulakov repousse la portière et bondit dans la foule à l'instant où la voiture s'ébranle. Il y a derrière lui un couinement de freins, puis le bruit sec de portières qu'on ouvre à la volée. Plusieurs hommes sautent à bas des deux voitures et se lancent à sa poursuite.

– Koulakov, hurle le pâle secrétaire d'une voix hystérique. Est-ce que vous savez ce que vous faites ?

À présent Koulakov est à pleine vitesse, évitant de justesse un kiosque, filant follement à travers la foule qui s'égaille en sentant le danger mais sans savoir d'où il vient, butant sur une poussette d'enfant remplie de céleri en branche, renversant une vieille femme, trébuchant sur les jambes métalliques étendues d'un mendiant. On entend au loin des sifflets de police.

À un carrefour, Koulakov jette un coup d'œil rapide par-dessus son épaule, voit deux gorilles qui se fraient brutalement un chemin derrière lui dans la foule. L'un d'eux aperçoit Koulakov, hèle triomphalement les autres, sort de sa veste un automatique de gros calibre et l'ajuste. Des douzaines de personnes plongent vers des entrées d'immeubles. Koulakov, cloué sur place, scrute la trajectoire de la balle, oscille sur la pointe des pieds, *s'incline vers l'orifice de l'automatique, à la rencontre du projectile*. Soudain c'est tout simplement une solution aussi. Le son cesse, le mouvement ralentit ; Koulakov a la sensation d'être sous l'eau. Charrié par des courants sans émotion, il attend. C'est avec un sentiment de déception qu'il voit le pâle deuxième secrétaire tendre la main et relever d'un coup le bras du gorille.

– Koulakov, supplie le pâle deuxième secrétaire d'une voix aiguë, pour l'amour de Dieu, revenez.

Pour Koulakov, il n'y a rien vers quoi revenir. Il se détourne presque de mauvaise grâce – la partie n'a pas encore été jouée jusqu'au bout – et traverse la rue en courant, évite d'un bond aveugle le pare-chocs d'un taxi, manque se faire renverser par un autobus. Cherchant convulsivement l'air, réprimant la nausée qui monte dans sa gorge, il tourne à un coin de rue, fonce en diagonale à travers la chaussée et se jette dans une ruelle. La chaussée résonne sous ses pas comme le pont d'un navire. Au milieu de la ruelle, il découvre la porte arrière d'une cuisine d'hôtel ouverte, traverse à pas lourds la cuisine et le restaurant, et, renversant une table de service et dispersant les serveurs, il émerge à travers une porte à tambour sur un autre boulevard. De l'eau qui jaillit d'une prise ouverte inonde le trottoir ; de la saleté flotte en minces filets et s'engouffre dans les égouts. Une rangée de taxis est garée devant l'hôtel. Koulakov retrousse ses jambes de pantalon, traverse l'eau sur la pointe des pieds, et grimpe dans le premier taxi.

– Conduisez-moi, dit-il en anglais avec un fort accent – et il s'interrompt à cause d'une violente douleur au fond de sa poitrine. Du revers de la manche, il essuie l'écume de ses lèvres et la sueur de ses yeux. Conduisez-moi, reprend-il tandis que le chauffeur le regarde avec curiosité, à l'ambassade américaine.

À une quarantaine de kilomètres de Moscou, près du village de Nikolina Gora, une route goudronnée à une seule voie s'enfonce dans une forêt de bouleaux blancs couverts de neige. Un panneau de signalisation international indiquant « Entrée Interdite » est planté à l'embranchement, et un autre marqué « 50 » un demi-kilomètre plus loin ; il signale la vitesse limite à ceux qui auraient décidé de ne pas tenir compte du premier panneau.

La route, déblayée et sablée chaque jour, mène à un petit complexe militaire entouré d'une clôture électrifiée. Il y a plusieurs bâtiments de bois dans le complexe. De la fumée monte des cheminées. Au centre du complexe se trouve une structure en ciment à un étage avec une forêt d'antennes sur le toit.

À l'intérieur de l'édifice, un lieutenant-colonel qui a une fine cicatrice au-dessus de l'œil gauche décode patiemment, sur un bloc qui ne servira qu'une fois, un message provenant de l'attaché militaire soviétique à Athènes. Le message, qui sera lu par l'officier qui est en train de le décoder et par une seule autre personne avant d'être détruit, dit :

« Le courrier diplomatique Koulakov a déserté. Déclenchement du Plan d'Urgence Bravo. »

CHAPITRE 2

Stone est pris au piège à la surface des choses : l'humidité qui embrume le verre épais d'une vitrine, la peinture qui s'écaille sur une devanture, des pensées flottantes qui s'accrochent comme des croûtes à une idée. « Oui… bien sûr… oui oui… sans blague. » S'exprimant en anglais avec la vague trace d'un quelconque accent étranger, il introduit des commentaires dans les pauses que fait Thro comme s'il glissait des pièces dans une fente en paiement d'une communication enregistrée. Sa voix est sourde, ses gestes tendus : il accroche un doigt dans son col de chemise, construit une tour avec des morceaux de sucre, la démolit en en ajoutant un de trop, se tortille sur son siège, jette encore un coup d'œil à sa montre sans la voir, porte son regard à quelque distance, ne le fixant sur rien, ou plutôt sur tout.

– On vaporise des fluorocarbones dans l'atmosphère, explique patiemment Thro, où ils sont bombardés par les rayons du soleil, bon, et que font-ils quand ils sont bombardés par les rayons du soleil ? ils se brisent, dégageant des atomes de chlore. Alors les atomes de chlore entrent en réaction avec l'ozone, qui est une sorte d'oxygène dont les molécules contiennent trois atomes au lieu de ce qui est normal, c'est-à-dire deux, le transformant en… T'es sûr que je ne t'ai jamais raconté ça avant ?

– Non, non, c'est tout nouveau pour moi.

Il pense : *Tout reposera sur le premier contact. C'est l'instant où ça marche ou pas. Le premier contact.*

– … le transformant en oxygène classique, et voilà ton écran d'ozone parti et voilà les rayons ultraviolets qui se déversent, et bing, tout le monde se retrouve avec un cancer de la peau.

– Bon Dieu !

Il pense : *Il faut que je le manipule avec précaution. Au moindre mouvement brusque il s'envolera comme un pigeon pris de panique.*

– C'est une des éventualités, continue Thro. (Elle a un rire nerveux.) Il y a aussi la possibilité qu'on entre dans une nouvelle ère glaciaire. Fait scientifique indiscutable numéro un : La Terre est plus froide qu'il y a dix ans. Fait scientifique indiscutable numéro deux : La calotte glaciaire qui recouvre les pôles est plus mince chaque année. Tu m'écoutes, Stone ? Tu es sûr que ça t'intéresse ? Si ça ne nous liquide pas, il y a toujours la possibilité que notre espèce s'éteigne. (Ses propres paroles commencent à agiter Thro.) On extraie de la terre 2,7 milliards de tonnes de matières minérales par an. Bien. Si tu calcules sur la base d'une progression annuelle de trois pour cent, chiffre modeste pour dire le moins, dans mille ans la consommation de matières minérales en une seule année sera plus grande que le poids de la Terre ! Est-ce que tu t'imagines, Stone ? *Plus grande que le poids de la Terre entière.*

– Nom d'un petit bonhomme !

Stone essaie d'imaginer la chose, mais en vain. Il pense : *Si j'agissais conformément au manuel, je ne ferais pas ça moi-même. J'enverrais Kiick ou Mozart.*

Mais je suis curieux de le voir. Je suis curieux de voir le visage de l'homme dont je projette de gâcher la vie.

Thro mord sauvagement dans un croissant, aspire bruyamment son café américain, prend une autre bouchée de croissant.

– Et puis il y a le risque concret que la couche de glace de l'Antarctique glisse dans l'océan, ce qui élèverait le niveau de la mer de sept mètres et engloutirait toutes les villes côtières du monde. Et il faut envisager le fait que le soleil s'éteindra un jour. Et si tout ça n'a pas notre peau – elle éclate d'un rire légèrement hystérique – il nous faut vivre avec l'idée très probable qu'il y a moins d'un atome pour trois cent cinquante décimètres cubes d'espace, ce qui signifie que l'univers est pour toujours en expansion, avec ce résultat que les étoiles s'éteindront toutes comme les bougies et qu'on se retrouvera à la dérive dans un espace qui ne sera plus qu'un cimetière noir, vide et sans fin.

– Ce serait vraiment pas de chance.

Stone pense : *J'espère qu'il ne va pas me plaire. J'espère qu'il va me prendre à rebrousse-poil. Je suis prêt à aller jusqu'au bout même s'il me plaît, mais ça sera plus facile s'il ne me plaît pas.*

– Ce qui m'angoisse affreusement, soupire Thro, c'est qu'il puisse se produire quelque chose que notre imagination est incapable de concevoir.

Thro repose sa tasse de café avec fracas.

– Tu n'as pas entendu un mot de ce que j'ai dit, Stone. En fait, tu te fous complètement de comment le monde finira.

– Tu veux me faire plaisir, dit Stone à mi-voix, agacé par les têtes qui commencent à se tourner vers eux, arrête de faire briller cette foutue bague quand tu parles. Ça me rend nerveux.

Il pense : *Et si les gorilles refusent de le perdre de vue ? Et s'il tombe sur le micro ? Ou sur la caméra ? Et alors ?*

Les yeux de Thro – ils ont l'air tout neufs – se lèvent et se posent sur le visage de Stone ; elle est d'une pâleur macabre dans la froide lumière lilas tamisée par les branches dénudées du boulevard Saint-Germain.

– Parfois, dit-elle avec douceur – elle parle toujours avec douceur quand elle est vraiment blessée –, c'est incroyable comme tu es agressif.

– Tout le monde est agressif, dit-il d'un ton maussade, sauf les morts.

– Mes agressions sont moins violentes que les tiennes, Stone, réplique-t-elle. Elles sont physiques.

Stone, gêné par son regard, secoue la tête, agite une main – gestes vagues pour excuser son acidité naturelle, qui est sa façon de réagir aux pressions.

Pourquoi donc, songe-t-il, *mes relations avec les femmes commencent-elles dans la poésie pour glisser dans la prose et finir dans des silences tendus ?*

– Je suis désolé, chérie (il est conciliant à présent), c'est simplement que chaque fois que ta bague vire au noir, tu l'agites comme si c'était un drapeau.

À la table voisine, une femme élégante se détourne vivement et chuchote en français avec sa compagne ; fâché d'avoir été entendu, Stone adopte ce que Thro appelle son « russe BBC » ; cela réussit toujours à la faire rire.

– J'ai une idée pour toi, Thro. Pourquoi ne pas passer une annonce dans le *Tribune* ? Ou engager un aviateur pour écrire dans le ciel ?

Il lève un bras, et avec le bout d'une cuillère, trace en l'air une phrase en cyrillique. « N-i-e-t s-e-x. »

Le clin d'œil obtient le résultat escompté ; Thro ne peut s'empêcher de sourire.

– Mon amour, c'est ma façon de t'envoyer un signe, répond-elle dans un russe à peine moins aisé que celui de Stone. Tous les amants ont des signes. Il se trouve que j'ai une bague en or qui vire au noir quand j'ai mes règles. (Elle tiraille avec enjouement les poils sur le poignet de Stone, se penche jusqu'à ce que sa bouche soit tout près de l'oreille de Stone, et adopte ce qu'il appelle son ton « sexy BBC ».) Tu te rappelles notre premier voyage à Paris ensemble ? demande-t-elle d'un ton badin.

Comme si Stone pourrait jamais l'oublier. Il avait patrouillé sur la frontière soviétique, près de Hamina en Finlande, à la recherche de points de passage. Thro se baladait avec deux kilos et demi en trop et un diplôme de psychologie dont elle ne savait pas avec certitude quoi faire, et revenait de l'Hermitage de Léningrad. Leurs routes se croisèrent à Helsinki, dans le sauna d'un hôtel, pour être précis. Stone était étendu sur le dos, se faisant récurer par une vieille femme qu'il avait surnommée « Maman Laveuse » quand Thro surgit, ronde, rose, nue, et insoucieuse de ses deux kilos et demi en trop ou de sa nudité, les portant comme s'il n'y avait rien de plus naturel au monde que d'entrer dans un sauna complètement dévêtue et de se retrouver seule (Maman Laveuse s'éclipsa bientôt) avec un drôle de bonhomme qui essayait de faire disparaître une érection. Sans succès, finalement. Ils firent l'amour dans le sauna, se douchèrent ensemble, refirent l'amour dans la chambre d'hôtel de Stone, puis échangèrent leur premier long regard : Stone avec son acidité naturelle, sa façon songeuse de scruter le monde, son froncement de sourcils inamovible, comme s'il supputait l'absence d'un grand ordre des choses ; Thro avec ses discours à tiroirs décrivant toutes les façons dont le monde périrait – la liste était sans fin. Tous deux aimèrent ce qu'ils virent, et le dirent, et c'est ainsi qu'ils décidèrent de faire équipe et de se rendre à Paris pour ce qui se révéla une semaine grandiose, Thro tombant amoureuse d'un café en plein air au Palais-Royal tandis que Stone tombait amoureux de Thro.

– Fais-toi nommer ici par ta compagnie, lui ordonna-t-elle avant de savoir ce dont s'occupait la compagnie de Stone ; avant qu'elle-même se mette à travailler pour elle – ou du moins invente quelques missions qui nous ramèneront ici de temps en temps.

C'est la raison pour laquelle lorsque Stone conçut la brillante idée de coincer un diplomate russe, il en choisit un qui était basé à Paris.

Stone jette un coup d'œil à sa montre, y voit l'heure cette fois, réclame l'addition, discute (en français BBC ; encore un sourire de Thro) avec le garçon qui essaie de leur compter quatre croissants au lieu de trois, étale des pièces de monnaie.

– Faut que j'y aille, dit-il en anglais. Je serai de retour à la boutique de Kiick vers deux heures et demie, peut-être trois heures, pour faire le point. Tu as vu ce que Kiick a peint sur la vitrine de sa galerie ? « Père et Fils depuis 1977 ! »

Thro sourit, mais il y a une raideur sur ses lèvres, et des lignes au coin de ses yeux.

– Il faut bien que les traditions commencent quelque part. (Elle hésite.) Ce n'est pas… dangereux, dis, Stone ? demande-t-elle paisiblement.

Stone secoue la tête et sourit, et elle lui retourne son sourire, bien que la raideur soit toujours là.

– Je ne m'habituerai jamais à toi avec une barbe

de trois jours, dit-elle. On dirait un Juif polonais du shtetel.

En réponse, Stone fredonne en yiddish.

– Un Juif polonais du shtetel, voilà ce que je suis. Des bagues en or qui noircissent à cause de ton équilibre endocrinien, voilà ce que je déteste. *Shalom aleichem.*

Thro lui agite la bague noire sous le nez.

– Es-tu un hassidim, demande-t-elle en anglais, d'un ton sarcastique (l'élégante de la table voisine se ratatine visiblement), pour avoir peur des rapports pendant la menstruation ?

Stone récupère un numéro du *Tribune* à un kiosque, parcourt les titres, modérément surpris de constater qu'on est déjà en février. À présent, il est tout à son travail, et le premier commandement dudit travail est de fourrer le *Tribune* sous son bras de façon que la grille des mots croisés soit bien visible.

Stone a reçu un entraînement d'opérateur de rue, mais il a eu très peu l'occasion de mettre son savoir en pratique. Présentement il opère d'après ses souvenirs de vieux manuels à faible tirage et avec un sens de la rue qui a attiré l'attention de ses instructeurs quand il a débuté voici vingt ans.

Au milieu du Pont-des-Arts, il s'arrête pour regarder un jeune homme pas rasé qui travaille à quatre pattes. (Il essaie de se faire passer pour un étudiant en art tombé dans la débine, mais ses mocassins Gucci le trahissent.) Il a écrit sur le trottoir, en grands caractères d'imprimerie gothiques :

« Les quoique sont des parce que méconnus ».

M. Proust.

et est en train d'enluminer la première lettre de chaque mot avec des morceaux de craies de couleur.

Où Kiick va-t-il les chercher ? se demande Stone. Haussant les épaules, il jette un franc sur le dessin à la craie d'un chapeau déjà plein de pièces.

– Kiick m'a dit que vous seriez avare, marmonne le jeune artiste sans lever les yeux. (Sa voix est neutre, sans timbre, sans nuances.) Au cas où vous vous le demanderiez, vous êtes blanc comme neige.

– Vous faites ça très bien, commente Stone avec un hochement de tête en direction des lettres enluminées, tâchant d'avoir l'air gentiment ironique.

– Je suis médiévaliste dans l'âme, réplique le jeune homme avec sérieux.

– Comme nous tous, non ? grogne Stone.

Il continue sa traversée du pont, se sentant plus en sécurité à présent qu'on lui a confirmé qu'il n'est pas suivi. Pour être plus sûr, il se mêle un moment à une grande bande de touristes allemands qui regardent le Louvre, bouche bée, puis il revient sur ses pas, errant (pas tellement par hasard) à travers les jardins. Une cloche d'église sonne l'heure comme il entre au Palais-Royal par le côté Louvre.

Il repère presque aussitôt les deux gorilles ; celui qu'il est censé remarquer est assis sur un banc et jette des graines aux pigeons qui picorent autour de ses jambes ; son pantalon est informe et ses revers larges et effrangés. L'autre, affublé de vêtements qu'il s'est achetés à Paris, est assis au bord d'une fontaine qui a été arrêtée pour l'hiver, plongé dans un journal français de droite intitulé *Minute*. Le troisième gorille lui est signalé par la bohémienne (encore un des contractuels de Kiick !) qui a un bébé sous le bras (Stone doute que le bébé fasse de la figuration gratuitement).

– Il y en a un autre dans le café, susurre la bohémienne en tendant la main pour avoir une pièce. Cheveux en brosse, cravate bleue. Et une équipe qui le photographie depuis les immeubles. Stone sort un franc pour la bohémienne, puis marche à travers le jardin en direction de *La Gaudriole*, le bistrot de prédilection de Thro la première fois qu'ils sont venus à Paris ensemble. Le petit café avec ses tables métalliques blanches à l'extérieur les a attirés à cause de son nom ; Thro racontait tout le temps des blagues salaces, et c'est ce que « gaudriole » veut dire en français. Stone, le visage tendu sous la barbe qui le masque, s'approche du diplomate russe assis à une table, les pieds bien à plat, les genoux écartés, un volume de Céline en évidence devant lui. Il ressemble exactement à sa photo de passeport, songe Stone, fatigué et le teint grenu ; à une seule dimension. Il a la cinquantaine, des cheveux épais peignés tout droit en arrière sans raie, et il est très mal à l'aise ; il porte des chaussettes de soie noire qui ont depuis longtemps perdu leur élasticité et s'avachissent sur ses chevilles épaisses. À deux tables de là, le gorille aux cheveux en brosse et à la cravate bleue toise Stone ; son regard est si ouvert, si direct, que Stone a l'impression qu'il lui demande quelque chose.

– Je vous souhaite le bonjour, dit Stone. (À présent il parle français avec un léger accent allemand.) Je vous invite à venir avec moi.

Le diplomate russe jette autour de lui un regard incertain.

– Je pensais que la rencontre aurait lieu ici. Vous avez précisé *La Gaudriole*. Vous n'avez pas parlé de vous suivre ailleurs.

– Cet endroit est notre point de rencontre, explique patiemment Stone. L'échange de mes documents contre votre argent, s'il doit avoir lieu, se fera dans un excellent restaurant non loin d'ici. (Stone jette un coup d'œil négligent à la série de fenêtres d'appartements qui donnent sur les jardins.) Ici, c'est trop… observable à mon goût.

Le diplomate hésite, se tourne d'un air interrogateur vers le gorille assis à deux tables de là, lequel jette encore un long regard insolent à Stone avant de se décider. Il hoche une fois la tête.

– Très bien, dit le diplomate en ramassant son volume de Céline. Mais je ne vois pas ce que vous y gagnerez. Ils nous suivront où que nous allions.

Sans un mot, Stone se met en marche, le diplomate à sa suite. Les trois gorilles se déploient derrière eux ; deux dans leur sillage, le troisième (celui que Stone est censé repérer) progresse vers le côté. Stone en tête, cette étrange procession se dirige vers l'entrée du *Grand Véfour*, un restaurant trois étoiles au fond du Palais-Royal, adossé à la rue de Beaujolais.

À l'intérieur, Stone – vaguement mal à l'aise : c'est Mozart qui a eu la brillante idée du dîner dans un restaurant trois étoiles pour neutraliser les gorilles – marmonne un nom au maître d'hôtel qui vérifie dans son carnet, confirme la réservation, et leur offre les deux dernières places libres. Derrière eux, à la porte de l'établissement, les trois gorilles (celui qui porte des vêtements français a renoncé à faire semblant d'être là par hasard) tiennent une conférence tumultueuse en étudiant le menu affiché dans un casier en verre ; il est impossible de s'en sortir, au *Grand Véfour*, un restaurant où le *vin ordinaire** est un cru raisonnablement

* Les mots en italique suivis d'un astérisque sont en français dans le texte. (N.d.T.)

grand, pour moins de deux cents francs par tête. Après une discussion animée, les Russes mettent leurs ressources en commun, dépêchent celui qui porte le costume français à l'intérieur du restaurant – d'où il est refoulé par le maître d'hôtel ; on ne dîne au *Grand Véfour* que sur réservation.

– Voilà qui est adroitement fait, commente le diplomate russe, en se pourléchant les lèvres à l'idée de la *haute cuisine** dont il va bientôt se régaler. Au-dehors, deux gorilles très soucieux ont pris position de part et d'autre de l'entrée du restaurant ; le troisième s'est précipité à la recherche d'un téléphone.

– Les Américains ont un dicton, remarque Stone. « Quand il y a trois personnes, il y en a une de trop. »

Le Russe observe attentivement le garçon qui sert du homard dans une sauce laiteuse à la table voisine.

– Ils ne sont là que pour me protéger, explique-t-il, au cas où vous ne seriez pas qui vous prétendez être.

– Vous n'avez aucun besoin d'eux, dit Stone d'un ton net. Je suis qui je prétends être : quelqu'un qui a quatre pages tapées à la machine en interligne simple de renseignements militaires à vendre si le prix est correct.

Le maître d'hôtel s'approche d'eux.

– Aimeriez-vous un cocktail ?

– Nous allons commander tout de suite, annonce le diplomate russe. Mon ami que voilà a l'air affamé. (Il étudie le menu tandis que Stone s'agite, mal à son aise ; le *Grand Véfour* n'est pas sa tasse de thé.) Nous allons commencer par quelques *gravettes**, déclare le Russe au maître d'hôtel. Les gravettes sont de très petites huîtres douces du Bassin d'Arcachon, explique-t-il à Stone. J'ai l'habitude de toujours commencer un repas en mangeant quelque chose avec les doigts. Il est très important de toucher la nourriture, à mon avis. (Au maître d'hôtel visiblement impressionné) : Puis nous attaquerons une assiette de vos jeunes poireaux aux truffes et à l'huile d'olive. Après quoi – le Russe retrousse les lèvres tandis qu'il s'efforce de décider – ah, après quoi nous goûterons votre rouelle de langouste bretonne à la vapeur de verveine aux girolles et chicorée. (À Stone) : Vous aimerez cela. La transparence de la verte feuille de chicorée rehausse la translucidité de la langouste. Maintenant, laissez-moi réfléchir un peu. Oui, oui, après cela nous prendrons une salade d'endives blanches et de champignons – les canaris, lactaires, girolles, charbonniers et trompettes de la mort feront un magnifique bouquet. Ne vous tracassez pas avec le plateau de fromages ; apportez-nous seulement un reblochon parfait. Pour le vin, vous devrez vous faire à mes goûts particuliers. Apportez-nous une bouteille de votre Mouton Lafitte 1964. Ah ! Je vois que le choix vous étonne. (Le Russe explique à Stone) : Je suis l'une des très rares personnes à apprécier le 64. La plupart des gens le trouvent trop aigrelet. Mais il me plaît.

Le maître d'hôtel s'éloigne à reculons, en griffonnant toujours sur son bloc.

– J'ai toujours pensé que le monde était divisé en deux groupes, dit le Russe en veine de conversation – ceux qui préfèrent une bonne année d'un mauvais vin, et ceux qui préfèrent une mauvaise année d'un bon vin.

– Qu'est-ce qui vous a fait choisir Céline comme signe de reconnaissance ? demande Stone par curiosité.

C'est la dernière question à laquelle s'attendait le diplomate, qui se nomme Gourenko.

– Il se trouve que je lisais Céline, répond-il prudemment – il n'est pas sûr de savoir où le mène la question, et il avance précautionneusement. Beaucoup de gens le considèrent comme un grand écrivain.

– Il y en a beaucoup qui le considèrent comme un grand antisémite, rétorque Stone.

Le sommelier laisse Gourenko examiner l'étiquette de la bouteille de vin avant de la déboucher, il maintient le bouchon contre la bouteille, incline le verre de Gourenko et y verse une petite quantité, le fait tournoyer d'un geste expert avant de le lui présenter. Le Russe aspire une gorgée, approuve d'un hochement de tête. Les verres sont remplis à moitié. Le sommelier se retire.

– À propos de Céline, dit Gourenko – il croit comprendre pourquoi la question a été soulevée ; l'homme qui est en face de lui avec une barbe de plusieurs jours doit être un Juif – Il y a eu beaucoup de grands artistes antisémites. Cela ne devrait pas nous empêcher d'apprécier le génie sous…

– Céline était antisémite à une époque où l'on assassinait des millions de gens dont le seul crime était d'être juif, explose Stone.

Il y a de la passion, une intensité soudaine, une soudaine amertume dans ses paroles précipitées. La conversation tourne à l'orage ; Gourenko l'a pris à rebrousse-poil !

– Vous regardez au-delà de son antisémitisme, le génie qu'il y a derrière, en supposant qu'il y ait du génie derrière, dit Stone, parce que vous vous foutez complètement qu'on ait tué des Juifs. Oh, intellectuellement, vous reconnaissez que c'est un crime. Mais ça ne vous *touche* pas.

Stone se reprend, réprime la véhémence de son ton, se force à regarder négligemment autour de lui ;

il remarque Kiick, Mozart et une amie de l'autre côté de la salle, constate que le sac à main trop grand de la dame est posé sur la table et orienté vers eux.

– Céline ne figure pas parmi mes auteurs favoris, poursuit Stone plus calmement.

Gourenko avise le serveur qui se dirige vers eux avec un plateau couvert de plats, et fourre le coin de sa serviette dans son col de chemise.

– On m'a dit que vous me montreriez des papiers contenant des informations sur les bases de l'OTAN en Allemagne. Si les informations sont… convenables, j'ai pour instruction de vous payer 25 000 dollars U.S.

– Je comptais sur plus, dit Stone. Je comptais sur 25 000.

Gourenko est perplexe.

– C'est ce que vous recevrez si les informations le valent.

Le premier plat – les huîtres – est posé devant eux. D'avance, Gourenko se frotte les mains. Stone examine l'assortiment d'ustensiles mis à sa disposition, se décide en faveur d'une petite fourchette.

– Non, non, avec les doigts, insiste Gourenko.

– Je préfère la fourchette, dit Stone.

Ils mangent en silence, Stone la tête penchée, relevant les yeux de temps en temps pour examiner le Russe. Gourenko mâche bruyamment, se ressert du vin.

– Pourquoi moi ? dit-il, la bouche pleine. Pourquoi pas quelqu'un d'autre dans l'ambassade ? Ce n'est pas mon secteur de travail. Il y a d'autres personnes…

– C'est vous que je voulais, lui dit Stone, précisément parce que ce n'est pas votre secteur de travail. C'est un coup unique pour moi. Je ne veux pas traiter avec des professionnels qui voudront découvrir qui je suis et qui reviendront me réclamer du rabiot. C'est pourquoi je préfère que vos gardes du corps soient restés dehors.

– Oui, je comprends votre raisonnement, dit Gourenko. Pourtant, vous pourriez changer d'avis, vous pourriez décider de recommencer. Après tout, ceci – il fait un geste vers la salle pleine de gens bien habillés conversant à mi-voix, vers les bouquets de fleurs disposés à travers le restaurant avec un soin parfait, vers les serveurs qui circulent discrètement et en silence – ceci pourrait devenir une habitude.

Stone esquisse un léger sourire.

– Je ne suis pas assez idiot pour prendre deux fois un tel risque.

On débarrasse la table, et le second plat – des poireaux et des truffes à l'huile d'olive – est disposé devant eux.

– Cette fois vous êtes autorisé à vous servir de votre fourchette, annonce le Russe à Stone d'un air sérieux.

À la table voisine, une Américaine très maquillée élève la voix avec une horreur feinte :

– Regardez à quoi nous sommes réduits, se plaint-elle à son compagnon sur un ton dramatique. Le bonheur c'est de trouver une place de stationnement.

Gourenko renifle.

– Elle parle américain, dit-il à voix basse à Stone, faisant étalage de ses capacités linguistiques. Elle dit que le bonheur c'est de trouver une place de stationnement. Je trouve que les Américains sont une race à part.

Ils sont en train de finir les endives aux champignons – Gourenko a jugé le reblochon trop fait et l'a renvoyé – quand, d'un geste désinvolte, Stone sort de sa poche de poitrine une longue enveloppe qu'il pousse à travers la table vers le diplomate russe. De l'autre côté de la pièce, Kiick et Mozart s'arrêtent de parler, et leur amie ouvre son sac à main pour chercher quelque chose.

– Enfin, dit Gourenko.

Il écarte son assiette, s'essuie la bouche avec sa serviette, et commence à examiner les documents. À la table voisine, l'Américaine éclate de rire.

– Rien n'est sacré, dit-elle à son compagnon de table.

– Pardonnez mon intrusion, fait Stone, s'adressant directement à la dame en un anglais lent et accentué, il y a encore des choses qui sont sacrées.

– Citez-m'en une, demande l'Américaine d'un air de défi.

– Le carré de la vitesse de la lumière.

Stone fait signe pour réclamer l'addition qui est vivement déposée devant lui sur un petit plateau d'argent. Le Russe hoche la tête tout en lisant puis plonge la main dans sa poche de poitrine d'où il tire une épaisse enveloppe brune qu'il tend à Stone, lequel jette un coup d'œil sur son contenu.

– C'est tout ? demande-t-il, déçu.

– Qu'attendiez-vous ? interroge le Russe.

– Au moins vingt-cinq mille dollars, dit Stone. Le matériel que je vous ai donné vaut plus de dix mille dollars.

Gourenko plisse les yeux.

– Quels dix mille ? Il y a vingt-cinq mille dans l'enveloppe. À quoi jouez-vous ?

Stone regarde encore une fois le contenu de l'enveloppe.

– Je suis un peu troublé, dit-il d'un ton vague. (Il

empoche l'enveloppe et commence à se lever.) Espérons que nous ne nous rencontrerons plus.

Un serveur se précipite pour lui reculer sa chaise. Stone sourit et désigne le Russe du pouce.

– Mon ami se charge de l'addition.

– Tu aurais dû voir sa tête quand il a compris qu'il allait devoir payer, dit Kiick en riant.

– Tu aurais dû le voir quand il a vu le montant de l'addition, dit Mozart.

Stone sort de la salle de bains, s'essuyant le visage avec une serviette. La barbe de trois jours a disparu ; rasé de frais, Stone fait moins que ses quarante-quatre ans, mais il a l'air fatigué – une accumulation de nuits agitées pleines de rêves qu'il ne se rappelle que trop bien ; il a le visage de quelqu'un mû par des choses en quoi il croit profondément, mais sur lesquelles il ne cesse de s'interroger de peur de laisser s'émousser le tranchant de ses convictions.

– Pas de problème de nettoyage, après ? dit-il à présent.

– Non, non, répond Kiick. (C'est un homme lourd, avec un début de calvitie, dépenaillé, la cinquantaine, qui fait souvent des gestes délicats, presque efféminés.) On a récupéré le micro sans que personne sache seulement qu'il était là. Embarqué avec les fleurs. Le film a l'air de première. Je ne crois pas qu'il s'est douté de quoi que ce soit.

– Mis à part que le sac à main était tourné vers nous, dit Stone, je ne me serais douté de rien non plus.

Kiick considère cela comme un compliment et s'illumine comme un écolier.

– On traitera la bande d'ici la fin de la semaine. J'ai trouvé un pro qui travaille pour les Israéliens et se fait des à-côtés au coup par coup.

– Assurez-vous qu'il n'en apprend pas plus qu'il ne doit, dit Stone les mettant en garde.

– Il ne connaît pas ma nationalité, fait Kiick d'un air faraud.

– Et le compte en banque ? demande Mozart, le second de Stone, un homme paresseux mais efficace ; chez lui, tout, y compris les prouesses, semble venir sans effort, comme une chose qu'on fait de la main gauche. Il est affalé sur le canapé, son gilet et sa veste déboutonnés, son insigne Phi Beta Kappa se balançant à une chaîne d'or tendue sur son estomac généreux.

– On s'occupera de la question de la banque au prochain voyage de Gourenko à Genève, explique Kiick – on perçoit une tension dans sa voix ; traiter avec des ambitieux le met mal à l'aise. Les quinze mille dollars seront déposés sur un compte numéroté sous un faux nom. La signature sera de la main de Gourenko, sans erreur possible. Doux Jésus, rien que la signature me coûte deux mille billets, mais ça les vaut jusqu'au dernier centime.

– Tout va dépendre de la façon dont vous le manipulez, dit Stone. (Il lance la serviette dans la salle de bains et s'installe dans le fauteuil à pivot de Kiick.) Dans ce genre d'affaires, on a tendance à précipiter les choses, mais le truc, c'est d'aller lentement. Plus c'est lent, mieux c'est.

D'un hochement de tête, Kiick approuve vigoureusement.

– On lui fait savoir qu'on a arrêté un Allemand qui lui a vendu des documents concernant l'OTAN pour dix mille dollars, qu'on a découvert qu'il a empoché les quinze mille restants et les a planqués sur un compte numéroté. On lui fait écouter les bandes traitées pour prouver que tu n'as touché que dix mille.

– Il niera, suggère Mozart, rivalisant avec Stone. Il sera fou furieux. N'oublie pas que ce sera la colère de l'innocence.

Stone ignore Mozart.

– Ce sera le moment crucial, dit-il à Kiick. Il pourrait aller ailleurs. C'est ton boulot de le faire aller dans notre sens. Il sera furieux, mais effrayé aussi – mort de peur. Tu dois jouer sur la peur. L'important c'est de lui demander un service si anodin qu'il lui semble plus facile de le rendre que d'aller trouver les gars du service de sécurité chez lui et d'ouvrir la boîte de Pandore. Il saura toujours dans un coin de sa tête que même s'ils croient qu'il a bien payé les vingt-cinq mille dollars, il subsistera toujours un doute minuscule et que ce doute ruinera sa carrière.

– Une fois qu'il vous aura rendu un petit service, intervient Mozart d'une voix flûtée, vous le récompenserez, mais la récompense doit être suffisamment petite pour qu'il l'accepte. Envoyez-lui une télé portative, ou mieux encore, un appareil ménager que sa femme ne voudra pas rendre.

– S'il garde la récompense, dit Stone, vous le tenez. La prochaine fois que vous le contacterez, vous brandirez le truc du début, plus le fait qu'il vous aura déjà rendu un service…

– … et accepté un cadeau, dit Kiick.

– … et accepté un cadeau, exactement, approuve Stone. Après ça, vous montez d'un cran. Vous attendez quelques semaines et vous lui demandez un second service, à peine plus important que le premier… la composition d'une délégation d'économistes qui doit se pointer ici, ou la liste des invités à une de leurs réceptions. Et puis vous sortez une autre récompense. Pas d'argent ; ne donnez jamais d'argent. Un manteau de fourrure pour sa femme. Une télé couleur. Quelque chose comme ça. Quelque chose qu'une personne offrirait à un ami qui lui rend service. Si vous menez chaque phase lentement et délicatement, si vous le manœuvrez comme on pêche un poisson, dans six mois vous aurez la combinaison du coffre de son bureau, et dans un an la copie du courrier codé de l'ambassade.

– Un coup comme ça ne nous ferait pas de mal, lance Mozart avec à-propos. Ça mettrait fin à toutes ces rumeurs sur notre mise au chômage.

– On peut tirer un maximum de bénéfices d'un bon coup, approuve Stone.

Kiick hoche la tête en souriant. Il ne connaît que trop bien cette histoire. Très peu de professionnels l'ignorent. Au début des années 60, Stone a fait un nom à la Compagnie dans le domaine du renseignement avec un coup qui fut en son temps classique. À cette époque, les Russes étaient plus avancés que les Américains dans le développement des missiles nucléaires, et Washington se faisait un sang d'encre à ce sujet. Pour estomper l'avantage soviétique et gagner du temps, Stone eut une idée dont la beauté tenait à sa simplicité absolue. Les agents américains reçurent l'ordre d'observer les ports de sous-marins soviétiques, les unités militaires, les communications codées, les livraisons de pièces de rechange aux bases aériennes, les convocations de spécialistes – tout ce qui pouvait indiquer que les Russes se préparaient à une mobilisation en vue de la guerre. Lorsque les Russes découvrirent, comme prévu, que les Américains les surveillaient afin de repérer tout signe indiquant une mobilisation, ils se posèrent la question qu'ils étaient censés se poser : « Que font donc les Américains qui – si nous le découvrons – nous fera entrer en guerre ? » Les Américains, bien entendu, ne faisaient que jouer à touche-ballon, mais le stratagème maintint les Russes en fausse-garde pendant deux pleines années avant de découvrir le pot aux roses.

– Tu as réussi des merveilles en ton temps, fait Kiick admiratif.

– Espérons que mon temps n'est pas fini, dit Stone en regardant directement Mozart qui ne lui envoie pas dire qu'il n'aime pas jouer (comme on dit dans l'argot de la Compagnie) les « toutous-adjoints » pour Stone.

– Vous autres, les gars au sommet, vous ferez bien une erreur un jour, dit Mozart paisiblement. (Une lueur passe dans son regard, une ombre de méchanceté.) Alors nous, les jeunes, on aura notre tour à la barre. C'est une loi de la nature dans notre métier. Place aux jeunes.

L'interphone bourdonne. Mozart est convoqué au dernier étage du bâtiment qui leur sert de centre de communications.

Dès qu'il est sorti, Kiick se penche vers Stone.

– Ces jeunots me portent sur les nerfs, dit-il. Écoute, Stone, avant que j'oublie, je veux te remercier encore une fois, ajoute-t-il avec ardeur. Si ça n'avait pas été pour toi, eh bien…

D'un geste, Stone écarte les remerciements de Kiick.

– J'y gagne ce que la CIA y perd. Ils ont été idiots de te balancer, voilà comment je vois les choses.

– Je veux que tu saches que je te suis reconnaissant, c'est tout. Et je ne te laisserai pas tomber. Si jamais je peux faire quelque chose pour toi, eh bien, tu vois ce que je veux dire.

Mozart revient précipitamment dans la pièce ; il se déplace avec une stupéfiante légèreté malgré sa taille ; caractéristique que Stone attribue, sans se fonder sur rien de logique, au fait que Mozart est un jeune homme très riche ; le travail, pour lui, c'est du sport d'intérieur.

– Il paraît qu'on a un transfuge soviétique sur les bras à Athènes, dit-il avec excitation. Un courrier diplomatique avec une valise pleine de gâteries. L'Amiral veut qu'on le cueille dès la ligne de départ. J'ai déjà vérifié les horaires. Je pense que je peux être là-bas en six heures si je me mets en route à…

– Si quelqu'un doit aller à Athènes, ce sera moi, dit Stone. Mon grade a ses privilèges. Vous, vous retournez à Washington et surveillez la baraque. Je récupérerai la valise pleine de gâteries et le bonhomme qui y est attaché.

– Quel homme sympathique tu fais, dit Mozart d'un ton boudeur.

Stone, qui est déjà en train de gribouiller un mot pour Thro, sourit suavement.

– C'est une loi de la nature dans notre métier : personne n'est plus sympathique qu'il ne doit l'être.

Les antennes sur le toit sont fouettées par un vent glacial qui arrive de la Moskova, courbant même les bouleaux sur son passage. À l'intérieur de la structure en ciment, assis à un bureau derrière les doubles fenêtres dont les joints sont bourrés de coton, l'officier responsable fait de petites croix le long d'une liste, sur un bloc jaune.

— Rappeler trois hommes de la sécurité de l'ambassade chargés des escortes (manquement au devoir, 15 ans).

— Rappeler le deuxième secrétaire (jouer le jeu).

— Renvoyer le général chargé du service des courriers, ordonner la révision des procédures d'examen de sécurité concernant les courriers en mission à l'étranger.

— Donner l'alerte générale aux agents de renseignements militaires au Moyen-Orient, en Europe, aux États-Unis (utiliser code dont nous savons que les Américains l'ont déchiffré).

— Obtenir des copies de tous les documents de la valise, prévenir les expéditeurs que les documents ont pu tomber aux mains des Américains, demander des rapports sur les conséquences et des suggestions pour limiter les dégâts.

— Mettre notre équipe de Genève en alerte permanente.

— Inviter le ministre de la Défense à nous charger nous, et non le KGB, d'enquêter sur les antécédents du transfuge (famille, amis, etc.) pour découvrir ses motifs.

– Vous oubliez l'officier de service, fait remarquer le lieutenant colonel qui regarde par-dessus son épaule. Vous oubliez Gamov.

L'officier responsable écrit à la main :

« Faire disparaître l'officier de service Gamov. Pas de procès. »

Il examine la phrase un instant, puis fait une petite croix devant.

CHAPITRE 3

L'image qui saute à l'esprit de Stone est celle d'un toutou en chaleur – un combat entre l'instinct et le décorum. Et le décorum vient en seconde position. Il repère cela tout d'abord sur les visages tendus des Marines qui montent la garde à l'entrée, à leurs mains qui s'agitent nerveusement autour du rabat débouclé de leurs étuis de la Marine. Il le voit dans l'éclat maniaque du regard de la femme à tout faire de l'ambassadeur, une diplomate myope qui parle sept langues, aucune vraiment bien. Marmonnant entre ses dents en grec ancien, elle cueille Stone au milieu d'un amas de journalistes que les Marines tiennent en respect, navigue comme une proue de brise-glace à travers des couloirs grouillant d'employés, débarque, par-delà l'équipe de sécurité civile, dans le saint des saints lambrissé de chêne, le drapeau américain ballant dans un coin.

– Il est arrivé, il est ici, je l'ai, siffle-t-elle, hystérique.

Stone voit cela – des décharges de panique passant à travers ce qui semble être une surface bien ordonnée – dans la personne de sa sainteté l'ambassadeur, un homme grand, maladroit, très riche, dont la nomination est politique et dont le nom apparaît régulièrement dans l'une ou l'autre liste des dix hommes les plus mal habillés du monde.

– Bienvenue à bord, assurément, bienvenue à bord, s'exclame l'ambassadeur qui secoue la main de Stone comme s'il essayait de faire monter l'eau d'un puits récalcitrant et ne cesse en même temps de sourire avec ses muscles faciaux mais pas avec ses yeux.

– Extrêmement heureux, marmonne-t-il, et il le répète plusieurs fois sans préciser au juste de quoi il est extrêmement heureux.

Il prend Stone par le coude et le conduit vers un énorme canapé de daim où la demi-douzaine de premiers et deuxièmes et troisièmes secrétaires, stationnés autour de la vaste pièce, prêts à prendre des notes sur des feuillets fixés à des planchettes, ne peut les entendre. Stone, épuisé par le voyage, s'enfonce avec reconnaissance dans les coussins moelleux et avise plusieurs photographies encadrées au-dessus du canapé : l'une montre l'ambassadeur bavardant aimablement avec une femme dont Stone pense que c'est son épouse et qu'elle lui a été fournie par l'administration, sur d'autres, il bavarde aimablement avec divers présidents, chefs d'État ou stars de cinéma. Sur toutes les photographies son expression est exactement la même : ses épaules sont voûtées, sa tête inclinée pensivement, figée en un hochement d'approbation, ses lèvres pincées, ses yeux plissés comme s'il avait des difficultés à entendre.

– Laissez-moi vous décrire le tableau, commence l'ambassadeur. (Pour rester dans l'ambiance, qui s'apparente plus à celle d'une salle de lecture de bibliothèque qu'à celle du sanctuaire privé d'un ambassadeur, sa voix est un chuchotement chevalin.) Ce qui m'arrive, ce sont des ennuis avec un E majuscule. (D'un geste impatient il refoule l'un des jeunes deuxièmes secrétaires qui s'approche sur la pointe des pieds en tendant une planchette marquée « Entrées… Top secret ».) J'ai ce courrier ruskof, il s'appelle Koulakov, coincé là-haut avec une valise diplomatique enchaînée au poignet et dont il dit qu'elle sautera si quiconque essaie de la prendre de force. J'ai le Département d'État qui me talonne pour que j'ouvre la valise et y jette un coup d'œil sans m'occuper du type qui y est enchaîné. Et ce n'est qu'un début. J'ai l'ambassadeur russe qui crie au scandale diplomatique chaque fois que quelqu'un est assez idiot pour le prendre en ligne. J'ai les gars de la sécurité à l'aéroport qui me racontent que les Ruskofs envoient tellement de bonzes qu'on croirait qu'ils ont loué le Parthénon pour une convention de vieux bolcheviks. J'ai…

L'un des nombreux téléphones bourdonne sur le grand bureau d'acajou. La femme à tout faire décroche le récepteur, écoute, dit quelque chose en grec moderne, et étouffe le combiné en l'appuyant sur sa vaste poitrine.

– Monsieur l'Ambassadeur, chuchote-t-elle en aparté, je crains que ce soit le sous-secrétaire aux Affaires étrangères, monsieur Tsistopoulos qui appelle encore. Il insiste beaucoup. Ils l'ont en ligne.

– Gardez-le au bout du fil, gémit l'ambassadeur. (Il présente ceci à Stone comme la goutte qui pourrait faire déborder le vase.) J'ai le sous-secrétaire grec aux Affaires étrangères, monsieur Chose-isto…

La femme à tout faire tousse discrètement pour attirer l'attention de l'ambassadeur.

– Monsieur Tsis-to-poulos, intervient-elle.

Un instant les yeux de l'ambassadeur s'efforcent d'atteindre le haut de leurs orbites.

– J'ai le gouvernement grec qui me fait un foin pour qu'on fasse partir ce gars d'ici, avec ou sans valise, avant que tout le tralala diplomatique nous tombe sur la tête. J'ai les Anglais et les Français et les Allemands – nos Allemands bien entendu, pas les leurs – qui réclament un morceau de l'affaire. J'ai un paquet de membres du Congrès dont les ancêtres étaient grecs qui arrivent après-demain. J'ai une réception sur un porte-avions de la Sixième Flotte prévue à cinq heures. J'ai toute la baraque qui est coincée. Vous les avez vus en bas ? Vous ne pourriez pas vous faire établir un passeport ici en moins de deux mois, même pour de l'argent. Qu'est-ce que j'ai d'autre sur le dos ? J'ai des journalistes de pays dont je n'ai jamais entendu parler qui me bombardent de questions auxquelles je ne suis pas sûr d'être censé répondre même si j'en connaissais les réponses, ce qui, la plupart du temps, n'est pas le cas. Doux Jésus, pour ce que j'en sais, cette foutue valise ne contient peut-être que des notes de blanchisserie impayées de Brejnev !

Le catalogue de ses épreuves et de ses tribulations a complètement anéanti l'ambassadeur ; plein d'autocompassion, il se laisse aller en arrière sur le canapé et presse une grande paume sur son grand front pour calmer une migraine qu'il sent tapie juste derrière ses yeux.

– Ce dont j'ai besoin, dit-il faiblement (un bref instant, Stone a vraiment peur qu'il ne fonde en larmes), c'est de *consignes officielles*.

Vidé, l'ambassadeur fixe sur Stone un regard plein d'espoir. La femme à tout faire et l'armée de premiers et deuxièmes et troisièmes secrétaires tentent un pas ou deux dans sa direction.

Stone étudie la pointe de ses chaussures, plus longument que nécessaire ; il ne peut s'en empêcher. Il se demande à quel moment les silences deviennent stupides, à quel moment quelqu'un va se rendre compte du ridicule de tout cela et éclater de rire. Mais personne ne bouge. Lorsque enfin Stone lève les yeux, les visages tournés vers lui sont toujours tendus.

– Monsieur l'Ambassadeur, dit lentement Stone – le son d'une voix humaine parlant fort résonne à travers le vaste bureau et semble choquer plusieurs secrétaires. Je vais faire mieux que vous donner des directives. Dans deux heures, deux heures et demie tout au plus, si quelqu'un vous interroge au sujet du Russe qui se trouve là-haut, vous éclaterez de rire et direz : « De quel Russe parlez-vous ? ».

Deux sergents des Marines sont postés dans la cage de l'escalier, et deux hommes de la sécurité de l'ambassade devant la porte de la pièce à l'intérieur de la pièce, construite par le Génie maritime afin que les gens de l'ambassade puissent parler boutique sans crainte d'être écoutés par des micros cachés et de délicats enregistreurs capables de capter les vibrations de la voix sur les vitres. À l'intérieur, le décor est très Salle de Conférences du Département d'État, beige, avec une seule touche de couleur provenant d'un bouquet de jonquilles en plastique dans un vase plein d'eau croupie que personne n'a changée depuis des années. Deux autres types de la sécurité, des civils, jouent au rami sur un coin de la table de conférence et jettent de temps à autre un regard ennuyé à l'objet de leur surveillance, le courrier diplomatique Koulakov, qui est étendu sur la couchette qu'on lui a installée. À première vue son visage ressemble à un masque mortuaire : des traits plombés qui ne changeront jamais d'expression, des yeux qui semblent s'être fermés sous le poids des paupières. La valise diplomatique, toujours enchaînée au poignet gauche de Koulakov, est posée bien en vue sur sa poitrine.

À l'entrée de Stone, Koulakov balance ses jambes par-dessus le lit, s'assied, fixe un regard hébété sur les pieds du nouveau venu.

Stone se tourne vers les hommes de la sécurité.

– Puis-je vous déranger, messieurs, en vous demandant de sortir pendant quelques instants ?

Ils se regardent, puis regardent Stone.

– Nous avons pour instructions de nous tenir ici…, proteste l'un d'eux.

– Ça va bien, chuchote sur le seuil la femme à tout faire. Il vient de Washington.

Docilement, les deux hommes ramassent leurs cartes à jouer, leurs cigarettes, et sortent.

Stone traîne une de leurs chaises auprès de la couchette, s'assied, en silence offre une cigarette à Koulakov. Le Russe examine le paquet comme s'il tirait au sort et qu'il y ait un prix à gagner s'il choisit bien. Finalement il se décide et prend une cigarette dans le paquet. Il accepte la boîte d'allumettes, regarde sans aucune curiosité la publicité qui se trouve dessus, gratte une allumette. Ses doigts tremblent en la tenant. Stone détourne les yeux pour ne pas le gêner.

– Qu'est-ce… que… vous êtes ? demande Koulakov, parlant un anglais lent et avec un accent.

Stone répond en russe.

– Je suis un représentant du gouvernement américain. Je suis ici pour vous aider.

Une lueur d'intérêt s'éveille dans le regard de Koulakov – la première que Stone ait vue.

– Vous parlez russe, dit Koulakov, revenant à sa langue maternelle. Alors vous faites partie de la célèbre CIA.

Stone ne fait pas partie de la CIA, mais il ne reprend pas Koulakov, ni maintenant ni jamais.

– Je suis ici pour vous protéger, dit-il. Pour vous protéger et pour vous aider. C'est le commencement d'une nouvelle vie pour vous. C'est le premier pas.

Stone prend soin d'utiliser des phrases courtes, de se comporter avec Koulakov comme il se comporterait avec un enfant, mais l'attention de Koulakov dérive malgré tout.

– Mes chaussettes sont mouillées, se plaint-il. (Il tire une longue bouffée de sa cigarette, et s'étouffe avec la fumée.) Je ne sais pas comment elles se sont mouillées. J'ai dû marcher dans l'eau quelque part. J'ai dû… (La pensée s'étire ; Koulakov fait un effort pour s'accrocher au fil, mais celui-ci lui glisse entre les doigts. Soudain il se lève et se met à marcher de long en large avec agitation.) Pourquoi n'y a-t-il pas de fenêtre dans cette pièce ? Où est la fenêtre ? Quel mois sommes-nous, janvier ou février ? (Il revient vers la couchette, agrippe le poignet de Stone.) Il faut que je téléphone à Moscou, plaide-t-il avec véhémence. Il faut que je leur explique pourquoi je suis parti. Je dois les convaincre que je ne suis pas un traître…

Cette pensée lui échappe aussi, et cela rappelle à Stone d'autres transfuges dont il a eu à s'occuper : des hommes qui se meuvent avec une énergie qui vient principalement de la force de l'habitude. L'expérience tue, lui a dit Thro lorsque tous les ennuis à propos de sa fille ont commencé. Elle tue quoi qu'on ait été avant elle.

Les yeux de Stone dérivent jusqu'à la valise diplomatique. Koulakov suit son regard, serre la valise contre lui. Son visage s'assombrit. De noirs soupçons pendent là, semblables à des costumes dans une armoire, lavés, repassés, prêts à être portés.

– Seriez-vous disposé à me laisser prendre la valise ? demande paisiblement Stone.

– Quand j'arriverai en Amérique, je vous la donnerai, dit Koulakov. Je vous préviens, n'essayez pas de me la prendre. S'il y a une lutte et que je tire sur la chaîne, le contenu sera détruit.

– Avez-vous la moindre idée de ce qu'il y a dedans ?

Koulakov ne peut réfréner un ricanement.

– Des papiers qui sont trop importants pour être expédiés par la poste.

La femme à tout faire passe soudain la tête par la porte.

– Avez-vous la valise ? chuchote-t-elle en anglais.

Koulakov sursaute, saisit la chaîne dans sa main droite et se prépare à tirer dessus.

– Sortez, ordonne froidement Stone à la femme à tout faire. Ne rouvrez pas cette porte avant que je vous le dise.

Celle-ci se ratatine et se retire. La porte cliquette en se refermant.

Stone revient à Koulakov.

– Avez-vous mangé ? Vous a-t-on donné quelque chose à boire ?

Le Russe hoche la tête.

– Ils m'ont donné un sandwich, une bière.

– Écoutez-moi attentivement, lui dit Stone. Si cette foutue valise était tout ce que nous voulions, nous aurions pu vous filer une drogue et la prendre. Après quoi, il ne nous restait plus qu'à trouver la clé. Elle doit être cachée dans une doublure de manteau ou fourrée derrière un col. Nous aurions pu prendre la valise. Nous aurions pu nous décharger de vous en vous remettant entre les mains du KGB local. Mais ça n'est pas notre façon d'opérer. Nous ne sommes pas comme eux. Vous le verrez par vous-même, Koulakov. *Vous verrez que nous ne sommes pas comme eux.* Vous gardez la valise. Je vous emmène en Amérique. Vous pourrez me la donner quand nous serons là-bas. D'accord ?

– D'accord, approuve Koulakov.

– D'accord. (Stone se lève.) Je sais que c'est très difficile pour vous… ne pas savoir ce qui va vous arriver, vous demander si, après tout, vous avez bien fait. Il faut vous accrocher à deux choses. Vous ne pouvez défaire ce qui a été fait. Si vous retournez là-bas, ils vous tueront. La seconde chose à laquelle vous accrocher c'est la conviction que tout va s'arranger. (Il pose une main bienveillante sur l'épaule de Koulakov – le premier des nombreux gestes que fera Stone pour gagner sa confiance.) Ça s'arrangera, je vous le promets. Ça s'arrange toujours.

Les préparatifs prennent plus de temps que Stone n'avait prévu. Il a des difficultés à obtenir de la Marine l'autorisation de réquisitionner un de leurs avions postaux stationnés sur l'aérodrome d'Athènes, et une fois l'autorisation en main, il a du mal à retrouver le pilote et l'équipage.

On les coince finalement dans un bistrot du Pirée appelé l'*Auberge du Chat Noir* et on les ramène à la vie avec des bols entiers de café noir assaisonnés d'horribles menaces au sujet de ce qui les attend s'ils ne se présentent pas à leur poste. Quatre heures après sa conversation avec l'ambassadeur, Stone est prêt à lever le rideau. Toutes les Cadillac de l'ambassade, y compris celle qui est à l'épreuve des balles et qui fait la joie et la fierté de l'ambassadeur, ainsi que plusieurs voitures civiles appartenant aux hommes de la sécurité, sont mises à contribution. Le convoi, lorsqu'il démarre finalement dans l'allée courbe, est très impressionnant. En tête, se trouvent deux voitures de la police grecque avec des gyrophares bleus sur le toit. (Le gouvernement grec démentira plus tard la participation de ses véhicules, et confisquera les photographies prouvant le contraire.) Puis viennent les neuf véhicules de l'ambassade, la Cadillac blindée en sandwich au milieu du cortège. À mi-chemin de la première rue étroite, la dernière des neuf voitures vire et s'arrête en travers de la route, bloquant la douzaine de véhicules pleins de journalistes qui pourchassent le convoi.

Un quart d'heure après le départ du convoi, une petite fourgonnette grecque portant sur les côtés la marque pâlie d'une entreprise de blanchisserie s'arrête discrètement devant une porte latérale. Deux ouvriers en combinaison blanche transportent plusieurs grands paniers d'osier à l'intérieur de l'ambassade, et ressortent quelques instants plus tard avec les paniers pleins de linge sale qu'ils logent à l'arrière de leur véhicule. La fourgonnette démarre et s'engage dans les rues secondaires, en direction de la côte. Dans une des étroites ruelles du labyrinthe qui relie Athènes au Pirée, une Mercedes se rabat soudain, acculant la fourgonnette contre le trottoir. Une deuxième Mercedes la bloque par-derrière. Tandis que deux gorilles braquent des armes sur les deux ouvriers apeurés, quatre autres ouvrent les portes arrière et soulèvent les couvercles des paniers d'osier. À leur grande surprise, ils n'en sortent que des brassées de serviettes et de nappes sales provenant des dîners de l'ambassade.

À cet instant, la Cadillac blindée de l'ambassade, avec Koulakov à l'arrière et Stone à la place du mort, franchit une porte sans indication de l'aéroport d'Athènes et s'engage directement sur la piste d'envol. À l'extrémité de la piste, moteurs chauds, ayant déjà reçu son autorisation de décoller, attend l'avion postal de la Marine qui les conduira pour une première étape à Malte, où un Globemaster de l'US Air Force les emmènera, avec juste une escale de ravitaillement aux Açores, jusqu'à une base du Strategic Air Command en Virginie.

Le grondement des réacteurs fait somnoler Stone, et il doit lutter pour garder les yeux ouverts et soutenir la conversation, quelque épisodique qu'elle soit. Koulakov, assis près d'un hublot, semble hypnotisé par le mince filet de fumée qui monte en spirale de sa cigarette dans le cendrier.

– Je ne peux pas me rappeler, dit-il lentement, troublé par son manque de mémoire, par l'impossibilité de retrouver des noms ou des détails qu'il est sûr de connaître.

Stone fait de son mieux pour le rassurer.

– Les paysans disent qu'il faut oublier les choses sept fois avant de pouvoir les engranger dans sa mémoire.

– Oui, c'est ainsi, dit pensivement Koulakov. Les

paysans savent beaucoup de choses que nous ignorons.

Après un silence, Stone lui demande :

– Étant donné tout ce qui vous est arrivé au cours des derniers – voyons – six ou huit mois, comment se fait-il qu'ils vous aient laissé quitter le pays ?

Son ton est décontracté, sa remarque désinvolte, mais cette question est la première question directe que pose Stone. C'est le commencement d'un processus d'interrogatoire très précis qui continuera indéfiniment jusqu'à ce que Koulakov ait été vidé jusqu'à la toute dernière goutte des renseignements qu'il détient.

– Je ne sais comment répondre, dit Koulakov. (Il contemple l'obscurité par le hublot.) J'ai vu un mémo – le colonel qui menait l'enquête me l'a montré – donnant ordre que mon nom soit rayé de la liste des courriers. On m'a dit que je n'étais pas autorisé à quitter Moscou. On m'a dit qu'il y avait toutes les chances pour que je sois officiellement inculpé, et qu'il serait de mon intérêt d'engager un avocat. On m'a dit que si je n'engageais pas d'avocat, la cour en désignerait un. Et ensuite… ensuite… venu de nulle part, ce coup de téléphone…

Koulakov est encore en train de perdre le fil, mais Stone le cajole doucement pour qu'il continue.

– Quel coup de téléphone ? (Ne recevant pas de réponse à cette question, il dit :) Vous étiez en train de parler d'un coup de téléphone.

– Oui, venu de nulle part. Une convocation chez l'officier de service. En costume civil, ont-ils spécifié. Comme si rien ne s'était jamais passé. Comme si… et il… m'a dit que je devais porter ça – Koulakov tapote la valise – au Caire. Il m'a dit que j'avais été élu à une seule voix. La sienne. (Les lèvres de Koulakov se tordent en un sourire mauvais.) Vous pouvez parier que c'est la dernière fois que le pauvre salaud a voté pour quelque chose. Il est probablement en route pour la Sibérie en ce moment même.

Le copilote, un jeune homme avec une moustache blonde et un large et franc sourire, vient vers eux par l'allée centrale.

– Tout va bien ? demande-t-il d'un ton léger. (Sans attendre de réponse, il tend à Stone une planchette à messages métallique qui s'ouvre comme un livre.) Je suppose que ceci est pour vous. Vous êtes bien monsieur Simon ?

Stone lit le message qui a été décodé et transcrit en majuscules. « Préparatifs de réception conformes à vos instructions. D'après l'agitation des Russes sur tous les fronts il n'y a rien de moins que de l'or en barres dans la valise, donc manipuler avec douces précautions. NB : Maison-Blanche plus Département d'État plus CIA plus divers gouvernements étrangers expriment curiosité proche de l'intérêt. Traiter l'affaire comme la proverbiale jeune mariée. Rendre compte à moi seulement. » Le câble est signé « Coudée Franche » qui est le nom de code opérationnel de l'amiral hargneux qui préside l'État-Major Interarmes et qui se trouve être l'homme pour qui travaille Stone.

– Notre heure d'arrivée est prévue pour 22 h 30, annonce le copilote à Stone. Conditions météorologiques dégagées mais froides, quelque part dans les – 10°.

– Nous ne figurons pas sur le manifeste, n'est-ce pas ? vérifie Stone.

Il ne veut laisser aucune trace de la façon dont il est entré dans le pays.

– Exactement comme vous l'aviez spécifié, il n'y a

rien sur le manifeste. Et pour ce qui est de nous autres, nous n'avons rien entendu, rien vu, nous ne savons rien.

Le copilote lance un sourire de conspirateur tout en s'éloignant.

Koulakov sombre dans un sommeil agité, la joue appuyée contre la vitre. Stone consulte sa montre, calcule le temps de vol qui reste, s'installe plus profondément dans son siège, son esprit réexaminant pour la millième fois les détails du procès dont son avocate, qui a l'oreille du juge, dit qu'il a toutes chances de le gagner. « Quand vous expliquerez comment c'est arrivé, l'a-t-elle rassuré – il retrouve le ton exact de sa voix, ses mots précis ; elle paraissait si sûre, se souvient-il, si confiante –, on vous rendra vos droits. Voyons, cela aurait pu arriver à n'importe qui, alors cessez de vous tourmenter. »

Poussant un cri étranglé, Koulakov se raidit sur son siège. Stone voit qu'il a le corps rigide, le front sillonné de sueur.

– Je me réveille toujours comme ça, explique Koulakov d'un ton dolent, mais il semble que je ne sois jamais capable de me rappeler ce qui me fait crier. (Il ajoute, presque en s'excusant :) J'ai bien des choses pour lesquelles je peux crier. (Il sort un mouchoir et s'éponge le front.) C'est étrange… on dit un veuf pour un homme qui a perdu sa femme, et on dit un orphelin pour un enfant qui a perdu ses parents, mais il n'existe pas de mot pour désigner un père qui a perdu ses enfants.

– C'est pareil en anglais, remarque Stone d'un ton sinistre. Nous n'avons pas de mot non plus pour désigner cela.

Koulakov a visiblement envie de changer de sujet.

– Dites-moi, demande-t-il, si vous êtes autorisé à me le dire, que va-t-il m'arriver en Amérique ?

Et donc, en termes très généraux, Stone explique la procédure : une ferme cachée dans un coin retiré, à la campagne ; une équipe qui le prendra sous son aile collective, lui enseignera l'anglais, l'histoire américaine, l'argent américain, les sports américains ; qui lui enseignera comment se fondre dans l'Amérique moyenne, en supposant que le système en ait un jour fini avec lui et le remette en circulation.

– En fin de compte, nous vous établirons un nom tout neuf et une identité toute neuve. Vous pourrez avoir un emploi si vous le voulez, ou vous pourrez vous retirer avec une pension. Pendant ce temps, bien entendu, nous mènerons votre interrogatoire.

– Un interrogatoire ? Cela veut dire que vous allez me poser des questions. Mais je n'ai pas de réponses. Je ne connais pas de secrets. Je ne suis qu'un messager. Quoi que vous trouviez dans ma valise, c'est tout ce que j'ai à vous donner.

– Il y a des choses que vous pouvez tout de même nous dire, insiste Stone. Écoutez, Koulakov, vous êtes un homme intelligent, voyez vous-même. Nous devons être absolument sûrs, pour commencer, que vous êtes un authentique transfuge.

Tout ceci semble étonner Koulakov.

– Et combien de temps cet... interrogatoire... prendra-t-il ?

– Il est déjà commencé, dit Stone avec son ton de franchise désarmante. Il sera terminé lorsque nous en saurons sur vous plus que Dieu lui-même.

L'atterrissage est plus doux qu'aucun de ceux dont Stone a jamais eu l'expérience ; ils sont en vol, et l'instant d'après les huit roues géantes effleurent le sol, les réacteurs s'inversent, l'avion vibre légèrement en roulant sur le tarmac, et les voilà qui sortent des ténèbres, se dirigent vers un hangar lointain avec des MP à toutes les issues et deux voitures, moteurs au ralenti, qui attendent dans la demi-obscurité.

– C'est ici que nous nous séparons, dit Stone à Koulakov comme ils marchent vers la deuxième voiture.

Une demi-douzaine d'hommes en civil se tiennent alentour, mais l'ombre masque leurs visages. Koulakov scrute avec anxiété l'intérieur de la voiture, puis regarde l'avion par-dessus son épaule, comme s'il envisageait la possibilité de faire demi-tour… vers l'avion, vers la Russie. Il hausse imperceptiblement les épaules, prend une profonde inspiration, et entreprend de s'installer à l'arrière du véhicule.

– Koulakov, dit doucement Stone. (Le Russe se retourne pour lui faire face.) Vous avez accepté de me donner la valise quand nous serions en Amérique. Nous y sommes.

Les hommes de l'ombre s'avancent dans la lumière ; ils ont le visage anxieux. Stone se raidit. Comme il est le plus proche de Koulakov, ce sera à lui de le frapper de toutes ses forces au ventre au premier signe d'hésitation. Mais Koulakov n'hésite pas, il a seulement un hochement de tête fatigué, récupère la clé dans sa chaussure, déverrouille la chaîne de son poignet et tend la clé et la valise diplomatique à Stone.

– Il y a deux petites serrures, explique-t-il. Il faut d'abord tourner la clé vers la gauche dans celle de gauche, d'un demi-tour, puis dans celle de droite d'un tour complet vers la droite, puis dans celle de gauche d'un autre demi-tour vers la gauche. Si vous ne suivez pas cet ordre, le contenu sera détruit. (Comme s'il devinait les pensées de Stone, il secoue la tête.) N'essayez pas. Il n'y a aucun autre moyen d'ouvrir. Si vous essayez de la découper, vous sectionnerez un circuit et tout partira en fumée. Il faut utiliser la clé. (Il sourit, presque tristement.) Et il faut me croire sur parole quant à l'ordre des mouvements. Il va sans dire que j'ai compris quelles seraient les conséquences s'il se faisait que… je vous déçoive.

Koulakov prend place sur le siège arrière, il semble avoir rétréci et paraît perdu contre le dossier rembourré. Un des hommes en vêtements civils monte auprès de lui, deux autres prennent place à l'avant. Juste avant que la voiture s'en aille, Koulakov baisse sa vitre.

– Dites-moi, demande-t-il à Stone, si vous êtes autorisé à me le dire, comment se fait-il que vous puissiez en savoir plus sur quelqu'un que Dieu ?

– Très bien, Stone, en dix mots ou moins, qu'est-ce qu'il nous a apporté ?

L'Amiral, en uniforme et chaussures noires luisantes (il les fait briller lui-même tous les matins, proclame que c'est l'unique instant de sérénité complète de sa journée), passe le premier dans la salle à manger privée attenante à ses bureaux du Pentagone. Les stores vénitiens métalliques sont tirés ; l'Amiral se sent mal à l'aise à la grande lumière du jour. Des intendants philippins en tenue blanche amidonnée tiennent le dossier de deux sièges à la seule table de la pièce. L'Amiral installe sa corpulence, pose sur la table un étui à cigares en cuir et une calculatrice de poche, pousse l'interrupteur d'une petite boîte noire dotée d'une antenne circulaire (qui émet un « bruit » destiné à neutraliser tout micro qui se trouverait dans la pièce), et accorde toute son attention à Stone pour dix mots ou moins.

Stone et l'Amiral sont gênés l'un avec l'autre, comme le sont souvent les gens qui se complètent. L'Amiral, une lueur cérébrale dans le regard, totalement à l'aise avec les résultats des ordinateurs, les trajectoires balistiques, les tables de probabilités ; et Stone, tout en doigté, terminaisons nerveuses, intuition.

– Bien sûr je n'ai eu le temps que de jeter un coup d'œil rapide, lui dit Stone d'un ton égal, mais à ce que j'ai pu voir, cela pourrait être une des plus grosses prises que nous ayons faites.

L'Amiral, qui s'est souvent vanté d'envisager avec un profond ennui le déclenchement de la Troisième Guerre mondiale, reste de marbre face à l'affirmation de Stone, hoche impatiemment la tête, ajuste les lunettes qu'il met pour lire et commence à feuilleter le dossier.

– On dirait un viseur de tourelle de char, commente-t-il en levant une feuille vers la lumière.

Stone tend le cou, parcourt le texte russe.

– C'est bien ça ; un viseur de nuit qu'ils prévoient d'installer sur les T-62 que les Égyptiens ont déjà. La feuille donne les caractéristiques du viseur. La distance à laquelle il est efficace, ce genre de choses.

– Mmh, fait l'Amiral. (Il est, comme d'habitude, professionnellement impavide.)

Un des serveurs présente à l'Amiral un menu tapé à la machine. Ce dernier y porte la même attention qu'il a portée au viseur de nuit.

– Consommé madrilène, côte de bœuf bien cuite, carottes, crème caramel. Pas de pain. Pas de beurre. (Il regarde Stone.) Ça vous va ? (Sans attendre de réponse, il dit au serveur :) La même chose pour lui. Et nous prendrons une bouteille de ce vin rouge new-yorkais que j'ai pris l'autre jour. (À Stone :) Ces chiens de la Comptabilité générale ne nous laissent plus avoir de vins français au mess. Une histoire de balance des paiements. Mmh. Que dit celui-ci ?

L'Amiral présente une autre feuille de papier à Stone, qui la lit rapidement.

– On dirait un rapport sur les mouvements de notre flotte en Méditerranée pendant les six prochaines semaines (Stone secoue la tête avec stupeur), y compris les itinéraires de patrouilles des deux sous-marins Polaris du dispositif. (À présent Stone chuchote.) Ils doivent avoir accès à nos rapports de mouvement, ce qui signifie qu'ils ont brisé un de nos codes navals. Ce truc-ci (il tend une autre feuille à l'Amiral) est une lettre adressée à l'ambassadeur soviétique au Caire par son beau-frère, qui est le général chargé du soutien logistique soviétique au Kazakhstan, sur la frontière avec la Chine. Il dit que les Chinois sont en train de réduire leurs forces le long de la frontière, que l'on ramène des troupes dans des villes de garnison, ce qui le conduit à penser que la mort de Mao a causé davantage de troubles intérieurs que la plupart des gens ne le croient. (Stone soulève la page suivante.) Celle-ci a l'air d'un rapport sur une défectuosité dans l'entrée des données relatives à la parallaxe à basse altitude, dans le système de guidage radar des missiles SAM.

L'Amiral attaque son consommé madrilène comme s'il ne se passait rien d'inhabituel. Il finit de feuilleter le dossier, écoute la traduction sommaire de Stone en produisant seulement un « Mmh » occasionnel, repose le dossier de l'autre côté de la table quand il en a terminé.

– Il va manifestement falloir passer ces documents au peigne fin. À présent, dites-moi ce que vous savez du transfuge ? Krolokov, c'est ça ? Il est comment ?

– Son nom est Koulakov, corrige Stone. Il a la cinquantaine passée, il est petit, fatigué, il a peur. Difficile de dire exactement comment il est. J'ai été élevé sur des côtes, Amiral… en Chine, au Brésil, plus tard en Nouvelle-Angleterre. Après une bonne tempête, nous allions toujours ratisser les plages à la recherche de bois flotté. L'ami Koulakov me fait penser à un bout de bois flotté apporté sur le sable par le ressac. Il est échoué sur la grève, abandonné par les vagues ; il a été complètement poli, si vous voyez ce que je veux dire. Il n'a pas d'arêtes, pas de noyau. Il se sent coupé, isolé, bien que l'isolement soit psychologique plutôt que physique. Il s'est coupé de tout ce qu'il y avait derrière lui, et il n'a aucune idée de ce qui l'attend.

– Qu'est-ce qui l'a fait fiche le camp ?

– À lire entre les lignes, j'ai l'impression qu'un tas de choses ont mal tourné dans sa vie depuis six ou huit mois. Je ne suis pas encore sûr des détails. Et puis ils allaient l'inculper de quelque chose. Alors quand il a eu l'occasion, il a pris ses jambes à son cou.

– Mmh.

Stone, qui a directement affaire à l'Amiral depuis que celui-ci est devenu Président de l'Interarmes, dix-neuf mois auparavant, songe de nouveau que les premières impressions peuvent être très erronées. Après leur première rencontre – l'Amiral ne savait même pas qu'existait un groupe comme celui de Stone, et encore moins que ce groupe avait à répondre de ses activités directement devant lui – Stone repartit en croyant qu'il avait face à lui un individu lent à assimiler, un militaire de carrière qui émettait des idées comme s'il n'en existait qu'un stock limité. À présent il voit en lui un des cerveaux les plus intelligents de Washington, un homme naturellement soupçonneux à l'égard de la sagesse populaire, et expert sur tant de sujets, dont le moindre n'est pas le Congrès, que Stone a renoncé depuis longtemps à les compter.

– Qu'est-ce qu'il y a au programme ensuite ? demande maintenant Stone.

L'Amiral néglige la question, entame sa côte de bœuf, la découpe en petits morceaux d'égale grandeur, mâche chacun avec méthode, quasiment pendant un laps de temps fixé, avant d'avaler. Quand il ne reste rien dans son assiette que l'os, il essuie ses lèvres sur sa serviette, lève les yeux pour considérer son hôte.

– Je comptais vous le demander depuis quelque temps, Stone, avez-vous un prénom ?

Stone est pris au dépourvu par la question.

– J'en avais un jadis, plaisante-t-il, mais on l'a perdu quelque part dans le fouillis bureaucratique.

La réponse, pour une raison quelconque, semble faire plaisir à l'Amiral, qui hoche la tête et tord ses muscles faciaux en ce qui pourrait passer pour un sourire.

– Dites-moi autre chose, Stone, si vous aviez le choix, que préféreriez-vous : le bonhomme Koulakov ou les papiers ?

Stone n'hésite pas.

– Le bonhomme à tous les coups.

– Pourquoi ? (L'Amiral pose sur Stone un regard égal.)

À présent, l'intuition de Stone travaille.

– Parce que, explique-t-il, s'il y a un hic, quelque

chose me dit que nous le découvririons chez le bonhomme. Les papiers, s'ils ont été fabriqués, seront parfaits.

De nouveau la réponse de Stone fait plaisir à l'Amiral.

– Je pensais que vous diriez ça, marmonne-t-il.

Il s'adosse, saisit son étui à cigarettes, coupe le bout d'un des cigares, le met dans sa bouche. Un des intendants philippins surgit de nulle part avec du feu.

– Voilà où nous en sommes, dit l'Amiral en exhalant un nuage de fumée. Charlie Evans de la CIA était furieux que je vous mette sur le transfuge plutôt qu'un de ses gars. Leur chef de station n'était pas en ville sur le moment, et un de nos attachés militaires – un capitaine de la Marine, je précise – a eu assez de bon sens pour mettre le grappin sur le Russe quand il a franchi la porte de l'ambassade. Quoi qu'il en soit, le *modus operandi* que j'ai imaginé est le suivant : Charlie Evans aura la paperasse, et vous aurez le bonhomme en chair et en os. J'ai dû promettre à Evans que ses gars auraient le courrier, s'ils le veulent encore, quand vous en aurez fini avec lui. Vous parlez tout un tas de langues, n'est-ce pas, Stone ?

– Cinq couramment, sans compter l'anglais.

– Vous ne parlez pas par hasard l'eskimo ? demande l'Amiral avec sérieux.

Stone est obligé de sourire.

– L'eskimo ? pas un seul mot.

– Mmh. Eh bien, en langue eskimo, il y a quatre temps du futur : le futur immédiat, le futur moyen, le futur qui est loin dans le futur, et un futur qui ne se produira jamais. C'est ce dernier temps que je conjuguais quand j'ai parlé à Evans.

– Je crois que j'ai saisi, Amiral, dit Stone.

Ce qu'il comprend est ce que comprennent tous les gens introduits dans les coulisses de Washington : qu'il y a une longue et amère bagarre entre l'Amiral et Charlie Evans, une bagarre qui remonte au temps où Evans, alors chef de région de moyenne importance de la CIA, tenta de faire pression sur l'Amiral, alors commandant d'un porte-avions, pour qu'il lance un raid aérien contre les troupes de Castro sur la Baie des Cochons. L'Amiral refusa (et de même, finalement, le Président quand il fut abordé directement par la CIA) et Evans fit de son mieux pour ruiner la carrière de l'Amiral, produisant un rapport cinglant qui l'accusait d'être personnellement responsable du fiasco, du fait qu'il avait échoué à fournir une couverture aérienne au moment crucial. Dans les années suivantes, la simple mention du nom d'Evans réveillait instantanément une lueur dans les yeux de l'Amiral, qui n'oublia ni ne pardonna jamais.

L'Amiral remet son étui à cigares dans sa poche-poitrine.

– Combien de temps vous faut-il avec le bonhomme ?

– Difficile à dire, Amiral, avant de l'avoir tâté une fois ou deux.

– Mmh. (Un instant l'Amiral semble perdu dans ses pensées.) Très bien. Commencez l'interrogatoire et établissez une liaison de coordination avec les gens d'Evans qui travailleront sur les papiers. Mais ne leur dites rien que vous ne m'ayez rapporté d'abord. Ce que je veux dire, Stone, c'est ne donnez pas les bijoux de famille (il lui adresse un clin d'œil matois) si vous en découvrez.

– J'ai saisi, Amiral, dit encore Stone.

– Mmh. (L'Amiral jette un coup d'œil par-dessus son épaule, s'assure que les intendants ne peuvent pas le voir, tire une mouche morte de sa poche de veste et, la tenant par une aile, la laisse tomber sur la crème caramel intacte.) Ça les mettra dans leurs petits souliers, chuchote-t-il et il rigole vicieusement.

Thro est encore en train de se monter la tête ; son rire légèrement hystérique résonne dans la pièce comme si l'on tapotait du cristal avec une cuillère.

– Et puis il y a l'horrible possibilité qu'on soit absorbés par le trou noir au centre de notre galaxie qui aspire les étoiles comme un aspirateur la poussière. Est-ce que tu comprends ce qui se passera, Stone ? La force gravitationnelle du trou noir réduira la terre à la taille d'un petit pois. Tous les Picasso et les *Brandebourgeois* et les disques des Beatles et les portiques des Caryatides et les Pentagone et les documents Top-secret-ultra-confidentiels seront écrasés, Stone, écrasés et pulvérisés et désintégrés, leurs molécules et leurs atomes s'interpénétrant.

– Le gynécologue m'intéresse davantage, réplique Stone, celui dont tu m'as raconté qu'il dansait tellement serré qu'il t'a fait un frottis vaginal sur la piste de danse, pendant que j'étais parti sur le front de la Liberté, qui se trouvait cette fois-ci être à Athènes.

– Bon Dieu, Stone, est-ce que tu ne comprends plus la plaisanterie ? Le fait est, ajoute-t-elle d'un air mutin, qu'il dansait un peu plus serré que je n'en ai l'habitude.

Mozart fait bourdonner l'interphone du bureau.

– Quand tu seras prêt, dit-il. Tout le monde est branché.

– J'arrive, dit Stone.

Il se renverse en arrière dans son fauteuil à pivot, la

tête contre un photostat de la première page du *New York Times* en date du 9 novembre 1917 : « Des révolutionnaires s'emparent de Petrograd ; Kerensky en fuite », dit le titre principal. Un autre, petit, cerclé de crayon rouge, annonce : « Washington réserve son opinion, espérant que la révolte est seulement locale. »

– Ah, Stone, dit Thro, ne fais pas la tête. J'essayais seulement de te faire bisquer. Tu as fait tellement de foin à propos de ma bague qui virait au noir, à Paris… Je ripostais, c'est tout.

– La chimie du couple (Stone secoue la tête avec agacement) est une chose fascinante.

– Et, si je peux me permettre, qu'est-ce que la chimie du couple ?

– J'ai une théorie, explique Stone (il se met à ramasser les notes qu'il veut emporter) selon laquelle les couples ont un temps fixé à passer ensemble, et la chimie de leur relation, à un instant donné, dépend de leur perception de la qualité du temps qui est derrière eux et de celui qui leur reste.

– En faisant marcher l'équation à l'envers, dit Thro, tu devrais pouvoir calculer combien de temps il leur reste en observant leur chimie.

– On devrait pouvoir, approuve Stone.

– Oh, Stone (la voix de Thro est à peine audible), elle était si bonne, notre chimie. On avait une quantité infinie de temps devant nous, avant.

– Je ne sais plus ce que tu veux, marmonne Stone. (Il met ses notes dans une chemise bleue sur laquelle sont inscrits au pochoir les mots : « Topologie – Affaires Courantes ».)

– Je veux ce que j'ai toujours voulu, plaide Thro. Je veux qu'on m'imagine.

L’unité de Stone figure dans les registres du Pentagone sous la désignation inoffensive de « Détachement Spécial 753 – Topologie ». Son budget, qui a plafonné dans les 2,5 millions de dollars ces dernières années, est enterré dans les crédits de la Defence Intelligence Agency. L’argent est transmis à partir du fonds d’activités courantes du directeur de la DIA, jusqu’au fonds d’activités courantes de l’Interarmes, puis jusqu’au fonds d’activités courantes du Chef du Projet Topologie, où il sert à payer les vingt-huit employés qui figurent sur le registre, les deux bureaux européens (à Paris et Vienne), une demi-douzaine de lieux sûrs disséminés à travers le monde, et les deux étages supérieurs d’un hôtel particulier qui, à Georgetown, servent de quartier général au Détachement Spécial 753 – Topologie. En fait, seul l’étage du dessus est utilisé pour le travail de Topologie. L’étage d’en dessous a été acheté initialement et laissé vacant pour « isoler » l’étage supérieur ; une des innovations de Stone a été de mettre en place une entreprise qui aille avec la couverture du groupe. Ainsi est née la John Pierce Associates Inc., une maison de vente internationale par correspondance qui a ramassé 245 488 dollars au cours de l’année écoulée, assez pour payer l’entretien (sans puiser dans le fonds d’activités courantes) de la petite opération d’interrogatoire et de debriefing en Virginie, qui est la seule autre entité matérielle contrôlée par Topologie. L’avantage particulier d’un tel financement est qu’il permet à Stone de mener une opération dont on ne peut absolument pas retrouver la trace en examinant les comptes, et cela vaut même pour la poignée de gens de Washington qui savent ce qu'est réellement le Détachement Spécial 753 – Topologie.

Et ce qu'il est réellement c'est ceci : l'organe de renseignement privé et d'élite du Président de l'Interarmes. L'unité a été créée originellement en 1946, avec la guerre froide, sous l'intitulé « Études des Facilités de Pénétration ». Sa mission, alors, et elle n'a jamais été modifiée, était d'entraîner des agents de pénétration et d'en organiser les dispositifs de soutien, pour le jour où ils seraient envoyés en Union soviétique, sous le contrôle direct de l'Interarmes, pour des missions ponctuelles.

Durant toutes ces années d'existence, le Détachement Spécial 753 – Topologie n'a jamais envoyé un seul agent en Union soviétique. Mais il entretient religieusement cette capacité. Il a sa propre section des Vêtements et Accessoires (avec une pancarte sur la porte du magasin qui dit « Achetez russe ») qui peut tout fournir à un agent, d'une valise de fabrication soviétique à de la pâte dentifrice ou des sous-vêtements. Il y a une section Identité qui s'occupe des passeports intérieurs, livrets de travail, et diverses cartes d'identité administratives ou militaires. (La fierté du chef de la section est une machine à plastifier d'occasion, de fabrication soviétique, achetée voici quelques années à une source yougoslave.) Il y a une femme entre deux âges qui ne fait rien d'autre dans la vie que se tenir au courant des horaires des trains et des avions, et quelqu'un encore qui compile des listes de lieux où un agent potentiel pourrait séjourner dans diverses villes sans attirer l'attention de la milice locale. Quelqu'un d'autre relève les résultats des matches de football soviétiques, qui sont affichés sur un panneau ; les employés de Stone sont les seuls

Américains de Washington qui font des paris de bureau sur des équipes russes. Même les soins dentaires (pour les quelques personnes, dont Stone, qui figurent sur les registres en tant qu'agents de pénétration potentiels) sont apportés par un exilé russe qui fore et plombe exactement comme il le faisait quand il exerçait à Minsk. (Une des discussions actuelles entre Stone et Mozart porte précisément sur ce point douloureux, Mozart représentant les employés qui préfèrent les fraises ultra-rapides et les techniques plus modernes, Stone insistant pour obtenir une imitation exacte, jusques et y compris les plombages assez mal faits de ses molaires.)

Ce qui rend possible cette extrême spécialisation, c'est que le Détachement Spécial 753 – Topologie emploie des anticommunistes de seconde et troisième génération, tous issus de gens qui s'enfuirent à un moment ou un autre de la mère patrie – ou qui moururent en essayant. La première exigence, pour appartenir à Topologie, est de parler couramment le russe. Le russe est la langue du bureau. Des exemplaires de la *Pravda*, des *Izvestia*, de la *Literatournaïa Gazeta* (la préférée de la plupart des agents, quoique nullement pour ses articles sur la littérature), de *Yonost*, d'*Oktiabr* et de *Novy Mir* sont éparpillés sur les tables de travail. Au total, par l'intermédiaire d'une couverture en forme de service bibliothécaire du Pentagone, l'unité de Stone est abonnée à cent douze publications soviétiques.

Avec toutes ces connaissances sur la Russie, l'unité, sous l'impulsion de Stone, s'est mise à faire des boulots occasionnels, à ses moments perdus. (L'Amiral appelle ça « aiguiser le fer ».) La tentative de Stone pour piéger un diplomate soviétique à Paris était un exemple typique d'action hors programme. Avant ça, l'unité avait concentré ses moyens sur l'examen de la vie privée et des amours d'un représentant au Congrès, élu pour la première fois, qui rameutait ses collègues contre les crédits militaires. Topologie a commencé de s'occuper d'interrogatoires et de debriefings quand l'Interarmes l'a chargée de questionner le savant américain Lewinter, un oiseau rare qui était passé en Union soviétique voici quelques années, puis qui avait été inexplicablement rendu aux Américains. Stone estima que les Russes l'avaient restitué pour convaincre les USA qu'ils ne croyaient pas que Lewinter connût réellement les trajectoires des missiles balistiques de la force américaine. En conséquence, ils avaient bel et bien en main les précieuses trajectoires, une percée qui leur permettrait, pendant une attaque de missiles, de distinguer les leurres des vraies têtes nucléaires, d'après leurs itinéraires. La conclusion de Stone fut déterminante, contraignant l'Interarmes à changer les trajectoires des missiles, projet qui coûta aux contribuables américains 4 milliards de dollars sur une période de trois ans.

Après son succès avec Lewinter, le boulot occasionnel que Topologie accomplit plus souvent qu'à son tour inclut l'interrogatoire de transfuges soviétiques qui, pour une raison ou une autre, avaient éveillé l'intérêt de l'Interarmes.

Koulakov est précisément un tel transfuge.

La femme qui suit les résultats de football est en train de prendre des paris sur un prochain match entre le Dynamo de Moscou, connu pour jouer un football positionnel inébranlable, et une équipe de Bratsk qui a la réputation d'improviser, ce qui est rare chez les équipes soviétiques. Les malins (Mozart en tête, qui s'est inscrit pour 5 dollars) jouent le Dynamo. Stone, symptomatiquement, risque 2 dollars sur les gars de Bratsk tandis qu'il se fraie un chemin à travers la petite pièce bondée, vers la table de travail.

L'ambiance, comme toujours, est détendue. La femme qui est chargée des Avions et des Trains raconte comment une hôtesse de Washington organise les dîners pour lesquels elle est universellement connue.

– Imaginez, fait-elle, la voix haut perchée, ses sourcils crayonnés dansant. Elle commence par choisir le dessert. Puis elle calcule quel fromage va avec ce dessert-là, puis elle détermine quel plat de résistance va avec ce fromage-là, et *alors*, elle décide des invités qui vont avec ce plat-là !

– Elle doit être juive, plaisante le responsable des Vêtements et Accessoires. Je veux dire, organiser ses dîners de droite à gauche, ce truc…

Sa voix s'éteint. L'instant est incommode. Tout le monde est conscient du fait que Stone est juif. Ne pas rire serait plus incongru que rire, et donc tout le monde rit.

Stone, fouillant dans ses feuilles de notes, relève enfin le regard. Sa voix est grave, modulée ; son maintien est légèrement nerveux. Il n'est pas à l'aise avec des groupes, et se sent mieux quand il a affaire aux gens en tête à tête.

– J'ai pensé, commence-t-il (comme toujours dans des réunions de ce genre, il parle russe), qu'il valait mieux limiter cette séance aux chefs de section…

– Mieux vaut moins mais mieux, intervient Mozart. (Tous les chefs de section reconnaissent la formule :

c'est le titre du dernier article qu'écrivit Lénine. On rit de nouveau. Même Stone est forcé de sourire.)

– Voilà l'affaire, dit Stone. D'abord et surtout, on ne doit pas laisser notre capacité de pénétration immédiate en souffrir. Un des avantages quand on a accès à un transfuge tout neuf, c'est que cela nous donne un moyen de mettre à jour nos dossiers de pénétration. Tout le monde peut tirer profit d'un transfuge : Vêtements et Accessoires, Identité, Entrées et Sorties, Contacts Intérieurs. Cela étant dit, laissez-moi ajouter que dans le cas présent, il s'agit de plus – de bien plus. Un transfuge normal est interrogé pour qu'on en tire des renseignements, puis les renseignements sont vérifiés et revérifiés. Notre transfuge ne sera pas interrogé pour en tirer des renseignements ; il n'en a aucun. C'est un banal courrier militaire qui a transbahuté des secrets pendant des années sans jamais en voir un de ses yeux.

– À part la mise à jour de notre capacité de pénétration, pourquoi l'interroger ? demande la femme qui s'occupe des résultats de football.

– L'Amiral a le sentiment, et je suis d'accord, que s'il y a quoi que ce soit de faisandé dans cette affaire – si c'est une opération soviétique, pour vous mettre les points sur les i – nous ne le découvrirons pas en regardant les papiers. Ils auront été préparés méticuleusement. Non, c'est le transfuge lui-même qu'il faut regarder. Bon, les quelques fois où nous avons fait ce genre de choses dans le passé, nous avons enregistré tout le debriefing sur bande magnétique, nous l'avons transcrit et nous avons distribué le produit fini, pour notre usage interne. Cette fois-ci, je propose de travailler quelque peu différemment. Je me chargerai moi-même de l'interrogatoire effectif. Je ferai des bandes tous les matins pendant trois ou quatre heures, selon ce qu'il pourra supporter. Nous transcrirons l'après-midi et vous démarrerez sur le matériel le lendemain. C'est Mozart, ici présent, qui s'occupera de ce secteur. (À présent Stone regarde directement Mozart.) Ce que vous ferez, c'est des listes de tous les éléments qui sont vérifiables : adresses, numéros de téléphone, âges, descriptions de personnes ou de lieux, dates de tel et tel événement. Tout. Et puis vous distribuerez la liste en interne, aux chefs de section, qui commenceront à noter ce qui est confirmé.

– Ça paraît assez simple, dit Trains et Avions. Si tout se vérifie, il aura le tampon « approuvé par Topologie » sur l'intérieur de sa cuisse gauche.

– Faux, fait sèchement Stone. Gardez en mémoire le fait que personne ne peut se rappeler avec précision tous les détails de son existence – sauf quelqu'un qui a appris par cœur une identité qui n'est pas la sienne. C'est pourquoi je vous ai toujours dit, quand vous fabriquez des identités pour les pénétrations, d'introduire, à l'insu de l'agent, quelques erreurs mineures.

– L'ennui, dit pensivement l'homme de l'Identité, c'est qu'ils ont pu avoir la même idée.

– Possible, approuve Stone. Mais ils ne programmeraient pas d'*incohérences* dans une identité qu'ils ont fabriquée. Et ce sera à nous de voir si nous arrivons à dénicher des incohérences. C'est à ça que serviront toutes les vérifications.

– Et la valise diplomatique ? demande Mozart. On aura le droit de voir ce qu'il y avait dedans ?

– J'y venais justement. La CIA fera avec le papier ce que nous allons faire avec le bonhomme. Je te saurais gré d'établir personnellement une liaison sur ce point, Mozart. Tu auras directement affaire à Charlie

Evans. J'espère que ce sera sous forme de réunions quotidiennes, mais tu ne le trouveras peut-être pas accommodant à ce point, alors prends ce que tu pourras.

– Et je dois lui refiler nos infos, moi aussi ? veut savoir Mozart.

– En principe, oui.

– Ça me donnera la prise dont j'ai besoin, dit Mozart. Échange standard. S'ils veulent des renseignements, ils devront fournir.

– Je savais que je choisissais le gars qu'il fallait pour ce boulot, dit Stone. Tu ne donnerais pas l'heure à moins d'obtenir quelque chose en échange. (Stone dit cela d'un ton léger et sourit, mais Mozart ne lui rend pas son sourire.)

Un homme âgé chargé des Entrées et Sorties lève la main au fond de la pièce. Stone hoche la tête à son adresse.

– Je te prie de m'excuser, Stone. Comme je comprends les choses, tu as déjà passé un certain temps avec le sujet de cet interrogatoire. Je crois que ça nous aiderait de savoir si tu as vraiment dans l'idée qu'il pourrait être une taupe.

Stone choisit soigneusement ses mots.

– Il me semble, dit-il, que nous devons en admettre la très réelle possibilité si nous voulons nous attaquer au matériel résultant de l'interrogatoire avec un enthousiasme quelconque.

On discute un peu des affaires de Topologie. Un des chefs de section a déniché un émigré russe récemment arrivé en Israël qui, à la suite d'une balourdise bureaucratique, est toujours propriétaire de son appartement coopératif à Moscou, juste à côté de la rue Gorki. Le chef de section s'intéresse à l'idée d'en faire le premier et unique local sûr de Topologie à Moscou.

Stone met son veto au projet.

– Il y a trop d'inconnues. Qui est ce Russe en Israël ? Que savons-nous de lui à part qu'il prétend avoir un appartement à Moscou ? Et puis, un local sûr dans un pays communiste, selon notre règlement d'activité, devrait être enregistré en tant qu'« atout potentiellement dangereux » devant la Commission d'Enquête Sénatoriale sur les Activités de Renseignement. Et cela pourrait très bien pousser cette même Commission à demander ce que peut bien foutre d'un local sûr à Moscou un groupe appelé Topologie.

– On pourrait probablement obtenir de la DIA qu'elle nous couvre, suggère piteusement le chef de section.

– Et ils iraient gueuler auprès de l'Amiral parce qu'on braconne sur leurs terres, réplique Stone. Non, ça n'en vaut pas la chandelle, c'est tout. Je pense que notre capacité de pénétration continuera gentiment d'exister selon les méthodes déjà éprouvées – résidence chez les gens qui logent des locataires sans permis de séjour, bordels, ce genre de choses.

Mozart demande si Stone a pris une décision quant aux 3 000 dollars à allouer à un étudiant de Cornell qui parle russe et qui va faire du camping cet été en Russie d'Europe.

– Ce gars offre d'excellentes perspectives, soutient Mozart. Son grand-père a combattu sous Wrangel, son père a combattu avec Vlassov en Ukraine pendant la guerre, et s'est échappé ensuite par la Tchécoslovaquie. Il parle couramment le russe. Il fera une bonne recrue pour nous un de ces jours.

– Je suis d'accord pour les 3 000 dollars, approuve

Stone, à condition que l'argent n'ait pas de lien avec Topologie.

– L'argent viendra d'une couverture de la DIA à New York, un organisme qui donne des bourses de vacances, explique Mozart. Le type qui dirige ça est un copain de classe de Harvard.

– Rien d'autre ? interroge Stone.

L'homme âgé spécialiste des Entrées et Sorties lève de nouveau la main.

– Je suis désolé de soulever la question, Stone, mais il a circulé trop de rumeurs pour que je me sente à l'aise, ces dernières semaines. Elles aboutissent toutes à la même chose : à savoir que les pénétrations, qui sont notre activité de base, ne sont plus tenues pour une éventualité même lointaine et que Topologie va mettre la clef sous la porte.

– J'ai toutes raisons de croire, répond Stone en promenant son regard sur l'assistance, que ces rumeurs sont complètement fausses. À ce que j'estime, nous avons peut-être la mission la plus difficile de tous les services de renseignement : se préparer à quelque chose qui n'arrivera peut-être jamais, aiguiser un couteau qui peut-être ne coupera jamais rien. Mais la possibilité est tout. La pénétration est une possibilité que l'Interarmes veut conserver.

Le vieil homme aux cheveux blancs hoche lentement la tête avec satisfaction. Stone lui a dit ce qu'il voulait entendre.

– Avoue-le, Stone, chuchote Thro. (Elle appuie sur le ronfleur de l'appartement situé juste au-dessous de Topologie dans l'immeuble de Georgetown.) Avoue que j'ai changé ta vie.

– J'avoue, chuchote Stone en retour, d'un ton sarcastique. Je reconnais ce qui mérite reconnaissance. Tu as changé ma vie. Je te ferai un papier, si tu en veux un. « Thro a changé la vie de Stone. Signé, Stone. » Je ne suis plus l'homme que j'étais. À l'âge mûr de quarante-quatre ans, j'ai complètement abandonné les pyjamas et je me réveille chaque matin avec une érection prête à l'emploi.

– Ce n'est pas ce que je veux dire, siffle Thro avec fureur. Tu déformes chaque mot que je prononce.

Stone voit Cross qui sautille à travers la pièce, sa clé de sûreté pointée en avant, pour ouvrir la porte de verre où « John Pierce Associates Inc. » est inscrit en lettres d'or.

– Les mots éveillent d'autres mots. (Stone se remet à parler russe.) Comme des fourmis que se touchent les antennes.

Cross, qui est le directeur commercial de John Pierce Associates, ouvre brusquement la porte. De nouveau son aspect frappe Stone ; vu de trois quarts avant, Cross est le portrait craché de Harry Truman, à tel point qu'on a un jour fait appel à lui pour incarner Truman dans un téléfilm semi-documentaire sur la guerre de Corée.

– Ah, Stone, si tu savais comme je suis ravi de te voir… (Même la voix de Cross a quelque chose du nasillement de Truman.)… chic de ta part de trouver le temps… absolument essentiel… pris par des articles… souci pour toi… (Des formules incohérentes s'échappent de ses lèvres gercées tandis qu'il précède Stone à travers un labyrinthe de pièces. Cross est de ces gens qui ne parviennent jamais tout à fait, et ce n'est pas faute de se donner au mal, à être originaux. À tout instant il a généralement davantage de solutions qu'il n'y a de problèmes. Mais il produit des bénéfices, et ne s'intéresse pas à l'endroit où va l'argent lorsqu'il est ponctionné.) Oui, vraiment, écoute, regarde ça… on va les mettre en vedette dans notre prochain catalogue… ah oui. (Il fait surgir devant Stone un petit livre broché et glacé intitulé « Tout ce que vous désirez savoir sur les champignons », puis un second, plus mince que le précédent, avec les mots « Les poils » imprimés en gros sur la couverture, et finalement une série de trois volumes brochés sous emboîtage baptisée « Guide général de théosophie, anthroposophie et pyramidologie ».) J'ai déjà reçu une demi-douzaine d'appels téléphoniques sur les poils, proclame Cross avec fierté. Un livre comme ça… le bouche à oreille… surpris que ça devienne un best-seller… oui, vraiment, ah.

Plus tard, dans l'appartement qu'ils partagent, Thro taquine Stone à propos de Cross.

– De Topologie aux poils en un tournemain. L'esprit éclectique saisit tout ça d'un seul mouvement.

– Ne tape pas sur Cross ni sur John Pierce Associates, dit Stone. Ça paie la ferme. Et à propos de la ferme, c'est là-bas qu'on sera pendant les prochaines semaines.

– Tu as le bonhomme ? (Thro est étonnée.) La CIA ne va pas bouger ?

– L'Amiral les empêchera de bouger, dit Stone. Tu seras chargée de la réintégration sociale. Je te le donnerai une heure tous les après-midi. Utilise toutes les ressources de Topologie dont tu as besoin quand il s'agira de lui fabriquer une nouvelle identité.

– Et l'argent de la réintégration sociale ? demande Thro.

– Ça dépendra beaucoup de la valeur des papiers

qu'il a apportés avec lui, en fin de compte. On en décidera plus tard.

– Il va vouloir savoir tout de suite, dit Thro. Ils commencent toujours par poser la question de l'argent.

– Tu peux lui dire qu'il aura une pension, plus un capital dans une banque quelque part. Mais reste vague sur les chiffres jusqu'à ce qu'on commence à les déterminer.

Après le dîner, qu'ils mangent tous deux en silence, Thro tend la main de l'autre côté de la table et fait de petits ronds sur le dos du poignet de Stone avec le bout d'un doigt.

– Je suis épouvantablement désolée de ce qui s'est passé, dit-elle doucement. (Elle évite de le regarder dans les yeux.) Tu sais que c'était un accident, Stone. Je donnerais n'importe quoi pour pouvoir le défaire. Cela signifierait beaucoup pour moi si tu ne m'en faisais pas grief.

– Si le procès aboutit bien, répond froidement Stone, je ne t'en ferai pas grief.

Elle cesse de faire des ronds ; sa voix change instantanément de ton.

– Ce n'est pas ce que je voulais entendre, fait-elle sèchement.

– Ce que tu veux entendre, dit Stone, ce n'est pas ma voix mais l'écho de la tienne.

– Nous voulons tous entendre l'écho, dit tristement Thro. Nous avons *besoin* d'entendre notre propre voix qui nous revient. L'écho nous donne l'illusion que nous ne sommes pas seuls.

À l'extérieur, les gardes marchent lourdement à travers la neige fraîche traînant le corps d'un chien qui s'est jeté sur la clôture électrique pendant la nuit quand il a repéré un renard de l'autre côté.

– C'est le second qu'on perd cette année, remarque le plus vieux des trois hommes présents dans la pièce.

L'un des adjoints, portant sur son uniforme les insignes de lieutenant-colonel, passe en revue le tas de câbles arrivés ce matin.

– Rien de Genève, remarque-t-il d'un ton soucieux.

– Trop tôt pour Genève, dit le plus vieux. Ce genre de chose doit mûrir comme une pêche.

Un second lieutenant-colonel frappe un coup à la porte, qui est en métal et non en bois.

– Entrez, dit le plus vieux.

Le second lieutenant-colonel, un homme trapu avec une mince cicatrice au-dessus de l'œil gauche, tend au plus vieux une chemise avec les mots « Arrivée – Bloc à utiliser une seule fois » et « Attention : brûler le message et le bloc après réception », tapés à la machine dessus. Le plus vieux parcourt le message qui est noté d'une écriture précise et oblique, puis lève les yeux.

– La pêche est en train de mûrir, mais elle n'est pas encore prête à être servie, commente-t-il, et il passe à

ses adjoints le message qui provient de l'attaché militaire soviétique à Washington. Il lit : « Américains semblent très excités par prise. Contenu de la valise détenu par CIA. Courrier accompagné par Américain mâle en civil débarqué à base SAC mais disparu et non repérable chez toute organisation de renseignement connue. Supposons qu'il est interrogé actuellement. Mais par qui ? »

CHAPITRE 4

Avaler, digérer, déféquer et se rappeler, tout vient plus facilement maintenant. Son esprit erre encore, mais jamais très loin de la ligne médiane ; Stone est généralement en mesure de reprendre là où ils en étaient la veille avec un simple : « Vous disiez donc que… » Et pendant la nuit, pour la première fois depuis qu'il est à la ferme, c'est-à-dire depuis trois semaines et deux jours, Koulakov ne s'est pas réveillé en hurlant.

– Je n'ai jamais vu une chose pareille, dit-il à Stone et à Thro à la table du petit déjeuner. (Il les regarde l'un et l'autre sans excitation tout en décrivant un jeu télévisé qu'il a regardé l'après-midi précédent.) Ils ont tiré un rideau et il y avait un lave-vaisselle, une télévision couleur et une machine à coudre. Ils ont dit que tous les trois étaient neufs, mais je ne suis pas tombé de la dernière pluie. Ah ! Neuf, vieux, quelle importance ? Ils ont donné trois étiquettes de prix à la fille. Elle avait trente secondes pour courir à travers le plateau et les mettre sur les appareils. Si elle mettait la bonne étiquette sur le bon appareil, elle le gardait. Quand elle a découvert qu'elle avait réussi pour les trois, elle s'est mise à pleurer et elle s'est jetée dans les bras du présentateur. (Koulakov remue une cuillerée de confiture dans son thé, souffle bruyamment sur la tasse pour la refroidir, aspire le liquide alors que, du point de vue de Stone, il est encore bouillant.) Ce que je ne comprends pas, dit Koulakov, c'est la publicité.

– Qu'est-ce que vous ne comprenez pas là-dedans ? demande Thro.

– En Union soviétique, explique Koulakov, ils font de la publicité seulement pour les produits que personne n'achète. Et personne ne les achète parce qu'ils ne sont pas bien faits. Les produits qui sont bons n'ont pas besoin de publicité. La nouvelle se répand vite. Vous pourriez voir une queue d'un kilomètre de long dix minutes après qu'on l'a mis en vente. Dans votre pays, je n'arrive pas à comprendre si le gouvernement fait de la publicité pour les produits parce qu'ils sont bons ou parce qu'ils sont mauvais et ne se vendent pas.

– Ce n'est pas le gouvernement qui fait la publicité, dit Stone. C'est la société qui fabrique le produit. La plupart du temps, un certain nombre de sociétés fabriquent la même chose. Elles font donc de la publicité pour convaincre les gens que leur modèle est plus beau, plus efficace, qu'il dure plus longtemps ou qu'il est moins cher. (Stone sourit chaleureusement à Koulakov.) C'est un monde différent, Oleg, mais tout se mettra en place. Prenez votre temps. Ne soyez pas impatient.

Mais Koulakov est agacé : par la routine quotidienne, par les leçons d'anglais, par le paysage, par la nourriture, et surtout par les questions dont Stone le bombarde tous les matins de neuf heures à midi, sept matins par semaine.

– On ne pourrait pas s'arrêter maintenant ? se plaint Koulakov, jetant pour la millième fois un coup d'œil à la montre-bracelet japonaise que Stone lui a donnée la deuxième semaine après leur arrivée à la ferme.

– Il n'est que 11 h 30, répond Stone. Encore une demi-heure.

– On a déjà vu cette question, gémit Koulakov.

L'interrogatoire, en fait, avait atteint le point où ils n'abordaient rien dont ils n'avaient pas déjà parlé auparavant. Mais Stone, compulsant les transcriptions des séances précédentes jusque tard dans la nuit, ramenait intentionnellement Koulakov sur le même terrain encore et encore, et une fois encore, à la recherche d'un mot, d'une phrase, d'une hésitation, d'un illogisme, d'une faille, d'une incohérence ; à la recherche même d'une absence de changement dans la façon de formuler les choses, absence qui pouvait indiquer que la réponse avait été apprise par cœur.

– Parlez-moi encore de votre fille, insiste Stone.

– N'êtes-vous pas fatigué d'entendre toujours la même chose ? gémit Koulakov. (Il pêche une cigarette dans une boîte et l'insère dans le fume-cigarette en ivoire que Thro lui avait donné comme il admirait le sien.) Nadia, commence-t-il (il se penche sur l'allumette que Stone lui tend), a été comme un livre ouvert dès sa naissance. Si elle était triste, ou solitaire, ou inquiète de quelque chose, si elle tombait amoureuse ou cessait de l'être, c'était écrit sur son visage. (Koulakov suçote le fume-cigarette en ivoire, contemplant le paysage par la fenêtre.)

– Vous avez rencontré certains des garçons dont elle est tombée amoureuse, n'est-ce pas ? suggère Stone.

– Elle les amenait à la maison s'ils lui plaisaient vraiment, dit Koulakov. Elle respectait ses parents. Elle voulait que nous aimions les gens qu'elle aimait.

C'était normal. (Et avec plus de force) : *Elle était normale.* (De nouveau le regard de Koulakov est fixé sur les collines moutonnantes qui environnent la ferme.)

– Elle amenait aussi ses amies « e » à la maison, dit Stone prudemment. Vous m'avez dit qu'elle amenait des amies à la maison.

– Oui, elle amenait des amies à la maison, répond paisiblement Koulakov. (Il se maîtrise.) Mais elle n'a jamais pensé à elles de cette façon-là. Je vous l'ai dit, je lisais en elle comme dans un livre. Je l'aurais su. (Koulakov parle plus pour lui-même que pour Stone, en fait ; si on l'a fait répéter, songe Stone, c'est un brillant travail d'acteur.) Quand ma femme m'a montré les photos…

Stone l'interrompt :

– Décrivez les photos.

– Elles étaient prises au téléobjectif. Elles sont arrivées par le courrier. Sans lettre. Sans adresse d'expéditeur. Rien que des photos. L'une les montrait se tenant par la main… sur une autre elle avait passé son bras autour de la taille de l'autre, elle riait, embrassait une épaule. Celle en noir et blanc était prise de face, et il y avait « avec amour, Lina » écrit dessus. Je la gardais dans mon portefeuille. J'avais la vague idée d'essayer de retrouver cette… Lina. J'ai remarqué qu'elle avait disparu quand vous m'avez rendu mon portefeuille l'autre jour.

– Je pensais que vous n'en vouliez plus, expliqua Stone. Quelle fut l'attitude de Nadia à propos des photos ? A-t-elle avoué la liaison ?

– Elle a tout avoué, oui, se remémore Koulakov. (Ses yeux sont humides et bordés de rouge en cet instant.) Elle a dit qu'elle était amoureuse de cette… cette fille… cette Lina. Elle a demandé s'il était écrit quelque part qu'elle était obligée de tomber amoureuse d'un garçon… elle n'avait que dix-neuf ans… dix-neuf ans.

– Est-ce qu'il a été difficile de la faire interner ?

– Que voulez-vous dire par interner ?

– Vous m'avez dit – Stone vérifie un détail dans la chemise qu'il tient sur ses genoux –, oui, vous m'avez dit l'avoir fait interner dans un asile hors de Moscou plus ou moins spécialisé dans les gens qui souffrent de troubles sexuels.

– Ah, oui, interner. Le beau-frère de ma femme avait un frère qui travaillait dans l'hôpital. Normalement, il faut attendre deux ans avant de pouvoir faire soigner quelqu'un, mais nous avons fait jouer le piston. (Soudain Koulakov se lève.) Il est presque midi, dit-il d'une voix assourdie. Assez pour aujourd'hui.

Le jour suivant Stone commença la séance par : « Vous disiez que vous aviez fait jouer le piston pour faire interner Nadia. » S'est-elle opposée à y aller ? S'est-elle opposée à être séparée de son… amie ?

– D'abord elle n'a pas voulu en entendre parler, démarra Koulakov avec vivacité. Nous avons eu des scènes terribles. La femme avec qui nous partagions l'appartement – c'était la veuve d'un de mes camarades de guerre en fait – a appelé la milice un soir, et j'ai dû les emmener dehors et leur donner deux bouteilles de vodka avant de réussir à les convaincre que c'était une querelle de famille. J'ai travaillé Nadia au corps pendant des semaines, au sujet de l'asile. Elle a résisté, mais ensuite elle est devenue moins sûre d'elle. Elle savait que je l'aimais plus que quiconque au monde. À la fin elle était très nerveuse. Elle s'était rongé les ongles jusqu'au sang. Elle avait une éruption de boutons horrible qui ne guérissait pas. Elle avait des troubles respiratoires – une douleur au fond de la poitrine. Un jour elle a haussé les épaules et elle a dit qu'elle irait. Et donc je l'ai emmenée… j'ai emmené ma propre fille… (La voix de Koulakov se brisa. Quand il eut repris contenance, il dit :) Vous voyez, la seule différence pour moi entre un jour et le suivant c'est que certains jours sont moins tristes que d'autres.

Après cette séance, pendant le déjeuner, Koulakov se tourna soudain vers Stone et lui demanda s'il avait des enfants. Stone et Thro évitèrent de se regarder.

– Une fille, oui, répondit-il doucement.

Thro changea rapidement de sujet ; elle essayait pour la douzième fois d'expliquer le fonctionnement d'un compte courant à Koulakov. Stone, les regardant parler, laissa vagabonder son esprit ; sans la moindre raison, il se rappela comment sa fille avait l'habitude de confondre embrasser et faire l'amour. Lorsqu'il venait lui dire bonne nuit, elle gloussait et disait « Faisons l'amour », et elle se mettait à lui planter des baisers sur la bouche. Le lendemain matin elle annonçait fièrement de sa voix haut perchée qu'elle et son papa avaient fait l'amour quinze fois la veille au soir.

Cela se passait quand elle avait six ans. À présent elle allait sur ses neuf ans. Stone se demanda si elle confondait encore embrasser et faire l'amour. Il l'ignorait. Il n'avait pas posé les yeux sur elle depuis deux ans.

La partie dont Thro s'occupait prit un départ lent ; pendant les premiers jours, la seule chose dont Koulakov eut envie de parler fut l'argent. Thro fut aussi rassurante qu'elle pouvait l'être, mais elle resta nécessairement vague. Koulakov devint soupçonneux, puis amer.

– De quoi est-ce que cela dépend ? voulut-il savoir. De la quantité de secrets que je fournirai à votre Monsieur Simon ? Combien de fois dois-je vous le dire ? Je ne connais aucun secret.

Thro était patiente. Elle expliqua qu'il recevrait une somme globale, et une pension militaire équivalente en gros à celle qu'un commandant en retraite – le grade de Koulakov – recevrait de l'Armée des États-Unis après vingt-huit ans de service. Il recevrait également une assurance médicale privée et aurait droit aux allocations de la Sécurité sociale lorsqu'il aurait atteint l'âge de soixante-cinq ans. Koulakov était toujours inquiet. « Qu'est-ce que la Sécurité sociale ? » demanda-t-il.

Thro interrogea minutieusement Koulakov sur ce qu'il avait fait dans le service du courrier (« j'ai porté des valises diplomatiques scellées d'un point A à un point B pendant vingt-huit ans »), sur ce qu'il avait étudié à l'académie militaire (« L'artillerie ; j'étais un spécialiste de l'influence des rayures du canon sur la rotation et la précision du projectile »), sur ses passe-temps (« Qu'est-ce qu'un passe-temps ? demanda-t-il »). Elle finit par lui extirper que pendant un de ses séjours dans une maison de repos du ministère de la Défense, sur la mer Noire, il avait emprunté un chevalet d'occasion et s'était mis à toucher à la peinture à l'huile. Le lendemain après-midi, Thro surgit avec un chevalet de professionnel, des tubes de peinture, des pinceaux, et un assortiment de toiles. Koulakov eut un faible sourire et se confondit en remerciements, mais il n'approcha pas le chevalet pendant deux semaines ! Puis, un jour, en arrivant dans sa chambre, Thro le trouva en train de peindre avec frénésie près de la fenêtre. Ses toiles, qu'il se mit à produire au rythme d'une tous les deux ou trois jours, étaient des tableaux naïfs très colorés dans lesquels de minuscules silhouettes escaladaient des pentes ou se débattaient dans des champs d'herbe haute où rôdaient des bêtes féroces et des serpents géants.

– Mon rêve serait de tenir une galerie d'art, approuva Koulakov la première fois que Thro en fit la suggestion. Est-ce qu'une chose pareille serait possible ?

– Nous pourrions faire en sorte que vous travailliez dans une grande galerie pendant six mois pour apprendre les ficelles, lui dit Thro. Après ça, on trouvera une ville de bonne taille qui n'a pas de galerie convenable, et on vous installera.

– Ce pourrait aussi être un centre culturel, bredouilla Koulakov, bouillonnant d'idées. Je pourrais projeter des films d'art un soir par semaine et servir du thé avec un samovar et organiser des débats.

– Vous pourriez inviter des artistes à faire des conférences, proposa Thro.

– Je pourrais organiser une bibliothèque de prêts de livres d'art, dit Koulakov. Je pourrais lancer un bulletin d'informations artistiques.

Durant les séances qui suivirent, tandis que Thro lui établissait lentement une identité dans laquelle il pourrait se glisser quand il quitterait la ferme, Koulakov revint sans cesse sur la question de la galerie.

– À vous entendre, ça paraît possible, commenta-t-il. S'il vous plaît, ne me donnez pas des espoirs si ça n'est pas possible.

Même Stone remarqua le changement en Koulakov ; les séances du matin devinrent pour le transfuge russe un moyen en vue d'une fin : plus vite il donnerait à

Stone ce que celui-ci voulait, plus vite lui, Koulakov, pourrait réaliser son rêve fraîchement découvert d'ouvrir une galerie d'art.

– Vous disiez que votre femme vous a quitté pour un autre homme, souffle Stone. Avez-vous eu quelques indices de ce qui se préparait, avant l'événement ?

– Absolument rien, répond Koulakov, presque avec animation. (Il penche la tête et examine une toile inachevée sur le chevalet devant la fenêtre ; elle représente un chat sur le point de bondir sur un homme minuscule dans une forêt sombre.) C'est arrivé comme un coup de tonnerre.

– Mais vous avez dit qu'elle était renfrognée…

Koulakov l'interrompt d'un geste impatient.

– Qui ne l'aurait été ? dit-il. Une fille à l'asile, soignée pour… des problèmes. Un fils renvoyé de l'université pour usage de drogue. L'humeur de ma femme n'avait rien à voir.

– Comment était votre vie sexuelle ?

Cela tire à Koulakov un grognement.

– Ma vie sexuelle était normale, ce qui veut dire que nous faisions l'amour une fois toutes les une ou deux semaines quand elle se tournait vers moi et se mettait à me toucher.

– Elle essayait de vous stimuler seulement une fois par semaine environ ?

– Bon Dieu, est-ce que vous avez besoin de tout savoir ? (Koulakov secoue vivement la tête, comme s'il tentait de l'éclaircir.) Elle essayait de me stimuler plus souvent, bien sûr, mais je faisais généralement comme si je dormais. Je buvais aussi beaucoup, ce qui signifie que j'étais souvent bel et bien endormi.

– Vous avez été marié combien de temps ?

Koulakov fait la moue, calcule.

– Vingt-deux ans.

– Avec qui s'est-elle enfuie ?

– Je ne sais pas son nom, marmonne Koulakov avec exaspération. Elle ne l'a jamais dit. Elle m'a juste dit qu'elle n'en pouvait plus et qu'elle partait.

– Avez-vous essayé de l'arrêter ?

– Oui, dit Koulakov, puis il se reprend : Non. Pas très énergiquement.

Stone laisse s'écouler un instant.

– Qu'est-ce qui vous fait penser qu'il y avait un autre homme ?

– Je lui ai demandé. Je lui ai demandé s'il y avait quelqu'un d'autre. Elle a eu un rire hystérique et s'est mise à brailler qu'elle s'en allait avec un commandant de char.

– Avez-vous jamais eu de ses nouvelles après ça ?

– Indirectement. (Koulakov plante une cigarette dans son fume-cigarette et l'allume.) Une amie à elle que je voyais de temps en temps, une dactylo dans un ministère nommée Natalia…

– Quel était son nom de famille ? Son patronyme ?

Koulakov réfléchit un instant.

– Natalia Victorovna Mikhailova. Son mari était capitaine dans l'armée, section des transports. Oui. Mikhailova.

– Et elle est venue vous trouver…

– Elle s'est présentée à la porte un jour…

– Avant ou après que vous avez vécu avec l'actrice ? demande Stone.

– Pendant, dit Koulakov. L'actrice était venue s'installer, mais elle était sortie quand Natalia est passée.

Stone a un hochement de tête encourageant.

– Nous reviendrons sur l'actrice. Parlez-moi de Natalia.

– Il n'y a pas grand-chose à dire. Elle m'a informé que ma femme allait bien. Elle a dit qu'elle vivait à Alma-Ata avec le commandant de char. (Koulakov ferme les yeux, se concentre, et donne l'adresse à Stone.) Elle a demandé si elle pouvait prendre les affaires de ma femme – ses vêtements, ses produits de beauté. Ma femme était très fière de sa collection de produits de beauté occidentaux. J'ai laissé Natalia dans l'appartement. Quand je suis revenu, elle était partie, ainsi que les affaires de ma femme.

– Et vous n'avez plus jamais eu de nouvelles de votre femme ?

Koulakov est perdu dans ses pensées, le regard fixé au loin, de l'autre côté de la fenêtre. Stone répète la question.

– J'ai reçu une carte postale illustrée, une fois, se rappelle Koulakov. D'un côté, il y avait la photo du stade, à l'extérieur d'Alma-Ata. De l'autre côté, une note, de l'écriture de ma femme, mais sans signature, qui disait : « Tu es alourdi, lesté comme un plongeur, par le sentiment d'être quelqu'un de spécial. Monte à la surface. » (Le ton de Koulakov est soudain plein d'intensité.) Je vous le dis franchement, si elle pourrit en enfer, ça m'est bien égal.

Koulakov, agité, contemple l'homme étrange qu'il n'a jamais vu, puis l'amas d'électrodes et de compteurs dans la valise ouverte.

– Je refuse catégoriquement, annonce-t-il. (Il

regarde Stone d'un air suppliant.) Pourquoi m'humiliez-vous ainsi ? Je vous ai dit la vérité. Je vous le jure.

– Je vous crois, dit Stone. Mais les gens pour qui je travaille ont besoin de ça pour vous croire.

– N'y a-t-il pas d'autre moyen ? implore Koulakov.

– Il existe certaines drogues, dit vaguement Stone, mais on les utilise généralement chez les sujets qui ne veulent pas coopérer. Il y a un système d'analyse des fréquences vocales, et l'observation des paupières ; les gens ont tendance à battre plus souvent des paupières, et plus vite, quand ils mentent. Nous avons déjà utilisé les deux techniques avec vous, avec des résultats négatifs. Mais les fréquences vocales et l'observation des paupières sont des méthodes expérimentales. Ils voudront avoir les résultats du détecteur de mensonge pour confirmer le sentiment que nous avons tous que vous dites la vérité.

Manifestement mécontent de la tournure des événements, Koulakov se laisse conduire au siège installé au milieu de la pièce. On tire le rideau, on fixe les électrodes, une lampe à pied est apportée et placée juste à côté du coude de Koulakov. On éteint toutes les autres lumières.

Koulakov se tortille, mal à l'aise.

– On dit chez les paysans, plaisante-t-il amèrement, que l'endroit le plus sombre d'une pièce est sous la lampe.

– Les paysans savent beaucoup de choses que nous ignorons, approuve Stone. (Koulakov a un demi-sourire en entendant la réplique qu'il a servie à Stone à bord du Globemaster.)

Le civil règle plusieurs cadrans dans la valise, met l'enregistrement en route, adresse un signe de tête à Stone, dont la voix sort des ténèbres.

– Très bien, commençons. Voulez-vous donner votre nom complet, votre âge, votre grade, votre dernière mission et votre matricule militaire.

– Koulakov, Oleg Anatolevitch. J'ai cinquante-trois ans. J'avais… J'avais le grade de commandant. J'avais une affectation de courrier, attaché au ministère de la Défense. Mon matricule militaire est 607092.

De nouveau le civil qui s'occupe des cadrans adresse un signe de tête à Stone.

– C'est bon, dit-il. Vous pouvez y aller.

Stone se déplace et tend à Koulakov une cigarette allumée.

– Ça va ?

– Ça va, répond Koulakov d'une voix tendue. Votre ami est un dentiste indolore.

– Oleg, dit Stone, je voudrais que vous décriviez les événements qui ont amené le renvoi de Gregori de l'université Lomonossov. Parlez lentement, prenez les choses dans l'ordre chronologique.

Koulakov tire à plusieurs reprises sur sa cigarette.

– La première fois où j'ai appris que mon fils avait des ennuis, c'est quand le recteur de l'université m'a convoqué. J'ai pensé que Gregori avait encore des problèmes avec le Komsomol. Il avait déjà été en difficulté à plusieurs occasions – une fois pour ne s'être pas rendu à une sortie de travail du Komsomol, une autre fois parce qu'il avait fait une plaisanterie sur l'intervention soviétique en Tchécoslovaquie. Chaque fois, j'avais pu aplanir les choses – après tout, j'étais un membre de confiance du Parti – et donc je ne m'attendais pas à ce que ce soit plus grave ce coup-ci.

– Jusqu'ici, ça va, dit le civil.

Stone poursuit :

– Et c'est là que vous avez découvert qu'il s'agissait de drogue ?

– Oui, dit Koulakov. Le recteur a été vraiment très compréhensif. Il a dit qu'il ne pouvait rien faire d'autre que de le renvoyer. Il m'a donné le nom d'un médecin que je pouvais aller voir…

– Gregori a subi un traitement ? fait Stone d'un ton surpris. Vous n'en aviez pas encore parlé.

– Ça n'a pas duré très longtemps, reconnaît Koulakov. À la fin, j'ai découvert que pendant tout le temps où je croyais qu'il se rendait à la clinique, il se baladait autour de Moscou avec des voyous.

– C'est à ce moment-là que la milice l'a arrêté ?

– C'était pendant cette période, oui. La milice a cru qu'il était ivre et ils l'ont gardé toute la nuit. Ensuite ils ont découvert les traces d'aiguilles. Et ça a été la fin de son permis de séjour à Moscou. On l'a envoyé travailler sur un Projet Héroïque à Irkoutsk – la construction d'un embranchement de voie ferrée, je crois. Environ un mois avant mon départ, j'ai reçu un mot de lui au courrier. Il disait qu'il ne se rappelait pas la date de mon anniversaire, mais qu'il voulait me le souhaiter quand même. Il disait qu'il se préparait à aller vivre avec sa mère à Alma-Ata. C'est la dernière fois que j'ai entendu parler de lui.

Le civil laisse la bande d'enregistrement glisser entre ses doigts jusqu'au plancher. Il regarde Stone et hoche la tête.

– Les enfants ne se rappellent jamais les anniversaires de leurs parents, commente Stone.

– Je me suis toujours rappelé celui de mon père, remarque Koulakov. (Derrière lui, le civil se penche un peu sur l'enregistrement.) Il était né le 24 septembre.

D'un doigt le civil adresse un signe à Stone.

– Vous m'avez dit que votre père était mort, dit Stone prudemment. (Sa voix est exactement la même qu'avant.) Vous rappelez-vous également la date de sa mort ?

Koulakov répondit vivement.

– Il est mort en été, dit-il. Début août, je crois que c'était le 4.

Le civil regarde Stone et secoue la tête. Stone dit : « Je suis désolé, Oleg, mais vous mentez ! »

– Pourquoi mentirait-il au sujet de son père ? demande Thro. Pourquoi dirait-il qu'il est mort alors qu'il est vivant ?

– Parce que son père est juif, explique Stone. Koulakov était très ambitieux dans sa jeunesse. Lorsqu'il a fait sa demande d'admission à l'Académie Militaire, je crois que c'était en 1942, il a été assez intelligent pour comprendre qu'il n'irait pas très loin dans la bureaucratie de Staline avec un père juif dans ses antécédents. Alors il a acheté quelqu'un pour changer le nom du père sur son acte de naissance et le remplacer par le nom d'un ami de la famille qui était mort à la guerre. Ce genre de pratique était courant. Au lieu d'avoir un Juif pour père, il a eu un membre du Parti et un héros de guerre. Dans la confusion de la guerre, avec les archives qui se perdaient tout le temps, personne ne l'a attrapé.

– Et il s'en est tiré avec ça pendant toutes ces années ?

– Il a fait mieux. Sa mère a touché une pension jusqu'au jour de sa mort.

– Et qu'est-il arrivé au vrai père ?

– C'est là que ça se corse, explique Stone. Il est toujours bien vivant. Il s'appelle Davidov. Leon Davidov. Il travaille comme concierge et homme à tout faire au ministère de la Défense. Koulakov le voyait de temps en temps dans les couloirs. Parfois ils se rencontraient pendant quelques minutes dans les toilettes pour hommes. Ils pissaient dans des urinoirs voisins et échangeaient quelques mots. La dernière fois que Koulakov a vu son père c'est en sortant de chez l'officier de service avec la valise diplomatique enchaînée à son poignet et l'ordre écrit de la porter au Caire. Davidov était sur une échelle en train de changer les ampoules du hall. Ça a dû être un sacré moment. Koulakov est passé juste à côté de lui en sachant qu'il ne le reverrait jamais. Il a serré la cheville du vieil homme en guise d'adieu. Il a craqué quand il nous a raconté ça. (Stone secoue tristement la tête.) Dans quel monde vivons-nous ?

Thro demande :

– Comment était-il, le vrai père ?

– Apparemment le vieux était terrorisé jusqu'à la moelle pendant l'époque de Staline – il a été arrêté deux fois, la première pour avoir partagé un appartement avec quelqu'un qui était accusé d'être un trotskiste, la seconde, pour avoir écouté, ainsi que plusieurs autres, une blague contre Staline et n'avoir pas dénoncé celui qui l'avait racontée. Quelqu'un d'autre l'a fait, et la loi spécifiait qu'on pouvait être envoyé en prison pour ne pas avoir dénoncé un ennemi du peuple. Davidov a fini par faire ce que firent beaucoup de gens : il avait tellement peur d'être accusé d'antistalinisme qu'il est devenu un stalinien fervent. Il est devenu, pour ainsi dire, plus royaliste que le roi. Il lisait les discours de Staline dans la *Pravda*, les apprenait par cœur et les citait mot pour mot à tout le monde. Quiconque lui parlait repartait convaincu qu'il était un grand stalinien. Il était simplement mort de peur voilà tout.

– Bon Dieu, quel secret à trimbaler pour Koulakov, toutes ces années, dit Thro.

– L'ironie de la chose, raconte Stone, c'est que l'accusation qu'ils ont finalement portée contre lui fut celle de mensonge au sujet de ses antécédents familiaux dans des documents officiels – *mais ils ne lui ont pas reproché le bon mensonge*. L'homme qui était enregistré comme son père s'est révélé n'avoir pas été du tout un héros de guerre, du moins c'est ce qu'a déclaré le procureur. Ils ont montré à Koulakov un vieux registre de cour martiale prouvant que le véritable Koulakov avait été fusillé pour désertion. Koulakov a nié être au courant, de manière si convaincante que le procureur lui a fait passer un test au détecteur de mensonge – test auquel il a échoué rapidement puisqu'il était en train de mentir. Koulakov était coincé. Il ne pouvait expliquer qu'il n'était pas le fils d'un déserteur fusillé et faire surgir comme preuve le père juif qu'il avait caché pendant toutes ces années. Ça n'aurait fait qu'empirer les choses.

– C'est une histoire incroyable, dit Thro. Stone, ceci doit bien prouver qu'il est un transfuge authentique. Ils n'auraient jamais pu monter tout cela.

– Oh, Koulakov dit la vérité, très bien, admet Stone. Ce n'est pas ça qui me tracasse.

– Qu'est-ce qui te tracasse ?

– Ce qui me tracasse, répond évasivement Stone, c'est comment finira le monde. Et quand.

– Mis à part que vous ne faites pas votre raie du même côté, vous vous ressemblez vraiment beaucoup, dit subitement Thro.

Elle s'est glissée dans la chambre de Stone pour voir s'il voulait faire l'amour et l'a trouvé plongé dans les rapports qui sont revenus de Topologie.

– Comment ça, on se ressemble ? demande Stone en la regardant ôter son peignoir de bain et grimper dans le lit. En quoi ?

– Seigneur, ces draps sont froids, dit-elle. Vous êtes tous les deux des victimes, voilà en quoi vous vous ressemblez. Koulakov m'a dit un jour qu'il avait passé vingt-huit ans à porter une valise scellée d'un point A à un point B. Ça m'a frappée comme une très bonne description de ce que tu fais, Stone.

Stone grimpe à côté d'elle dans le lit, presse son genou contre l'entrejambe de Thro, passe une main sur ses seins.

– Il y a une différence, dit-il. Je sais ce qu'il y a dans la valise.

– Tu le sais, Stone ? Tu le sais vraiment ?

Par principe, Stone arrive en avance dans la chambre du motel et se livre à un examen de routine à la recherche de micros. Par un supplément de précaution, il a loué trois chambres à la file, et utilise celle du milieu pour la rencontre. Mozart arrive, comme à l'accoutumée, exactement à l'heure fixée, transbahutant une serviette pleine d'un nouveau tas de rapports de Topologie.

– 'Jour, Stone. (Mozart salue son patron sans aucun signe visible de respect.) Comment notre courrier tient-il le coup ?

– Mieux que moi, réplique Stone. Qu'est-ce que tu as pour moi aujourd'hui ?

– Un tas de boue, dit-il en jetant un épais dossier sur le lit, mais pas de pépites.

Et de son débit uniforme exaspérant et efficace, il fait à Stone un compte rendu de ce que les hommes de Topologie ont découvert. Koulakov, semble-t-il, a donné plusieurs adresses fausses. À un moment il a mentionné un film qu'il a vu à Moscou, mais selon les dossiers de Topologie, le film n'est sorti qu'un mois plus tard. Il a fait une erreur en décrivant le mari de Natalia comme capitaine ; au dernier recensement, il était toujours lieutenant. Il n'y a pas de Projet Héroïque d'embranchement de voie ferrée à Irkoutsk ; il y a eu des avalanches dans la région à l'époque, et quelques équipes ont été envoyées pour rouvrir les lignes qui avaient été coupées.

– Quoi qu'il en soit, cela ne nous avance pas beaucoup, médite Stone. Qu'avez-vous rapporté d'autre ?

– Côté positif, on a les Russes qui essaient de fermer la porte de la grange après que le cheval a pris la tangente, dit Mozart. Il y a des rapports confirmés au sujet du nettoyage des équipes d'Athènes et du Caire par les Services Secrets de l'Armée, et c'est bien du nettoyage qu'ils ont fait : les gorilles de l'ambassade d'Athènes qui ont laissé Koulakov leur filer entre les doigts ont été renvoyés chez eux par avion et inculpés de manquement au devoir. Le deuxième secrétaire qui se trouvait avec eux dans la voiture a été relevé de ses fonctions et mis en accusation. Le général chargé du service du courrier diplomatique a été relevé de ses fonctions. Le sous-directeur des Services Secrets de l'Armée a été transféré dans la cambrousse. Exactement tous ceux qui ont été en contact avec Koulakov se sont fait sonner. Le chauffeur qui l'a conduit à l'aéroport, un civil faisant partie du service des voitures du ministère, a été envoyé faire de l'emballage dans un kolkhoze en Ukraine. L'Amiral pense…

Stone lui lance un regard acéré.

– Tu es allé voir l'Amiral ?

Mozart ne se laisse pas démonter.

– Il m'a convoqué, dit-il, un sourire radieux s'étendant entre ses joues flasques. Je n'ai pas pris l'initiative. Il suit l'affaire au jour le jour.

– Je n'en doute pas, dit Stone. As-tu trouvé quelque chose sur Gamov ?

Pendant un instant Mozart a l'air pris au dépourvu.

– Gamov ?

– L'officier de service qui a envoyé Koulakov en mission, alors que son nom avait été rayé de la liste des courriers en activité, explique Stone, non sans une certaine satisfaction.

– Ce Gamov-là. (Mozart se ressaisit vite.)

– Ce Gamov-là, dit Stone, devrait être dans de très sales draps.

Mozart glousse joyeusement.

– Il est peut-être dans les draps les plus sales de tous, annonce-t-il à Stone. Il a disparu sans laisser la moindre trace. À tout point de vue, il n'y a plus de Gamov et voilà.

Mozart met aussi Stone au courant de ce que Charlie Evans, là-bas à la CIA, a déterré dans le tas de papiers.

– La valise était une mine d'or, dit-il. Il y a une série de lettres de gens du ministère de la Défense à leurs homologues égyptiens, dressant la liste des pièces de rechange disponibles pour les MIG 17, 19 et 21, et de celles qui ne le sont pas. À partir de ces listes, la CIA pense pouvoir formuler une évaluation extrêmement solide du nombre de MIG opérationnels détenus par les Égyptiens. Les Israéliens parlent déjà de nous offrir des choses très séduisantes, en échange du droit de prendre connaissance de ces renseignements ; ils ont un agent en place en Iran sur qui ils proposent de nous brancher, pour commencer. Et puis il y a une lettre personnelle pour la fille de l'ambassadeur, envoyée par son petit ami, et qui décrit des émeutes de la faim dans la ville de Nordvik sur la mer de Laptev. Il y a une note au résident chargé des Renseignements militaires au Caire, lui commandant de dire à un certain Ahmid – c'est manifestement un nom de code – que 10 000 francs suisses ont été déposés sur son compte de la Swiss Bank Corporation à Zurich. Et il y a plusieurs lettres personnelles, deux à la machine, deux à la main. En fait, il y en a une qui est une lettre d'amour. Et il y a un étrange truc que personne n'a encore réussi à interpréter. C'est une note d'un Russe de Genève à son beau-frère, qui est troisième secrétaire à l'ambassade soviétique du Caire. La lettre, manuscrite, fait cinq mots : « *Ti minieh dolzhen sto rublei.* » Tu me dois cent roubles. C'est signé Khroustalev-Nosar.

– Est-ce que Topologie a vérifié ce nom ? veut savoir Stone.

Mozart hoche la tête.

– Khroustalev-Nosar est un diplomate qui participe aux négociations SALT sur le désarmement. La trentaine. Brillant. Technocrate. Il a des diplômes de sciences et se spécialise dans les systèmes de missiles air-sol. Il semble qu'on le soupçonne quelque peu d'être lié aux Renseignements militaires.

Stone absorbe tout cela.

– Comment sont tes rapports avec les gens de Charlie Evans ? demande-t-il.

– Froids. Corrects. (Et Mozart ajoute d'un ton sarcastique :) Personne n'est plus sympathique qu'il ne doit l'être.

– Vous parliez de l'actrice, rappelle Stone à Koulakov. Vous disiez que c'est elle, pas vous, qui a eu l'idée de venir s'installer chez vous.

Ils déambulent sur un chemin de terre qui serpente à travers les collines moutonnantes, près de la ferme. Un civil les suit discrètement, un fusil au creux du bras. L'atmosphère est froide, mais dégagée. Koulakov a relevé le col de sa veste en peau de mouton, et il rentre la tête dedans, comme une tortue. Ils marchent vivement – trop vivement pour Koulakov, qui a du mal à marcher et parler en même temps.

– Elle n'avait pas de permis de séjour à Moscou, explique-t-il. Il fallait soit qu'elle s'installe chez moi, soit qu'elle retourne à Léningrad. Naturellement, je préférais qu'elle soit à Moscou. Alors quand elle m'a demandé, j'ai dit oui.

– Ça ne vous a pas paru anormal – qu'elle demande, je veux dire ? En général, c'est l'homme qui propose ce genre d'arrangement.

Koulakov rit franchement.

– Vous parlez russe comme un indigène, dit-il, mais vous ne connaissez pas vraiment la Russie. Il y a des milliers – peut-être même des dizaines de milliers de gens qui vivent à Moscou comme des Bohémiens. Ils n'ont pas de carte de séjour, et sans carte de séjour, ils n'ont pas le droit d'avoir un travail ni un appartement. C'est un cercle vicieux. Ils ne peuvent pas obtenir la carte de séjour s'ils n'ont pas de travail ni de logement ; ils ne peuvent pas obtenir de travail ni de logement sans permis de séjour. Alors ils s'installent chez des amis ou des amants et vivent *na levo*, comme on dit : « à gauche ». Elle travaillait dans une compagnie théâtrale de Léningrad, mais elle voulait vivre à Moscou, alors elle cherchait un studio de cinéma ou un théâtre qui l'engagerait. En attendant, il fallait qu'elle habite quelque part. C'est aussi simple que ça.

Stone marche un moment en silence.

– Comment l'avez-vous rencontrée ?

– Qui ça ? Oh, l'actrice. Je l'ai rencontrée au syndicat des acteurs. Je dînais là un soir avec une cousine qui est la veuve d'un acteur qui ressemblait exactement à Lénine vu de dos et qui jouait tout le temps son rôle dans des films. Galya était à une autre table… nous avions échangé des regards deux ou trois fois, comme on fait. À minuit, ils ont éteint l'éclairage du plafond pour indiquer à tout le monde qu'il fallait s'en aller. Je traînais en buvant un cognac. Galya a foncé droit sur moi, s'est penchée et m'a collé un baiser sur la bouche. (À ce souvenir, Koulakov a un sourire amer.) Comme ça, carrément. Elle était très… comment dire ? non conformiste. Quand je suis de nouveau tombé sur elle, un pur hasard, dans une boutique de disques de la rue Gorki – j'achetais quelques disques récents pour les apporter à Nadia à l'hôpital –, eh bien, vous savez ce que c'est. Une chose en a entraîné une autre. Et elle a demandé si elle pouvait venir s'installer. J'étais seul, alors je me suis dit : « Quel mal y a-t-il ? »

– Mais les choses n'ont pas tourné comme vous pensiez ?

La tête de Koulakov émerge de son col ; ses traits sont tirés, ses yeux mi-clos et humides.

– Pour lequel d'entre nous, dit-il tranquillement, est-ce que les choses tournent comme nous pensions ? (Il secoue la tête avec tristesse.) Galya était une très belle femme vue de l'extérieur, mais elle était très tordue au-dedans.

– Comment ça, tordue ? demande Stone.

– Sexuellement, d'abord, réplique Koulakov. Elle exprimait des exigences qu'aucun homme n'aurait pu satisfaire. Et elle ne cachait pas son insatisfaction. Elle semblait prendre plaisir à m'humilier. Elle se vantait d'autres amours qu'elle avait eues ; de ce qu'elle avait fait à ces hommes et de ce qu'ils lui avaient fait. Elle adorait décrire les choses de façon très détaillée. Quels que soient les efforts que je faisais pour lui plaire, ce n'était jamais assez. Elle en voulait toujours davantage.

Ils continuent de marcher une centaine de mètres sans rien dire ; devant eux la ferme apparaît sur une élévation de terrain : un bâtiment principal en bardeaux blanchis à la chaux, un étage, et deux dépendances plus petites, une en brique, une en bois. L'ensemble est entouré d'une palissade elle aussi blanchie à la chaux. Quatre voitures sont garées en divers endroits, et l'on distingue deux hommes avec des fusils, flânant à l'ombre des bâtiments. Stone sait que deux autres, également munis de fusils, jouent aux cartes dans la construction en brique qui sert d'arsenal à la ferme – on y trouve un assortiment de mitraillettes Uzi, des grenades et un mortier léger.

– Est-ce que votre amie l'actrice vous a quitté avant ou après qu'on vous accuse ? demande Stone.

Koulakov réfléchit un instant.

– Je ne me rappelle pas. C'était une sale période pour moi, vous comprenez. Je ne sais plus dans quel ordre c'est arrivé. Je me souviens d'une discussion houleuse, le soir où elle est apparue avec un autre homme et l'a embrassé devant moi sur la bouche. Mais je ne me rappelle pas si c'était avant ou après les accusations.

– En ce qui concerne les accusations, dit Stone, quand en avez-vous entendu parler pour la première fois ?

– Je venais de rentrer d'une course à Paris, et je devais avoir quelques jours de congé. J'ai reçu un coup de téléphone de quelqu'un du ministère qui m'ordonnait de ne pas quitter Moscou, et d'être joignable par téléphone tous les jours de 9 à 18 heures. J'ai pensé qu'il y avait peut-être une autre mission diplomatique qui se préparait. Deux jours après, je crois, encore qu'en y réfléchissant, c'était peut-être trois ou quatre jours, l'appel est arrivé.

– Mais il ne s'agissait pas d'une mission diplomatique ?

Koulakov hoche la tête. Un des hommes aux fusils, près de la ferme, les salue de la main, et Koulakov et Stone lui font signe en retour.

– J'ai reçu l'ordre de me présenter au bureau 666, je me rappelle les trois six, à 10 heures le lendemain matin, en uniforme. Cette histoire d'uniforme m'a rendu nerveux ; je portais rarement l'uniforme.

– Et c'est alors que vous avez fait la connaissance du colonel Koptine.

– Oui. (Ils ont atteint la palissade, à présent, et Stone s'immobilise de telle sorte qu'ils puissent terminer avant d'entrer.) C'était un type assez correct, dit Koulakov. Il avait l'air de regretter ce qu'il faisait. Il a dit qu'une enquête de routine sur mes antécédents, le genre d'enquête qui est effectué périodiquement sur les gens qui ont accès à des matériaux très secrets, avait révélé que j'avais menti au sujet de mon père. J'ai dû beaucoup pâlir quand il a dit ça ; vous comprenez, je pensais qu'ils avaient découvert la vérité, que mon père était juif. Koptine a contourné son bureau et m'a apporté un siège, et il m'a donné un verre d'eau. Puis il a expliqué qu'il s'avérait que mon père, somme toute, n'était pas un héros de guerre, mais bien plutôt un déserteur qu'on avait exécuté pour collaboration avec les envahisseurs nazis. Il m'a même montré la note manuscrite, sur le journal de marche, qui faisait état de l'exécution d'un certain Koulakov. J'ai tout nié, je ne savais rien de tout ça, et il a pris acte de mes dénégations dans le dossier. Il avait même l'air de croire que mes dénégations étaient sincères. Il m'a demandé si je me soumettrais à un détecteur de mensonge, et il est devenu ouvertement affable quand j'ai accepté instantanément. Puis il m'a montré un mémorandum, signé par son supérieur, ordonnant que mon nom soit rayé de la liste des courriers en activité. Et il m'a conseillé d'engager un avocat, parce qu'il y avait des chances pour que l'affaire soit portée en justice. Je lui ai demandé quelles seraient les conséquences d'un verdict de culpabilité. Il a dit que pour quelqu'un dans ma situation, c'est-à-dire quelqu'un ayant accès à des documents très secrets, une condamnation serait très sévère. Il a dit que je pouvais m'attendre à une peine de prison d'au moins dix ans, en même temps qu'une exclusion de l'armée pour conduite déshonorante et la perte de tous mes droits à la retraite.

Thro sort sur le seuil du bâtiment principal.

– Quelqu'un déjeune ? lance-t-elle.

– Mangeons, dit Stone.

La peau de Thro la chatouille, à cause d'une allergie au thé de Chine.

– Je l'ai lu dans *Newsweek*, dit-elle en pressant ses doigts contre ses pommettes. En brûlant des combustibles fossiles, on augmente la quantité de dioxyde de carbone de l'atmosphère. Cette couche de dioxyde de carbone produit un effet de serre. Jusque-là, ça va bien. Mais si on continue à brûler des combustibles fossiles au rythme actuel, l'atmosphère sera plus chaude de 3 degrés et demi en l'an 2050. Et à cause de ça, la zone actuelle de culture du maïs sera transformée en désert. (Thro pouffe hystériquement.) Le fait qu'il y a assez d'armes nucléaires pour annihiler 690 fois la population mondiale sera le cadet de nos soucis !

Mozart sert un peu de riz cantonnais à l'admirable blonde qui prétend s'appeler Clyde. Elle lui adresse un sourire qui a été mis au point devant une glace et ses faux cils battent à l'adresse de Koulakov tandis qu'elle lui passe le plat de riz.

– Où est-ce que tu l'as trouvée ? demande Mozart en anglais. (Koulakov ne sait pas que c'est une putain coûteuse, et Stone ne veut pas qu'il le découvre.)

– C'est Thro qui a organisé ça, dit-il.

– Faudra m'arranger ça aussi, un de ces jours, dit Mozart à Thro.

– Pas sur l'argent de la Compagnie, ni pendant les heures de travail, observe Stone.

Ils ont bu du whisky à l'eau et sont tous légèrement ivres.

– Est-ce que tu n'arrêtes jamais de jouer au chef ? lance Mozart. Est-ce que tu ne te détends jamais ?

– Bonne question. (Thro éructe délicatement dans sa main.)

La putain se penche plus près de Koulakov de sorte

que son sein s'appuie contre le bras de l'homme, et elle lui chuchote quelque chose à l'oreille. Stone retient sa respiration pour se débarrasser de son hoquet, contemple Mozart d'un œil mi-clos. Brusquement il exhale, en même temps que sa respiration, un flot de mots qu'il ne peut retenir.

– Tu sais une chose, mon pote, lâche-t-il, le visage tout près de celui de Mozart, je déteste les gens de ta génération. Je les déteste vraiment.

Mozart accueille l'attaque sans se démonter. Il se renverse en arrière sur son siège et joue avec sa breloque Phi Beta Kappa.

– Qu'est-ce que tu nous as fait, pour nous haïr tant ? demande-t-il d'un ton de défi.

– Tu vois, s'écrie Stone. Voilà exactement le genre de réplique de petit malin que sortent les types de l'Ivy League[1]. (Il prend Thro à témoin.) Ils passent leur temps à tout inverser. (Stone vacille un peu, reporte son regard sur Mozart.) Ce qui sauve ma génération, c'est qu'elle est franchement et profondément anticommuniste ; on a fait ce qu'on a fait pour éviter un mal plus grand. Mais ta génération est dépourvue de convictions. Vous n'avez pas de centre. Vous faites ce que vous faites pour le plaisir. Pour vous, l'espionnage est un sport cérébral. Bon Dieu, vous vous fichez d'être pour ou contre le communisme, en fait. S'il n'y avait pas de communistes, vous les inventeriez pour avoir quelqu'un avec qui jouer.

Il règne un silence gêné ; Koulakov les regarde successivement, incapable de suivre la conversation en anglais.

1. *Ivy league* : ensemble des universités américaines les plus huppées. (N.d.T.)

– Stone ? (Thro essaie de rompre les chiens.)

– Tu n'auras jamais ma place, tu sais, dit Stone à Mozart d'un ton égal. (Il se tourne vers Thro qui lui tire le bras.) Faudra qu'il me passe sur le corps, pour avoir ma place.

– Que signifie, dit Koulakov en russe, « le vainqueur appartient aux dépouilles » ?

La putain suit chaque mot que prononce Koulakov.

– Qu'est-ce qu'il dit ? demande-t-elle du coin de la bouche.

– J'ai lu ça dans ma leçon d'anglais hier, explique Koulakov et il répète dans un anglais hésitant la formule de Fitzgerald : « Le vainqueur appartient aux dépouilles. »

L'accent de Koulakov fait rire la putain.

– Il est chou, dit-elle.

– Qu'est-ce qui te fait croire que je veux ta place merdique ? dit Mozart d'un ton belliqueux. Topologie est un combustible fossile.

Thro explique la formule de Fitzgerald à Koulakov.

– C'est un jeu de mots, Oleg. La phrase originelle est « Au vainqueur appartiennent les dépouilles ».

Mozart répète la formule en latin. Stone ricane.

– Au vainqueur, pas de dépouilles, dit Koulakov. Le temps que j'arrive en Allemagne, il ne restait rien. (Il lève un verre de whisky vide et le choque contre le bol de riz de Stone.) Pour dire la vérité, j'ai fait une chouette guerre. Je ne me suis jamais ennuyé.

Stone hoche la tête, d'un mouvement plus appuyé qu'il ne devrait.

– Moi aussi, dit-il, j'ai fait une chouette guerre. J'ai regretté quand ç'a été fini. (Et il se retourne avec férocité contre Mozart.) Elle était comment, ta guerre, mon pote ?

– Elle vient de commencer, dit Mozart. Elle progresse, merci de me le demander, plutôt bien.

La putain sort sur la pointe des pieds de la chambre de motel de Koulakov, trouve devant la porte un garde de service, berçant un fusil.

– Qui est-ce qui me paie ? chuchote-t-elle.

D'un signe de tête, le garde lui indique la porte suivante. La putain tambourine doucement. Stone entrouvre imperceptiblement le battant, voit qui c'est, lui dit d'attendre un instant. Il revient lui tendre une enveloppe par l'embrasure.

– Comment ça a marché ? demande-t-il.

– Performance normale, répond-elle. C'est ce qu'ils font presque toujours avec moi. Ce qu'il y a de drôle, ajoute-t-elle, émue plus qu'un peu, c'est qu'il a pleuré comme un bébé, ensuite.

Stone arrive de Washington par la navette aérienne, et prend un taxi de La Guardia jusqu'au Palais de justice, sans cesser de répéter de jolis discours dans sa tête : sur le fait qu'une fille a besoin d'une image du père dans sa vie, qu'il se consacrera à elle, qu'il ne va pas faire concurrence à la mère mais seulement la compléter. L'avocate, qui se prénomme Margaret et signe ses lettres avec un « Mlle » devant son nom, l'alpague sur les marches du palais et l'emmène au coin de la rue boire un café vite fait.

– Quoi que vous fassiez, lui enjoint-elle, pas de jolis discours. Vous restez tranquille, sauf si on vous pose une question directe. Rappelez-vous que le juge a eu droit à tous les discours possibles et imaginables.

Ce qui l'impressionnera, c'est un homme tranquille et discret qui ne s'affole pas. Détendez-vous. Ayez l'air confiant. Laissez-moi faire, pour tout.

L'ex-femme de Stone est là, l'air plus maigre et plus méchant qu'il ne se le rappelait. Il la hèle par son nom, Alice, et se dirige vers elle, mais elle se détourne et dit quelque chose à son avocat, un type à la forte carrure qui ressemble à un évêque en complet-veston.

Le juge, un sexagénaire frêle et myope qui semble picorer comme un oiseau les papiers devant lui, jette à peine un coup d'œil aux avocats. La conversation, pendant les premières vingt minutes, est un aimable échange de jargon juridique – affidavits, juridiction, statuts, précédents. Finalement le juge en vient à ce que Stone considère comme le fond de l'affaire.

– Si je vous comprends bien, monsieur Stone, vous contestez une décision de cette cour, édictée par un juge à présent décédé, et qui vous donnait interdiction d'avoir le moindre contact avec votre fille, Jessica.

– Oui, Votre Honneur, je pense…

– Et vous, madame Stone, soutenez que les raisons initiales de refuser le droit de visite sont toujours valables. (Le juge farfouille dans des papiers, trouve celui qu'il cherche, le picore un instant, puis lève de nouveau les yeux.) Oui, je crois que c'est ça. L'affaire initiale concernait les allégations de madame Stone selon lesquelles en tel et tel endroit (à présent le juge parcourt le papier), tel et tel jour, le père, alors ayant la garde de l'enfant pour le week-end, a été négligent en ce qu'il a laissé la femme qui était sa maîtresse punir l'enfant en la griffant avec ses ongles au bras et à l'épaule, infligeant conséquemment des blessures qui ont nécessité un traitement médical d'urgence, et par la suite des séances de thérapie psychiatrique pour l'enfant, qui avait été gravement effrayée par l'incident. (Le juge lève les yeux et regarde les avocats.) Ça fait un paquet. Eh bien, par où est-ce qu'on commence ?

– Votre Honneur (Stone se lève – ils sont assis autour du bureau du juge dans son cabinet), je vous jure que c'était un accident. Nous chahutions et…

– Monsieur Stone (d'un geste, le juge le fait rasseoir), ce qui est en question dans cette nouvelle enquête que vous avez demandée n'est pas l'incident initial, qui a abouti à une décision vous refusant le droit de visite. Ce dont il est question, à présent comme naguère, c'est l'intérêt de l'enfant. Votre avocate, vous représentant, a affirmé que la perte du droit de visite pendant deux ans a eu un effet profond sur vous *et* sur l'enfant ; qu'une négligence de votre part ne devrait vraisemblablement pas se répéter, étant donné l'enjeu ; qu'il serait de l'intérêt de l'enfant que soit réinstauré un droit de visite raisonnable. Et elle a joint divers certificats émanant de psychiatres pour enfants et de pédiatres et de personnalités éminentes qui font partie de vos relations. Ai-je raison de croire que l'Amiral qui a signé une des lettres de recommandation est en fait l'Amiral actuellement en fonction comme Président de l'État-Major Interarmes ?

– C'est bien lui, dit l'avocate de Stone, manifestement certaine d'avoir marqué un point.

– Eh bien, on ne peut le nier, hein ? fait affablement le juge à l'adresse de l'évêque en civil de Mme Stone. C'est là une attestation très impressionnante. (Le juge se racle la gorge, picore de nouveau divers papiers.) Bon, quant à votre avocat, madame Stone, il a fait valoir en votre nom que vous continuez de craindre pour le bien-être physique et émotionnel de votre fille, en ce que la femme qui a infligé la blessure initiale par griffure, dont monsieur Stone a été tenu pour responsable, est toujours grandement liée à monsieur Stone. En voilà encore un paquet ! Et il a joint divers certificats émanant de psychiatres pour enfants et de pédiatres (Stone a l'impression de déceler un soupçon de moquerie dans le ton de voix du juge), et ainsi de suite à l'appui de vos dires.

– Ma cliente, dit l'évêque avec aisance, maintient que sa fille s'est accoutumée à vivre sans père, que réinstaurer un droit de visite rouvrirait ce qui est devenu en fait une affaire classée dans l'existence de l'enfant. Essentiellement, Votre Honneur, réinstaurer le droit de visite créerait un problème pour l'enfant, dans un domaine où actuellement il n'en existe aucun.

De nouveau le juge reporte son attention sur les deux avocats.

– Ce que je voudrais faire, si vous n'y voyez pas d'objection, c'est inviter chacune des parties à répondre aux représentations en justice de l'autre partie, par écrit, avec des arguments contradictoires. Secondement, l'une des deux parties verrait-elle un inconvénient à ce que je fasse faire une enquête de l'assistante sociale sur leurs vies privées respectives ?

L'avocate de Stone saute sur la proposition.

– Nous serions ravis de coopérer, Votre Honneur. Mon client est un homme respectable qui sert valeureusement son pays.

– Bien entendu, flûte l'évêque, nous n'aurions pas d'objection. Madame Stone n'a rien à cacher.

– Demandez à l'enfant, s'écrie l'ex-femme de Stone. Demandez-lui si elle veut le revoir.

– Elle dira ce qu'on lui aura dit de dire. (De

nouveau Stone est debout.) Comment peut-on demander à une fillette de huit ans…

– Ça allait si bien, dit le juge avec douceur. (Stone se laisse retomber sur son siège.) Évidemment nous questionnerons l'enfant, dit le juge à Mme Stone. (Il se tourne vers Stone et ajoute :) Et bien entendu, nous garderons à l'esprit que nous parlons à une enfant de huit ans qui peut avoir été, ou non, influencée par sa mère dans ce qu'elle nous dit. Nos assistants sociaux ne sont pas des imbéciles. Ils savent quoi faire dans des situations comme celle-ci. Nous suivrons donc la procédure que j'ai suggérée. Et on verra ce qu'on verra.

– Ça s'est très bien passé, assure l'avocate qui se fait appeler mademoiselle.

– Comment le savez-vous ? demande-t-il. (Il ne sait pas si ça s'est bien passé ou non.)

– L'histoire de lettre de l'Amiral. Le fait qu'il se donne la peine de demander une enquête de l'assistance sociale ; s'il s'apprêtait à prendre une décision à votre détriment, il l'aurait fait sur-le-champ. À mon avis, il cherche des faits sur quoi se fonder pour prendre une décision en votre faveur. Cela lui a fait une très mauvaise impression quand elle s'est écriée « Demandez à l'enfant », à la fin. Vous vous rappelez que je vous avais dit de ne pas intervenir quand on ne vous demande rien ? Le truc, dans toutes les audiences, c'est de se taire. Celui qui parle le moins est celui qui se trahit le moins.

– Et le fait que je sois encore avec la femme qui a accidentellement fait du mal à Jessica ? demande Stone. Quelle allure ça aura après examen ?

L'avocate hausse les épaules.

– Je vous ai dit quand vous avez commencé la procédure qu'il vaudrait mieux que vous soyez en mesure de dire qu'elle ne faisait plus partie de votre vie. (Elle voit le regard abattu de Stone dériver jusqu'à la tasse de café vide.) Courage, dit-elle gaiement, avec ou sans elle dans votre vie, c'est dans la poche. Je n'aurais pas pris l'affaire si je n'avais pas pensé la gagner.

– Vous disiez que l'officier de service a téléphoné…

– Ce n'est pas l'officier de service qui a téléphoné (Koulakov corrige Stone). Quelqu'un d'autre a téléphoné et m'a dit de me présenter à l'officier de service en vêtements civils.

– Oleg, je veux que vous vous concentriez là-dessus. Je veux que vous essayiez de vous rappeler tous les détails, même s'ils sont insignifiants, lui dit Stone. N'avez-vous pas trouvé étrange qu'on ait pu vous convoquer un jour devant un officier d'instruction, vous informer que des accusations étaient portées contre vous, vous montrer une note ordonnant que votre nom soit rayé de la liste des courriers en activité, et le lendemain même vous convoquer chez l'officier de service comme si rien ne s'était passé et vous envoyer à l'étranger ?

– J'y ai beaucoup réfléchi, reconnaît Koulakov. C'était une erreur bureaucratique. Toutes les bureaucraties font des erreurs. Les notes doivent circuler. Cela prend du temps. Elles peuvent se perdre ou être mal acheminées. Ou traîner sur des bureaux, fermées et non lues. J'ai vu ça des dizaines de fois. Vous aussi.

– Pendant toutes vos années en tant que courrier,

demande Stone, avez-vous jamais entendu parler de quelqu'un qui aurait été envoyé à l'étranger par accident ?

Koulakov garde le silence.

– Si c'était un accident, dit Stone, c'était un foutu accident.

– Ça doit être un accident, insiste Koulakov. Pourquoi voudraient-ils qu'une valise diplomatique tombe entre vos mains ?

Cette fois c'est Stone qui reste silencieux. Il regarde un long moment par la fenêtre. Finalement il dit :

– En revenant ici, dans l'avion, vous avez rapporté votre conversation avec l'officier de service. Est-ce que vous vous en souvenez encore ?

Koulakov hoche la tête.

– Il a dit que quelqu'un devait porter la valise au Caire cette nuit-là.

Stone termine la phrase à sa place.

– Il a dit : « Vous avez été élu à une seule voix. La mienne. »

– Oui, acquiesce Koulakov. C'est ce qu'il a dit. Et alors ?

– Quel était son grade ?

– Il était commandant, répond Koulakov. Comme moi.

– « Quelqu'un doit porter cette valise au Caire cette nuit. Vous avez été élu à une seule voix. La mienne. » Ce n'est pas de cette façon qu'un commandant s'adresse à un autre commandant. Ça sonne plutôt comme un supérieur s'adressant à un subordonné.

Koulakov hausse les épaules.

– Quel âge avait ce Gamov ? demande Stone.

– Soixante ans. Soixante-deux peut-être.

– C'est vieux pour un commandant, médite Stone. Décrivez-le encore une fois.

Koulakov ferme les yeux.

– Il lui manquait un bras – le gauche. La manche était épinglée. Il avait des pellicules sur les épaules et il les brossait avec sa main valide. Ses doigts n'étaient pas ceux d'un homme, mais davantage ceux d'une femme – longs et minces. Il portait sa montre-bracelet à l'intérieur de son poignet. Il avait tendance à ricaner. Il avait pas mal de décorations sur la poitrine.

– Pouvez-vous vous rappeler lesquelles ? demande Stone avec intérêt.

Koulakov secoue la tête.

– Essayez, insiste Stone.

Koulakov ferme les yeux de nouveau, se concentre.

– Essayez, bon sang !

Koulakov dit lentement :

– L'une était toute rouge avec un marteau et une faucille au milieu.

– L'Ordre du Drapeau Rouge, murmure Stone.

– Une autre était… rouge avec des rayures noires.

– Verticales ou horizontales ?

Koulakov ouvre les yeux.

– Horizontales, dit-il. Les rayures étaient horizontales.

– L'Ordre de Staline ! (Stone va à la fenêtre et fixe au-dehors la haie de piquets blancs.) Les rangées de rubans. L'Ordre de Staline. Le bras manquant. C'était un héros de guerre. Mais seulement commandant. Pourquoi quelqu'un qui avait mérité l'Ordre de Staline était-il toujours commandant ? Et que faisait-il en tant qu'officier de service au ministère de la Défense ?

Koulakov rit nerveusement.

– Il me donnait une chance de sauver ma tête.

Stone regarde Koulakov sans le voir.

– C'est une possibilité, dit-il. Mais il y en a d'autres.

Et puis c'en est terminé. Le printemps est arrivé ; l'air est soudain doux, tiède et humide, le sol est spongieux sous les pas. Les gardes civils, qui trimbalent les valises et les caisses métalliques verrouillées jusqu'aux breaks, plissent les yeux à cause de l'éclat du soleil.

– Je me sens comme si je venais de réussir à mes examens, dit Koulakov à Thro d'un air heureux. Parfois je pensais que ça ne finirait jamais.

L'un des gardes frappe deux coups à la porte, et entre dans la pièce sans y avoir été invité. Thro désigne deux valises de cuir flambant neuves.

– Celles-ci sont à lui. Elles vont dans la Plymouth.

Quand le gardien est sorti, Thro ouvre un attaché-case très épais.

– Voici votre nouveau vous, dit-elle. Votre nom est Martin Kemp. Il a été raccourci à partir de Kempny quand vous êtes devenu citoyen américain en 1970. Votre père était tchèque, votre mère russe. Vos parents ont divorcé quand vous étiez bébé. Vous avez vécu à Moscou avec votre mère, qui est morte en 1964. Vous étiez en visite chez votre père à Prague quand les Russes l'ont occupée en 1968. Vous avez quitté la Tchécoslovaquie dans le chaos qui a suivi. Traverser jusqu'en Autriche n'était pas un problème. La frontière est restée ouverte pendant des semaines. Des milliers de gens sont partis. Vous étiez l'un d'eux. Vous avez passé deux mois dans un camp de la Croix-Rouge à Vienne avant de recevoir l'autorisation d'émigrer aux États-Unis. Tenez – Thro lui tend le compte rendu, en russe, d'un Tchèque qui a fui après l'occupation soviétique en 1968 –, vous trouverez là-dedans plein de détails utiles. Votre date de naissance et votre âge ont été changés sur tous vos papiers. Vous devez apprendre les nouveaux par cœur, ainsi que tout le reste du matériel – les noms des parents, leurs dates de naissance et de décès, etc. Ensuite, à Moscou vous travailliez dans une galerie d'art en face de l'hôtel *Ukraine*. Il y a eu, soit dit en passant, un dénommé Martin Kempny, à moitié Tchèque, qui a vraiment travaillé dans cette galerie.

– Où est-il à présent ?

Thro le regarde brièvement.

– Il est mort, bien sûr. (Elle tend à Koulakov un paquet de documents.) Voici votre acte de naissance original…

– Il a l'air très vieux, dit Koulakov admiratif. Comment fabriquez-vous de telles choses ?

– Il n'est pas fabriqué, explique Thro. C'est le document authentique. Voici votre déclaration de naturalisation, votre passeport américain, un permis de conduire de New York, une carte de Sécurité sociale, une carte de crédit American Express, un livret de banque de la First National City Bank…

Koulakov ouvre le livret.

– Cet argent est à moi ?

– Les 25 000 dollars au compte sont entièrement à vous, dit Thro. Ainsi que la Plymouth garée dehors. Voici la carte grise de la voiture, au nom de Martin Kemp. Il y a un appartement qui vous attend à Los Angeles. Une année de loyer d'avance a été payée. Les meubles de l'appartement sont à vous. Voici 1 000 dollars en liquide pour démarrer. Vous avez également été porté – afin de percevoir une pension – sur les registres de l'Armée en tant que commandant en retraite, ce qui signifie que vous recevrez 960 dollars par mois pendant le restant de votre vie.

Koulakov est submergé.

– Vous avez été très généreux… Je n'ai jamais eu de voiture à moi.

Thro a gardé le meilleur pour la fin.

– Oleg, nous vous avons trouvé un emploi à Los Angeles. C'est une très belle galerie d'art…

– Ah, tout se passe comme vous l'aviez dit, dit Koulakov avec douceur. Je vous remercie du fond du cœur.

– Soyez prudent, dit Stone à Koulakov. (Ils se serrent la main devant la Plymouth. Les gardes civils, le professeur d'anglais de Koulakov, le cuisinier et Thro se tiennent à quelque distance et les regardent.) Faites-vous pousser la barbe. Apprenez votre nouvelle identité par cœur. Si quelqu'un se montre trop curieux au sujet de vos antécédents, tout ce que vous avez à faire c'est d'appeler le numéro que je vous ai donné, et nous découvrirons de qui il s'agit.

– C'est comme un rêve, dit Koulakov. Monter dans une voiture et rouler comme ça à travers l'Amérique – il y a une pointe de nervosité dans sa voix –, à vous entendre, c'est tellement facile, tellement possible.

– Ici les gens font cela tout le temps, dit Stone. Ici, monter dans une voiture et aller où on veut est un fait quotidien. (Il ouvre la portière côté conducteur pour Koulakov.) Je vous ai dit que nous n'étions pas comme eux, Oleg.

– Je n'osais pas le croire, dit Koulakov. Je n'ose toujours pas le croire.

Deux hommes portant des combinaisons d'électricien, des baskets, de longues blouses grises et des gants de chirurgien s'accroupissent devant la porte d'un appartement au onzième étage d'un immeuble du centre de Genève. L'un tient un talkie-walkie contre son oreille. L'autre trifouille un anneau de passe-partout, finalement ouvre la porte. Sans bruit, les deux hommes entrent, attendent dans l'obscurité près de la porte jusqu'à ce que deux légers déclics se fassent entendre dans le talkie-walkie, puis se dirigent vers un coffre-fort mural dissimulé derrière un miroir dans la chambre à coucher.

Le plus grand des deux hommes tend le talkie-walkie à l'autre, ajuste un stéthoscope et en place l'extrémité sur les boutons. En moins d'une minute, les boutons se mettent en place et le coffre s'ouvre avec un claquement. À l'intérieur se trouve une boîte à chaussures en carton. Le plus petit des deux hommes photographie avec un Polaroïd le coffre ouvert avant d'en retirer la boîte. Il soulève le couvercle et photographie les lettres éparpillées à l'intérieur, puis se met à les tendre une par une à son compagnon, qui aplatit chacune sur le sol et la photographie avec un Minox. Quand ils ont fini, ils remettent les lettres dans la boîte, en commençant par la dernière sortie. L'un des deux hommes vérifie soigneusement sur la photo Polaroïd de la boîte à chaussures et arrange les lettres jusqu'à ce qu'elles correspondent exactement à la photo. Puis la boîte à chaussures est remise dans le coffre, et la photo Polaroïd est de nouveau consultée pour s'assurer que la boîte est exactement là où ils l'ont trouvée. Le coffre est refermé, le cadran revient sur les chiffres où il se trouvait auparavant. Un dernier coup d'œil alentour. Deux légers déclics dans le talkie-walkie. Et les deux hommes franchissent la porte et descendent l'échelle d'incendie jusqu'à une voiture qui les attend.

En tout, l'opération a duré dix-huit minutes, mobilisé six hommes, deux à l'intérieur, quatre à l'extérieur, et coûté (primes et pots-de-vin compris) 18 745 dollars.

L'équipe de nettoyage attend dans un appartement deux étages plus bas jusqu'à ce que le téléphone sonne une fois. Ils grimpent vivement à l'appartement cible et se mettent au travail. L'un sonde la serrure de la porte d'entrée avec une longue et mince bande de métal, en extrait de la limaille aimantée à peine visible et l'examine à travers un puissant verre grossissant. Deux autres, à quatre pattes, fouillent du bout de leurs doigts le tapis du salon pour récupérer les morceaux de paille qu'ils ont plantés. L'un d'eux fait un signe de tête en direction de la chambre à coucher. Le miroir est examiné, ôté, le cadran du coffre est photographié, puis la porte est ouverte. Des mesures sont relevées avec des instruments de dessin industriel, d'autres photos sont prises avec un appareil fixé sur un trépied, dirigé vers le sol, le pied du trépied et la boîte à chaussures posés sur des marques tracées à l'avance sur une feuille de papier.

En tout, l'opération a duré quarante minutes, mobilisé huit hommes, six à l'intérieur et deux à l'extérieur, et coûté (primes et pots-de-vin compris) 3 137 roubles.

CHAPITRE 5

Si Washington est, psychologiquement parlant, un mélange de Wall Street et de Disneyland, le Comité des Quarante, ce discret grand frère interservices qui veille par-dessus l'épaule de la communauté du renseignement américain, est, lui, son refuge spirituel. Il représente un judicieux alliage de réalité et d'imagination, essentiel à la poursuite et la réussite de ses buts (lesquels malheureusement – ou peut-être heureusement – ne sont que vaguement définis). Il est, par exemple, fortement conscient des pratiques traditionnelles sans y être attaché ; de plus, il n'a rien contre une occasionnelle envolée d'imagination – à condition que toute personne concernée emporte un parachute.

Le directeur de la Central Intelligence Agency, Charlie Evans, un homme grand, élégant, impeccablement vêtu de costumes rayés, que sa femme oblige à porter des fixe-chaussettes afin que sa peau pâle ne soit pas visible quand il croise les jambes, est en train de divertir le sénateur Howard, président de la Commission d'Enquête Sénatoriale sur les Services de Renseignements, en lui racontant des histoires d'espionnage ; Evans, un officier de carrière de la CIA qui a gravi les échelons, a découvert depuis des années qu'il est plus facile de traiter les sénateurs comme on traite des enfants – en leur faisant sentir qu'on les laisse pénétrer dans les secrets du métier.

– Qu'est-ce qu'il a fait alors ? demande avidement le sénateur. Comment est-ce qu'il s'est tiré de cette mélasse ?

– Il ne s'en est pas tiré, dit Evans d'un ton dramatique. (Il se renfonce dans son fauteuil et croise les jambes ; on ne voit que sa chaussette.) Au moment où il a vu que les cheveux qu'il avait fixés étaient partis il a su qu'il était cuit, et il s'est mis à laisser des notes dans des cachettes qui n'étaient plus utilisables impliquant *le mauvais général*. Quand il a pensé qu'ils étaient sur le point de le cueillir, il a tué l'homme qui était sous surveillance dans son appartement – il lui a cassé la colonne vertébrale avec son genou, un truc comme ça – et il s'est planqué en lieu sûr. Il a été obligé de se cacher pendant quatorze semaines, avant que nos gars puissent le faire disparaître du pays. Le général qu'il avait impliqué avait déjà été fusillé, et *notre* général était monté d'un cran dans la junte. (Evans tapote le genou du sénateur.) Vous voyez ce que je veux dire par planifier ? Dans ce métier, on est obligé d'anticiper. Il n'y a personne pour faire vos devoirs à votre place. Quand le toit s'est effondré, il avait sous la main un plan de rechange tout prêt qui transformait l'adversité en avantage.

– C'est sûr que vous autres vous avez fait du chemin depuis les temps où vous vous tatouiez les messages secrets sur la lèvre supérieure avant de les dissimuler sous des moustaches, glousse le sénateur. Ah, voilà l'Amiral. Et Nicholas. Bonjour, Nicholas. Je pense que nous pouvons lever le rideau.

Nicholas Toland, l'adjoint du président pour les

affaires de Sécurité nationale, petit et réservé, fait signe à chacun de prendre place autour de la grande table circulaire et met en marche la boîte noire qui brouille tous les micros. Toland paraît singulièrement soucieux aujourd'hui ; une critique dans le *New York Times* de son discours le plus récent, prononcé devant un auditoire d'Harvard, l'a qualifié de « Sisyphe littéraire roulant les lieux communs jusqu'au sommet de la montagne ». Les membres de la conférence prennent place. Stone reste collé à l'Amiral. Le décor est très Salle de Conférences du Département d'État : gris pâle, avec pour seule touche de couleur la rose rouge au revers du sénateur Howard. Contrairement à la plupart des groupes interservices, il n'y a pas ici de procédure hiérarchique ; Toland, en tant que représentant du Président à cette table, préside officieusement, mais chaque homme défend le territoire de son service. Lorsque des intérêts entrent en conflit, ce qui est plus fréquent qu'on pourrait le croire, le problème est, si possible, généralement évité, ou bien renvoyé en haut, au Bureau Ovale, pour décision.

Toland détache sa montre, une Patek Philippe en or, et la pose sur la table recouverte de feutre.

– À propos, Charlie – il se tourne vers Charlie Evans –, le Président serait curieux de savoir si vos gars ont déniché l'identité de Volkov. Cela fait maintenant presque deux ans qu'il est le chef des Renseignements militaires soviétiques. Et presque un an qu'il a réalisé ce beau coup en Allemagne de l'Ouest dont il ne vaut mieux pas parler.

Evans n'apprécie pas la question.

– Il y a eu quelques pistes, répond-il, mais rien de ferme. Il est possible que Volkov soit en fait deux personnes, l'une chargée des activités intérieures, l'autre de l'étranger. Mais ce n'est pas confirmé. Volkov est toujours un homme sans visage.

– En d'autres termes, vous n'avez toujours pas la moindre idée de qui est Volkov ni de quoi il a l'air, dit Toland. (Il a le chic pour reformuler les choses avec précision.)

– C'est exact, fait Evans d'un ton pincé.

Toland prend une note sur un bloc jaune.

– Très bien. Nous avons deux points à notre ordre du jour, annonce-t-il. D'abord la question délicate de la guerre et de la guerre et demie. En second lieu, le transfuge russe. Andrew, voulez-vous donner le coup d'envoi ?

Andrew, c'est Andrew Horrick, le sous-secrétaire à la Défense, un Californien décontracté et intellectuel qui a commencé sa trajectoire washingtonienne en tant qu'un des petits génies de McNamara.

– Le ministère de la Défense, dit Horrick, est d'avis que la préparation à la pire éventualité doit continuer d'être la base des scénarios. Bon, c'est très bien de souligner les faiblesses soviétiques en ce qui concerne la production, l'approvisionnement et la transformation des forces existantes en potentiels de combat sur le terrain, mais le fait qui importe, c'est que les Russes sont capables de déclencher un conflit terrestre majeur sur le théâtre européen, et, disons, un feu de paille dans la zone du Golfe. En d'autres termes, ils peuvent amorcer une guerre et demie…

– Nicholas, c'est une chose que nous devons résoudre à un niveau plus élevé, soupire Al Prentice, un universitaire, sous-secrétaire d'État aux Affaires politiques. Sans parler du handicap manifeste qui consiste à dépenser des milliards de dollars pour des armes dont nous n'avons pas besoin, le processus de préparation à la pire éventualité a eu pour effet d'effrayer les Russes quant à nos intentions...

– De leur faire dépenser des sommes énormes pour se mettre à la hauteur de *leur* estimation de la pire éventualité, approuve Charlie Evans.

– Voilà ! Exactement ! (Prentice saisit la balle au bond.) Nous organisons une riposte militaire à l'hypothèse de la pire éventualité – cette année le coup de la guerre et demie ; le *missile gap* [1] il y a dix ans ; la capacité de déferler à travers l'Europe jusqu'à la Manche dix ans avant ça – et puis ils organisent une riposte à notre riposte. Et puis nos gars, armés de résultats d'ordinateurs, s'amènent et essaient de nous foutre la trouille en nous disant combien d'équivalents-dollars les Russes ont dépensés...

– Les calculs en équivalents-dollars sont extrêmement précieux pour faire une estimation des capacités soviétiques, dit Horrick avec insistance.

– Les capacités ne nous révèlent rien sur les *intentions*, réplique Prentice d'un ton sérieux. Considérez la différence entre nos capacités et nos intentions. Bon Dieu, nous avons cent fois la possibilité de rayer l'Union soviétique de la carte, mais nous n'avons pas l'intention de faire ça. Ou est-ce que je me trompe là aussi ?

– Nous ne sommes pas contre les calculs en équivalents-dollars, si ? demande doucement Nicholas Toland.

– Ce sont des outils extrêmement utiles, dit Ohm Berenson, le directeur de la Defence Intelligence Agency.

1. *Missile gap* : infériorité numérique en ce qui concerne les missiles. (N.d.T.)

– Sûr qu'ils sont utiles quand il s'agit d'extorquer de l'argent au Congrès pour acheter de la ferraille militaire, lance le sénateur Howard.

– C'est bien à ça qu'ils servent surtout, marmonne Prentice. Écoutez, il y a que le Département d'État est contre le fait de s'embourber dans la méthodologie de la préparation à la pire éventualité. Nous sommes absolument contre l'idée d'admettre comme un fait que les Soviétiques vont *bel et bien* déclencher une guerre et demie simplement parce que, dans le pire des cas, il se peut qu'ils soient *capables* de déclencher une guerre et demie.

– En gros, j'approuve, dit Charlie Evans. Je pense que nous devrions structurer nos thèses de manière à prendre en considération que la pire éventualité ne sera probablement pas celle à laquelle nous devrons faire face.

L'Amiral, à qui son rôle de président de l'Interarmes donne un poids notable, croise le regard de Toland. Toland, soucieux de se rappeler quels lieux communs il a servis au public de Harvard, adresse un signe de tête à l'Amiral.

– Que pensent de tout cela nos soldats de métier ? s'enquiert-il.

– Je pense que Charlie et monsieur Prentice sont à côté de la plaque, commence l'Amiral. (Il parle lentement, comme s'il se frayait un chemin dans un fourré.) Tous nos renseignements aboutissent à la conclusion indéniable que la pire éventualité est une éventualité plausible. La dure vérité est que les Soviétiques sont capables de déclencher et de soutenir, pendant une période de temps prolongée, une guerre et demie. Il me semble qu'à partir du moment où on a admis cette capacité, ce serait de la folie criminelle que de refuser d'admettre que cette capacité est une possibilité. Si ce n'est pas une possibilité, pourquoi est-ce une capacité ?

– Ça n'est pas parce qu'ils ont la capacité de mener une guerre et demie qu'ils peuvent la mener efficacement, dit Al Prentice d'un ton buté.

– La possibilité qu'une guerre et demie soit menée de manière efficace, déclare l'Amiral d'un ton solennel, ne nous libère pas de la nécessité de leur préparer une riposte.

– S'ils envisageaient de mener une guerre et demie d'une manière inefficace, commente Charlie Evans, il faudrait qu'ils soient fous pour la déclencher.

– Ils feront la guerre, dit calmement l'Amiral, quand ils arriveront à la conclusion qu'ils n'ont plus rien à gagner en ne la faisant pas. Ma position là-dessus n'est pas un secret. (Il s'adresse directement à Nicholas Toland.) J'ai dit au Président, quand il m'a proposé la fonction que j'occupe, que je pensais du fond du cœur que nous nous trouverions un jour en guerre contre l'Union soviétique. Et cette guerre, je veux que les États-Unis la gagnent, messieurs.

– Vous voulez dire cette guerre et demie, plaisante Prentice.

– Pour gagner quoi ? demande Charlie Evans. Quel est le gain ?

– Le gain, c'est la victoire, dit l'Amiral avec colère, le regard directement fixé sur Evans.

Evans décroise et recroise ses longues jambes rayées.

– L'Amiral voudrait-il définir ce qu'est la victoire ? demande-t-il en lui rendant fermement son regard.

– L'Amiral serait ravi de définir ce qu'est la victoire, dit l'Amiral avec un froid mépris. La victoire, c'est être là ensuite pour écrire l'histoire de ce qui s'est passé.

– Même si plus personne n'est là pour la lire ? ricane Prentice.

– Messieurs, messieurs, intervient Nicholas Toland. Je recevrai des mémorandums sur l'efficacité de la préparation à la pire éventualité de quiconque voudra s'y frotter. Qu'ils soient raisonnablement brefs ; vous savez que le Président a du mal à fixer son attention sur tout ce qui dépasse les limites d'une fiche 21 × 27. Nous lui soumettrons la chose et nous verrons sa réaction. Et maintenant, ce transfuge ? Nous sommes tous curieux de savoir ce que nous avons là.

Charlie Evans adresse à Stone un signe de tête.

– Voulez-vous commencer ? dit-il poliment. Aux autres, il explique : Le transfuge était un courrier militaire en mission au Caire. Stone a procédé à l'interrogatoire du bonhomme. Nous avons procédé à l'examen de la valise diplomatique.

– Monsieur Stone, dit Nicholas Toland, nous sommes tout ouïe.

D'une voix basse, délibérément sans passion, Stone informe les membres du Comité des Quarante sur le transfuge russe Koulakov. Il explique soigneusement les drames intimes qui ont fait que Koulakov s'éveillait chaque nuit en hurlant, bien qu'il ne sût lequel de ces drames le faisait hurler.

– Nous avons trouvé un certain nombre de petites erreurs dans son histoire, dit Stone, mais c'étaient des détails sans conséquence sur lesquels n'importe qui aurait pu se tromper, comme le grade ou l'adresse de quelqu'un. Nous ne l'avons coincé qu'une fois sur un mensonge clair et net. (Et il explique que le père de

Koulakov était juif, et que Koulakov avait dissimulé la chose, apparemment avec succès, aux Russes aussi.)

– Donc, pour autant que vous puissiez en être sûr, demande Charlie Evans, Koulakov serait un transfuge authentique ?

– Il croit qu'il l'est, oui, répond Stone.

– Je sens là une nuance, dit le sénateur Howard en scrutant Stone, de l'autre côté de la table, à travers ses lunettes à double foyer. Il croit qu'il est un transfuge authentique, mais vous semblez émettre des réserves. Vous allez devoir expliquer ça, j'ai bien peur.

– Sénateur, dit Stone, le processus du renseignement, comme vous avez de bonnes raisons de le savoir, met à contribution un grand nombre de gens travaillant sur des laps de temps de plusieurs mois et parfois même d'années, pour pouvoir assembler assez de morceaux d'un puzzle et découvrir un fragment utilisable par ceux qui, comme vous, prennent des décisions politiques. Quand une valise diplomatique pleine de fragments nous tombe dans les bras, sans effort de notre part, il faut commencer par être extrêmement prudent…

– La prudence est une qualité louable, dit le sénateur, mais nous serions de fichus crétins de ne pas utiliser quelque chose qui nous tombe dans les bras, simplement parce que vous ne croyez pas, par principe, aux choses qui nous tombent dans les bras.

Charlie Evans se tourne vers Stone.

– Avez-vous la moindre raison précise de penser que Koulakov n'est pas un transfuge authentique ? A-t-il essayé de contacter quiconque depuis qu'il a quitté la ferme ?

Stone secoue la tête.

– Il est blanc comme neige de ce point de vue, dit-il. Nous avons mis des micros dans sa voiture, des micros dans son appartement de Los Angeles, nous l'avons surveillé vingt-quatre heures sur vingt-quatre. S'il a contacté quelqu'un, il l'a fait d'une façon diablement futée.

Pour l'instant, Nicholas Toland a oublié les lieux communs.

– Les Soviétiques ont-ils réagi d'une façon qui indique que la défection n'est pas authentique ? demande-t-il.

– Au contraire, dit Stone, tous les mouvements qu'ils ont faits depuis la défection, à commencer par quelques-uns de leurs gorilles alpaguant un camion de blanchisserie qui a quitté l'ambassade d'Athènes juste après Koulakov, ont l'air d'être les réactions affolées de gens qui essaient de fermer l'écurie après que le cheval s'est sauvé. Ils ont rappelé, et nous avons des raisons de croire qu'ils ont châtié toutes les personnes liées de près ou de loin à la défection. L'officier de service qui a commis l'erreur fatale d'envoyer Koulakov à l'étranger a disparu de la surface de la terre.

– Probablement abattu, suggère le sénateur Howard.

– Des douzaines de leurs hommes ont été rappelés à Moscou à la suite de la défection de Koulakov, poursuit Stone. Le Glavnoe Razvedyvatel'noe Upravlenie, c'est-à-dire la Direction générale des services de renseignement de l'État-major soviétique – dirigé par notre camarade sans visage Volkov, en fait –, a ouvert une enquête sur les causes de la défection. D'autres têtes vont tomber, on peut y compter.

Le sénateur scrute Stone d'un air inquisiteur.

– Eh bien, vous n'avez toujours pas expliqué pourquoi vous ne pensez pas que c'est un transfuge authentique.

– Je n'ai pas dit que je ne pense pas qu'il soit authentique, souligne Stone. J'ai dit que *lui* croit qu'il est authentique. Et je suis en train de suggérer qu'avant de sauter de joie devant le contenu de la valise, nous considérions – je suggère seulement que nous considérions, vous comprenez – d'autres variations sur ce thème.

– Par exemple ? (Le sénateur Howard se penche en avant.)

Stone jette un coup d'œil aux visages autour de la table.

– Par exemple, dit-il posément, la possibilité que les Soviétiques aient organisé la défection.

– Dans quel but ? demande le sénateur, manifestement sceptique. Pourquoi prendraient-ils toute cette peine ?

– Pour nous faire avaler la valise.

– Ce qui nous amène à la valise, dit Nicholas Toland. (Il se tourne vers Charlie Evans.)

– Ce qui nous amène à la valise, approuve Evans.

Il pose une unique feuille dactylographiée sur le feutre vert. La page porte les initiales de la femme qui l'a tapée, des six assistants qui l'ont lue ensuite, et d'Evans. Dans le coin gauche en haut, il y a un tampon : « Pas d'autre exemplaire ».

– Messieurs, commence Evans, laissant ses lunettes glisser sur son nez et scrutant l'assistance par-dessus ses verres, comme un professeur, messieurs, il y a vingt-quatre ans que j'exerce le boulot qui consiste à glaner des fragments, comme monsieur Stone a dit si justement. C'est la première fois que je me trouve en face d'un festin. (Evans fait son numéro pour Nicholas

Toland et le sénateur.) J'identifie neuf documents dans la valise diplomatique. Un : un diagramme et les spécifications opérationnelles du viseur de nuit que nos amis russes comptent installer sur leurs T-62 détenus par les Égyptiens. Ici, pas de confirmation absolue, mais nos spécialistes des équipements de char ont pu identifier plusieurs composants que les Russes ont utilisés dans des viseurs de nuit de la génération précédente. Ils disent que la conception et les caractéristiques sont entièrement plausibles. Deux : un mémorandum sur les mouvements des unités de la flotte américaine de Méditerranée, y compris ceux de deux sous-marins Polaris qui y sont affectés, pour la période de six semaines à partir du 1er janvier. Ces mouvements se trouvaient dans un résumé de routine sur les mouvements, envoyé par le commandant en chef de l'Atlantique, à Norfolk, à l'amiral britannique chargé des unités navales de l'OTAN. Le code utilisé était le code de l'OTAN, Alpha Delta, édition de décembre. Cela implique que la feuille de code, d'une façon ou d'une autre, est tombée aux mains des Soviétiques. En remontant la filière des gens qui y ont eu accès, les agents du contre-espionnage ouest-allemand ont arrêté une secrétaire au code à Bonn et l'ont accusée d'avoir fourni l'Alpha Delta de décembre à son amant, qui s'avère être un agent dormant soviétique travaillant pour l'organisation de renseignements militaires du camarade Volkov. Jusqu'ici, personne n'a rien avoué ; la façon dont la secrétaire a réussi à sortir le code est un peu mystérieuse, vu que la surveillance est continuelle. Tout ce que les Allemands ont pu conclure c'est qu'elle l'a appris par cœur ligne par ligne. Néanmoins, les Allemands affirment qu'ils ont arrêté une fuite qui aurait pu être désastreuse.

– Je suppose, dit Nicholas Toland, que vos gens vont remonter toute la filière du code compromis pour voir quels sont les dégâts.

– Les gens de Berenson sont déjà dessus à la DIA, dit Evans. Nous avons pensé tous les deux qu'ils seraient plus en mesure d'évaluer les dégâts puisque le code compromis concernait exclusivement des questions militaires. (Evans jette un coup d'œil au papier devant lui.) Trois : notification d'une défectuosité dans l'entrée des données relatives à la parallaxe à basse altitude, dans le système de guidage des missiles SAM. Jusqu'ici, messieurs – Evans s'arrête pour faire un effet –, nous n'avions eu que des confirmations incertaines. Là, nous tenons notre première confirmation positive. Les Israéliens ont reconnu qu'ils étaient au courant de ce défaut depuis quelque temps. Ils ont fait faire par ordinateur une étude des tirs SAM pendant la guerre de 73 et ont découvert que les passages supersoniques à basse altitude entraînaient un déplacement apparent de la cible et en conséquence un retard dans les trajectoires SAM…

– Si je vous suis bien, dit le sénateur avec un large sourire, les SAM manquaient leur cible.

– C'est ce qui se produisait, dit Evans. Il y a une défectuosité qui fait que les missiles SAM manquent les jets volant à basse altitude.

– Uh huh, approuve le sénateur. Qu'avez-vous trouvé d'autre dans votre sac de pièces à assembler ?

– Quatre, poursuit Evans. (Il tient leur attention à présent ; le sénateur et Nicholas Toland sont penchés en avant, coudes sur la table, menton appuyé dans les mains.) Dix-huit lettres de diverses personnes du service de l'approvisionnement du ministère de la

Défense soviétique à des officiers de l'approvisionnement égyptien, avec des listes de pièces de rechange disponibles pour les MIG 17, 19 et 21, et les quantités à disposition. De nouveau, nous tenons une confirmation ferme. L'écriture de l'une des dix-huit lettres correspond à celle d'un officier d'approvisionnement de l'armée de l'air soviétique qui a assumé pendant un temps les fonctions d'attaché de l'armée de l'air à Tokyo il y a quelques années. De plus, la première cargaison de pièces de rechange arrivée à Alexandrie depuis la défection de Koulakov – six caisses de pièces d'assemblage de roues pour MIG 19 – correspond exactement à la notification de ce qui était disponible. (Evans regarde de nouveau le papier.) Cinq : une lettre pour l'ambassadeur soviétique au Caire de son beau-frère, qui se trouve être le général chargé des installations de soutien logistique soviétique au Kazakhstan, sur la frontière chinoise. Là encore, nous pouvons vous présenter une confirmation positive. L'écriture est celle du général. Nous avons en notre possession diverses lettres qu'il a écrites à sa femme à l'époque où il observait les jeux stratégiques du Pacte de Varsovie, il y a deux ans. Dans sa lettre à l'ambassadeur, il mentionne le fait que les Chinois amenuisent leurs forces à la frontière et ramènent des unités dans les villes. Ce détail aussi a été confirmé par notre système de surveillance par satellite.

– Ça c'est un système qui a payé de plus d'une façon, dit le sénateur. Désolé, Charlie, continuez.

– Six : une lettre à la fille de l'ambassadeur soviétique au Caire d'un jeune homme qui signe de son seul prénom, Dimitri. Apparemment, c'est quelqu'un qu'elle connaît depuis l'époque où elle faisait ses études à l'université Lomonossov.

– Pas de confirmation sur ce point, je suppose ? demande Berenson.

– Au contraire, nous avons une confirmation positive, dit Evans. La lettre mentionne, en passant, qu'il y a eu des restrictions de pain, et en conséquence des émeutes, dans la ville de Nordvik. L'un des dissidents russes à Moscou était en visite chez sa sœur à Nordvik au moment des émeutes, et il en a parlé à des journalistes occidentaux à son retour à Moscou. Ça n'a jamais été publié car ils n'ont pas réussi à obtenir de confirmation d'une source indépendante.

– Nous devons leur renvoyer les émeutes par Radio Europe Libre, commente le sénateur. Nous ne voulons rien laisser perdre, n'est-ce pas ?

– On les leur a déjà renvoyées, dit Evans. C'est parti il y a une semaine.

– J'aurais dû savoir que vous ne laisseriez pas une telle gâterie vous échapper, glousse le sénateur.

– Sept : quatre lettres personnelles, deux à la machine, deux à la main, à des membres de l'ambassade au Caire. Une confirmation. L'une des notes manuscrites était une lettre d'amour de la nièce du ministre des Armements lourds à un traducteur féminin…

– Vous avez dit féminin ? demande Nicholas Toland.

Evans hoche la tête.

– Nous avons réussi à avoir confirmation et de l'écriture et de l'homosexualité ; les deux jeunes dames ont fait un voyage à Paris avec un groupe d'étudiants il y a quelques années. La nièce du ministre des Armements a été mise sous surveillance en vue d'un éventuel chantage à l'homosexualité si ça se manifeste de nouveau ; on approche la traductrice au Caire en ce moment même. Bien, nous arrivons au bas de ma liste.

Huit : instructions au résident des Renseignements militaires au Caire d'informer un certain Ahmid que dix mille francs suisses ont été versés sur son compte numéroté à la Swiss Bank Corporation à Zurich. Là-dessus, nous avons pu obtenir une confirmation à cent pour cent. Nous avons suivi la trace du paiement à travers nos propres sources à Zurich…

– Je ne savais pas que vous autres vous occupiez des comptes suisses numérotés, dit le sénateur mal à l'aise. Je constate qu'il n'y a plus rien de sacré de nos jours.

– Le compte était au nom d'une société par actions du Liechtenstein contrôlée à son tour par une société panaméenne laquelle appartenait en totalité à un certain Khalid Tawfiq, qui travaillait il y a encore deux jours au secrétariat du cabinet égyptien.

Prentice émet un sifflement.

– Les Russes avaient un homme au secrétariat du cabinet ! Cet élément doit être authentique – ils n'auraient jamais révélé ça.

– Si je ne me trompe pas, dit le sénateur, vous avez encore un élément à nous présenter. (Il agite le doigt vers Evans d'un air taquin.) Je vous ai déjà pratiqué, Charlie, et je sais que vous gardez le meilleur pour la fin.

– Vous m'avez percé à jour, sénateur, reconnaît Evans. Neuf : une courte note manuscrite d'un dénommé Khroustalev-Nosar de l'équipe soviétique aux négociations SALT à Genève à son beau-frère, un jeune diplomate de l'ambassade soviétique au Caire. La note comporte cinq mots russes. Traduit, cela donne : « Tu me dois cent roubles. »

Le sénateur plisse les yeux en une expression de ruse.

– Quel était le pari ?

– Eh bien, nous avons envoyé quelques-uns de nos amis suisses fureter un soir où Khroustalev-Nosar assistait à une réception à l'ambassade. Nous cherchions principalement une confirmation écrite, mais, je dois l'admettre, j'étais aussi curieux de connaître l'objet du pari. Notre jeune ami russe conservait ses lettres dans une boîte à chaussures…

– Ça ne paraît pas trop difficile pour des gens qualifiés, dit le sénateur en riant.

– La boîte à chaussures, sénateur, se trouvait dans un coffre-fort. Le coffre n'a pas présenté trop de difficultés. Le problème dans ce genre d'affaires est d'entrer et de ressortir sans laisser de carte de visite. Ce qui signifie que la serrure doit être crochetée sans que le coffre soit endommagé. Mais plus important encore, le contenu doit être remis en place exactement dans l'état où on l'a trouvé.

– Et le pari (le sénateur interrompt Evans). Qu'est-ce que c'était ?

– Dans le coffre, explique triomphalement Evans, se trouvait une lettre adressée à Khroustalev-Nosar par son beau-frère au Caire lui proposant de parier cent roubles qu'il n'y aurait pas d'accord SALT avant l'ajournement des négociations.

– Je ne suis pas sûr de suivre tout cela, dit Nicholas Toland.

– Moi non plus, je ne suis pas, dit le sénateur. Il n'y a pas eu d'accord SALT, et il ne semble pas qu'il doive y en avoir avant l'ajournement – c'est quand ? dans six semaines ? – à moins que l'un ou l'autre des camps cède sur le niveau des forces de missiles de croisière… (La voix du sénateur traîne. Son visage s'illumine.) Et votre Russe serait en position de savoir s'ils s'apprêtent à céder devant nous ?

– C'est un spécialiste des systèmes de missiles air-terre, dit Evans. C'est pour cela qu'il est à Genève.

– Et ainsi, le fait qu'il réclame les cent roubles *avant* qu'il y ait un accord signifie qu'il sait qu'il y en aura un. Ce qui signifie qu'il sait que les Russes projettent de nous céder sur la force de croisière. Ce qui signifie – le sénateur fait claquer sa main sur la table avec excitation – que tout ce que nous avons à faire c'est de rester les bras croisés, de camper sur nos positions, et que nous obtiendrons les SALT II à nos conditions ! (Le sénateur se tourne vers Prentice.) Vous vous rendez compte, les gars du Département, de ce qu'on vous donne ?

– C'est encore meilleur que ça en a l'air, remarque Evans. Il est courant lorsque l'on tient un joyau comme celui-ci que l'autre camp sache qu'on l'a, et cela mine presque toujours l'utilité du joyau. Mais cette fois, nous avons un joyau dont *ils ne savent pas que nous l'avons*.

Prentice n'est pas convaincu.

– Khroustalev-Nosar entendra parler de la perte de la valise.

– Bien sûr, qu'il entendra parler de la valise, approuve Evans, mais il ne sera pas sûr que sa lettre est dedans. Rappelez-vous, il a glissé une note privée dans la valise diplomatique à destination de Moscou. Elle aurait pu arriver au Caire d'une dizaine de manières différentes. Même s'il pense que sa note est entre nos mains, il vérifiera son coffre, verra que rien n'y manque, et s'imaginera que nous ne pourrons jamais savoir en quoi consistait le pari. De plus, s'il dit ce qu'il a fait à ses supérieurs, il sera coulé, ou même jeté en prison. Non, son instinct lui dira de ne pas bouger et de voir venir.

– Son beau-frère au Caire ne peut pas non plus claironner à son propos, dit le sénateur d'une voix flûtée, parce qu'il ne pouvait pas savoir que la note était en route.

– Et Khroustalev-Nosar ne dira jamais à son beau-frère qu'il a envoyé la note s'il découvre plus tard que celui-ci ne l'a jamais reçue, dit Evans.

Prentice secoue la tête d'un air buté.

– Et si ce Khroustalev-Nosar est du genre patriote ? Et si, plutôt que de voir son pays céder aux négociations, il avoue ?

– Attention, prévient paisiblement l'Amiral. Vous êtes en train d'utiliser l'hypothèse de la pire éventualité.

Rire général autour de la table.

– Touché, Amiral, dit Prentice, manifestement ennuyé mais essayant de le cacher. Mais où est-ce qu'on se retrouve avec tout ça ?

– Bonne question, Al, dit Evans. S'il avoue, s'il dit à ses supérieurs ce que contient la note en cinq mots, ils le rappelleront et le puniront immédiatement. Premièrement, parce qu'ils seront furieux contre lui. Et deuxièmement, ils le feront pour nous signaler qu'ils sont au courant du contenu de la note, et qu'en conséquence, nous ne pouvons plus compter qu'elle ait quelque valeur pour nous.

– Je suppose que vous surveillez ce Khroustalev-Nosar, commente Prentice.

– Vingt-quatre heures sur vingt-quatre, sourit Evans. Hier soir il a dîné avec une employée de l'ambassade de Tchécoslovaquie. Ensuite il a couché avec elle. Ce matin il s'est présenté à son travail à neuf heures, en bâillant. (Evans jette un coup d'œil à sa montre.) Je ne sais pas encore ce qu'il a eu au déjeuner, mais je le saurai bientôt.

Evans se laisse aller en arrière dans son fauteuil, esquisse une moue pensive. Tous les regards se tournent vers Stone.

– Étant donné toutes ces confirmations, dit Nicholas Toland, hésitez-vous toujours à accepter la défection comme authentique.

Stone refuse de se laisser intimider.

– Ça ne sonne pas juste, dit-il. Les morceaux se sont assemblés avec trop de facilité. (Il secoue vivement la tête.) Mon instinct me dit d'aller doucement.

Toland échange des regards avec Evans et hausse les épaules. Le sénateur renifle.

– Fiston, vous m'avez tout l'air de présenter les symptômes d'une euphobie avancée. (Il explique aux autres) : cela signifie « peur des bonnes nouvelles ».

Raide comme une baguette de fusil, l'Amiral tourne le dos à Stone. Il allume un de ses précieux havanes (rapportés pour lui de Moscou, en fraude, par l'attaché naval de l'ambassade), laisse sa tête se tasser sur ses épaules tandis qu'il jouit de la sensation. Puis, lentement, comme une batterie principale qui cherche une cible de hasard, il pivote de cent quatre-vingts degrés pour faire face à Stone.

– Crachez ! commande-t-il en mettant vivement en marche le brouilleur de micros. En dix mots ou moins, qu'est-ce qui vous fait penser que c'est un leurre ?

Stone, assis dans un coin du canapé de cuir de l'Amiral à l'autre bout de la pièce, observe la coupure encadrée provenant du *New York Times*. Elle est datée du 18 mars 1970. Deux phrases ont été soulignées en rouge. Elles annoncent que l'écrivain John Barth a dit que « le fait que la situation est désespérée ne la rend pas plus intéressante. Je m'attends à trouver ennuyeux l'homme qui m'assassinera ». Stone se rappelle une coupure encadrée provenant de la *Pravda* que son grand-père avait accrochée au-dessus de son bureau. Elle avait aussi été soulignée en rouge. Elle citait Staline, disant au cours d'un de ses discours-marathons de six heures : « La conformité totale n'est possible qu'au cimetière. » À l'époque de la purge des blouses blanches, au début des années 50, son grand-père fit éclater un verre avec son poing. Stone se rappelle le vieillard, ses cheveux blancs lui tombant sur les yeux, allumant la lampe de bureau et, avec une pince à épiler, ôtant des échardes de verre de sa main sanglante.

L'Amiral tète patiemment son cigare.

Stone traverse la pièce à grandes enjambées et s'enfonce dans le fauteuil en face de l'Amiral, devant le bureau.

– Il me paraît que nous pouvons observer le même ensemble de faits, dit-il pensivement, pourtant certains d'entre nous y voient la tragédie de la comédie humaine, tandis que d'autres y voient la comédie de la tragédie humaine.

– Laquelle voyez-vous, Stone ?

– J'ai un pied dans chaque camp, Amiral, dit Stone avec un sourire gêné. Parfois je vais d'un côté, parfois de l'autre, cela dépend, je suppose, de ce que j'ai mangé au petit déjeuner, ou bien si la dernière fois que j'ai fait l'amour, je l'ai bien fait.

– Mmh. (L'Amiral examine son cigare avec admiration.) Ce que vous êtes en train de dire, si je comprends bien, c'est au diable la cohérence.

– La cohérence est le dernier refuge de l'homme sans imagination, dit Stone. C'est d'Oscar Wilde.

– Personne, à ma connaissance, ne vous a jamais accusé d'être sans imagination, commente l'Amiral.

Stone ferme un instant les yeux, puis les rouvre et se lance.

– C'est mon instinct qui parle, Amiral. Rien de plus. Pas de faits. Pas de contradiction aveuglante. Rien dont je puisse dire « c'est à telle page ».

L'Amiral s'offre une autre bouffée.

– J'écoute.

Stone se penche sur le bord du bureau.

– Tout ce qui est arrivé à Koulakov – à sa fille, son fils, sa femme qui file avec quelqu'un, l'actrice qui le fait douter de sa virilité, et puis cette histoire d'accusation d'avoir menti à propos de la façon dont son père est mort –, tout ça représente suffisamment de tragédies personnelles pour deux existences entières. *Mais tout ça est arrivé à Koulakov sur une période de huit mois.*

– Mmh. (L'Amiral n'est pas excessivement impressionné.)

– Et puis il y a l'officier de service qui a commis l'erreur fatale de donner à Koulakov une mission à l'étranger, poursuit Stone. C'était manifestement un héros de guerre… il lui manquait un bras, et il avait une pleine poitrine de décorations, y compris l'Ordre de Staline… pourtant il était encore commandant.

– Peut-être n'était-il pas politiquement fiable, suggère l'Amiral.

Stone secoue sèchement la tête.

– Il n'aurait pas eu un boulot politiquement délicat, à envoyer des courriers à travers le monde, s'il n'avait pas été fiable. Et, depuis la défection, nous n'arrivons pas à trouver trace de lui. Il a disparu aussi complètement que s'il n'avait jamais existé.

– Peut-être que le sénateur a mis dans le mille, dit l'Amiral. Peut-être que l'officier de service a été abattu.

– C'est possible, admet Stone de mauvaise grâce.

– Vous avez autre chose, j'espère ? demande l'Amiral.

– Pas beaucoup plus, fait Stone sur un ton d'excuse. L'autre détail qui me soucie est que toutes les personnes ayant à voir avec l'affaire Koulakov semblent liées, d'une manière ou d'une autre, au système militaire.

– Développez-moi ça, enjoint l'Amiral.

– La femme de Koulakov a filé avec un officier de char. L'amie de la femme, Natalia, celle qui est venue chercher ses affaires, est mariée à un officier de transport. Le recteur qui a exclu le fils de Koulakov de l'université est un général d'armée à la retraite. L'actrice qui l'a séduit est séparée d'un pilote de l'aviation militaire. Koulakov a été accusé de mentir au sujet de son père par un procureur militaire. Les preuves qu'on lui a montrées consistaient en une indication dans un journal de marche divisionnaire de l'armée.

– Mmh. Et la valise diplomatique ?

– C'est pareil pour la valise, dit Stone. (Il commence à parler avec plus de confiance, presque comme s'il était persuadé par le son de sa propre voix.) Regardez ce qu'ils ont lâché, Amiral. Le viseur de nuit de leur T-62. Un défaut dans le système de guidage des SAM. Ce sont des secrets militaires. L'agent dormant qui est censé avoir passé notre code naval aux Russes quand sa petite amie l'a subtilisé travaillait pour les

Renseignements militaires, pas pour le KGB, qui est l'organe de renseignements du Parti. Les dix-huit lettres concernant les pièces détachées de MIG venaient d'officiers chargés des fournitures au ministère de la Défense. La lettre à l'ambassade à propos de mouvements de troupes chinoises venait d'un général. La lettre d'amour à la traductrice venait de la nièce du ministre de l'Armement lourd, qui se trouve être un ancien général de blindés. L'injonction de verser dix mille francs suisses sur un compte numéroté a été envoyée au résident des Renseignements militaires, et a mené à la découverte d'un agent contrôlé par les militaires. Même Khroustalev-Nosar, qui semble avoir une longueur d'avance d'une valeur de cent roubles, est soupçonné d'être l'homme des Renseignements militaires au sein de l'équipe de négociateurs soviétiques.

L'Amiral pivote derechef pour faire face à la fenêtre, et demeure un long moment assis, immobile, fumant, le regard errant sur le Capitole et au-delà. Finalement sa voix résonne de nouveau par-dessus son épaule.

– Vous ne me donnez pas grand-chose à quoi m'accrocher, n'est-ce pas ? (Une autre longue pause.) Cependant, si Charlie Evans est en train de mettre sa tête sur le billot, je serais un imbécile de ne pas essayer de cogner dessus. (Avec vivacité, il pivote de nouveau pour refaire face à Stone, tout affairé.) Et si vous faisiez une autre tentative avec Koulakov ?

– Il a été essoré à fond, Amiral, dit Stone. Même Evans ne s'est pas donné la peine de demander à l'avoir. Je le reprendrai si vous voulez, mais il n'y a rien de plus à en tirer.

– Et si vous jetiez un coup d'œil à la valise, alors ?

– Pareil, dit Stone. Les gens d'Evans font très bien

ce qu'ils font. Il ne serait pas monté en ligne avant d'avoir d'abord examiné tous les aspects au microscope.

L'Amiral examine soigneusement Stone.

– Qu'est-ce qui nous reste, alors ?

– Ce qui nous reste, dit prudemment Stone, c'est de regarder de plus près certains des fils militaires qui courent le long de la vie de Koulakov.

– Est-ce que vous êtes en train de suggérer que nous envoyions quelqu'un ? demande l'Amiral. (L'idée semble l'amuser.)

– Pas quelqu'un, réplique Stone. Moi.

Stone est assis en tailleur sur le drap, nu et étonnamment inconscient de sa nudité. Thro, également nue, également en tailleur, son épine dorsale appuyée contre celle de l'homme, tire de nouveau sur la cigarette roulée à la main, retient la fumée tandis qu'elle passe le reliquat à Stone. Le mégot lui brûle les doigts tandis qu'il prend la dernière petite bouffée, et il le laisse tomber dans le cendrier. La tête penchée en arrière, les yeux fermés, il saisit ses chevilles pour s'empêcher de s'élever comme un ballon ; il lui semble que la moitié supérieure de sa tête est sur le point de se soulever.

– On dérive à travers la vie, dit-il rêveusement et mangeant certains mots en regardant d'un œil absent un rétroviseur. Quelque part en chemin, vers l'âge de quarante ans… oui, quarante, c'est à peu près ça… on se rend compte que quelqu'un nous file.

– Qui est-ce ? demande Thro en exhalant. L'ange de la mort ?

– C'est nous tels qu'on aurait pu être, réplique Stone.

– Tu vois, gémit Thro, se retournant au ralenti et enserrant le corps de Stone avec ses jambes comme si elle était une plante grimpante. Tu parles autrement quand tu fumes. Tu n'aurais jamais dit une chose comme ça si tu ne planais pas.

– Je ne l'aurais même jamais pensée, admet Stone.

– J'adore te faire fumer, dit Thro songeuse. J'adore fumer. Le froid devient plus froid. Le chaud est plus chaud. Le tiède est mieux tiède… ou est-ce plus tiède ?

Stone rit et l'enveloppe de ses bras.

– Que Mozart aille se faire foutre, dit-il. Que Charlie Evans et le sénateur Howard aillent se faire foutre. Que Nicholas Toland et Andrew Horrick et Ohm Berenson aillent se faire foutre. Qu'Oleg Koulakov aille se faire foutre.

– Et moi, alors ? demande coquettement Thro.

– Patience, ordonne Stone. Je vais en arriver à toi. Que l'Amiral plus que tout aille se faire foutre…

– Il a dû piquer une crise quand tu lui as parlé de ton idée, chuchote Thro, sa tête reposant sur l'épaule de Stone.

– Il n'a pas piqué de crise, dit Stone. Ce qu'il a fait de plus dramatique c'est pousser un profond « Mmh ».

– Qu'est-ce qu'il a dit exactement ?

– Il est resté silencieux pendant un long moment (Stone reconstitue la scène), puis il a pivoté vers moi et m'a remercié de rester après la classe. Ce sont exactement ses paroles – merci de rester après la classe !

Thro se laisse aller en arrière sur ses hanches et fixe Stone.

– Tu as dit que tu voulais aller en Russie, et il a dit merci de rester après la classe ?

Stone entreprend de se pencher vers la poitrine de Thro, mais elle le détourne avec excitation.

– Réponds, Stone.

– C'est ce qu'il a dit, oui, dit Stone troublé.

– Bon Dieu, s'exclame Thro, tu ne vois donc pas ?

– Voir quoi, bon sang ?

– Stone, *il n'a pas dit non !*

Un long moment s'écoule avant que les paroles de Thro le pénètrent.

– Il n'a pas dit non, répète pensivement Stone.

– La théorie de désaveu plausible, rappelle-t-elle à Stone. Tu as toujours tenu pour établi que l'ordre d'y aller ne serait jamais écrit, ni même direct, de sorte que si les choses tournent mal, tout le monde puisse en rejeter la responsabilité.

– C'est vrai, dit Stone, soudain très sobre. Il n'a pas dit non.

La note informelle de Stone est portée à l'Amiral. Elle dit : « Vu motifs personnels pressants, demande respectueusement quatre semaines de congé. »

La note revient, par messager, trois jours plus tard. Sous la demande de Stone quelqu'un a tapé à la machine : « Accordé. Dicté mais non signé, provenant du bureau du Président de l'État-Major Interarmes. »

Koulakov a l'air d'attendre Stone.

– Je savais que c'était trop beau pour être vrai, dit-il sombrement. Je savais que ça ne finirait jamais.

Stone installe Koulakov dans une chambre d'hôtel dont il a déjà vérifié qu'elle ne contient pas de micros et, patiemment, le ramène à un certain sujet. Il essaye d'approcher l'identité de l'amie lesbienne de sa fille.

– J'avais l'impression qu'elle était polonaise, dit Koulakov. Nadia a vaguement parlé un jour d'aller vivre avec elle à Varsovie.

Stone s'intéresse aussi à l'identité de l'amant de sa femme, mais Koulakov est incapable d'ajouter quelque chose au fait que c'est un commandant de char. Mais surtout, Stone s'intéresse à l'officier de service Gamov.

– Vous avez travaillé comme courrier pendant vingt-huit ans, dit-il au Russe. Comment est-il possible que vous ne l'ayez jamais vu au ministère avant ?

– Il devait être en poste sur le terrain, dit Koulakov. Il a dû être nommé récemment à Moscou.

– Est-ce que le nom de Gamov vous a au moins dit quelque chose ?

Koulakov secoue la tête.

– Non, je connaissais un Gabov pendant la guerre, mais il a été tué.

– Est-ce que l'officier de service parlait avec quelque trace d'accent ? Son uniforme avait-il l'air vieux ou neuf ?

Koulakov se détourne de Stone sans répondre.

– Si j'étais un leurre, j'aurais dû le savoir. Et je ne le sais pas.

Stone approuve d'un hochement de tête.

– Vous pensez être authentique, nous sommes tous d'accord là-dessus.

– Si je n'étais pas authentique, cela voudrait dire que tout ce qui m'est arrivé – Nadia, mon fils, ma femme – on l'a *fait* m'arriver.

De nouveau Stone approuve d'un hochement de tête.

Koulakov passe ses doigts dans ses cheveux épais.

– Il faut que je reparte, dit-il. Il faut que je le découvre pour moi-même.

– Vous ne pouvez pas repartir, lui dit Stone. Si vous êtes un authentique transfuge, ils vous tueront pour défection. Si vous êtes manipulé, ils vous exécuteront pour nous convaincre que vous étiez authentique.

Koulakov remonte le store et contemple Los Angeles.

– Mon anglais commence à s'améliorer, dit-il, l'air absent. C'est une ville agréable. (Soudain il se tourne vers Stone.) Des choses comme celle-ci n'arrivent pas dans la vraie vie, gémit-il. Je dois savoir ce qu'il en est.

Stone lui assure :

– Je le découvrirai pour vous.

C'est trop d'excitation pour la femme qui suit les résultats de football ; elle sort en trombe du bureau de Stone et contemple avec des yeux humides les chefs de section qui attendent leur tour.

– Ça y est vraiment, murmure-t-elle distraitement, en serrant d'épais dossiers contre sa poitrine. Après toutes ces années, ça va vraiment *arriver*.

C'est trop d'émotion pour elle ; des larmes ruissellent sur ses joues comme elle se précipite hors de la pièce, en direction (pour la sixième ou huitième fois de la matinée) des toilettes des dames où la photographie d'Akhmatova est collée à l'intérieur de la porte.

Stone passe la journée enfermé avec les divers chefs de section, à parcourir des dossiers qu'il connaît par cœur. Avions et Trains, se rongeant nerveusement les ongles, met Stone à la page sur les transports entre Moscou et Léningrad, et Moscou et Alma-Ata. Entrées et Sorties, ses vieux yeux bordés de rouge par manque de sommeil, évoque avec Stone la façon dont celui-ci entrera, et par la suite sortira de Russie. Contacts Intérieurs fait répéter à Stone la situation précise des huit boîtes à lettres, et les signaux qu'il utilisera (« pour obtenir la boîte à lettres numéro trois, téléphoner au 291-78-15, tousser deux fois dès que quelqu'un répond et raccrocher immédiatement) pour que l'un des attachés militaires de l'ambassade vienne chercher le message. Identité fournit à Stone un passeport français, un permis de conduire français, et plusieurs cartes de crédit françaises qu'il utilisera en entrant en Union soviétique, et quatre identités russes différentes et complètes, avec passeport intérieur, carnet de travail, permis de séjour et diverses cartes d'identité de ministère, qui seront introduites en Russie (avec cinq mille roubles en liquide) dans la fausse doublure de sa valise, laquelle a déjà été approvisionnée par Vêtements et Accessoires.

– Qu'avons-nous oublié ? demande Mozart. (Ses plumes de l'Ivy League ont l'air d'avoir été ébouriffées pour la toute première fois.)

– D'après ce que je vois, dit Stone, excessivement calme, excessivement contrôlé, nous sommes aussi prêts que nous le serons jamais.

Mozart accompagne Stone jusqu'à la cage d'escalier.

– Dis la vérité, Stone, as-tu jamais pensé que le jour viendrait ?

– J'ai toujours pensé qu'il viendrait, oui, répond Stone. C'est pourquoi j'ai travaillé pendant vingt ans.

Si je ne pensais pas que ça viendrait, je me serais mis à faire du tricot depuis longtemps.

Mozart accepte cette réponse.

– Seigneur, j'aurais souhaité que ce soit moi qui parte, dit-il passionnément. Je donnerais n'importe quoi pour être à ta place.

C'est un aspect de Mozart que Stone n'a jamais vu auparavant, et il se sent presque triste pour lui. Presque mais pas tout à fait.

– Ton tour viendra, dit-il. En attendant, il faut bien que quelqu'un garde la boutique. Souviens-toi, Mozart, quand tu auras affaire à l'Amiral, ne me mentionne pas. Si les choses tournent mal, il veut être en mesure de nier sous serment avoir autorisé une pénétration.

– Tu penses vraiment que ça n'est pas risqué ? demande Mozart.

– J'ai envisagé la chose sous tous les angles, dit Stone. Si Koulakov est un authentique transfuge, ils ne peuvent d'aucune façon repérer quelqu'un qui revient sur le terrain. Eux ils auront fini de lui fabriquer des antécédents, il est donc presque impossible que je tombe sur le terrain de leurs équipes. Et si Koulakov est un leurre, ils ne me toucheront pas – aussi longtemps que je n'aurai rien trouvé – de façon à ne pas dévoiler leur jeu. D'une manière ou d'une autre, je devrais être tranquille.

– Et si tu trouves quelque chose ?

– Si je trouve quelque chose, je le déposerai dans une de nos boîtes à lettres, je changerai d'identité et prendrai mes jambes à mon cou. Tout ce dont j'ai besoin c'est d'une raisonnable demi-longueur d'avance.

– Cinquante mètres, ça te va ? (Mozart tente une plaisanterie.)

– Cinquante mètres ce sera presque bien – si c'est de nuit.

– Les négociations SALT reprennent à Genève dans un peu plus de trois semaines, rappelle Mozart à Stone. Ça te donne assez de temps ?

– Trois semaines, ça devrait aller…

Stone ouvre la porte coupe-feu et se retrouve dans l'escalier devant les chefs de section de Topologie et leurs adjoints, seize personnes en tout, alignées des deux côtés des marches jusqu'au palier du troisième étage et qui applaudissent doucement tandis que Stone s'avance au milieu d'eux. Avions et Trains et la dame qui suit les résultats de football pleurent ouvertement. Ainsi que plusieurs des secrétaires et des adjoints. Les applaudissements s'apaisent. Entrées et Sorties offre sa vieille main à Stone.

– Les autres m'ont demandé… comme je suis plus ou moins le plus ancien à bord… nous voulons simplement que vous sachiez, Stone, que nos cœurs partent avec vous…

Le vieil homme essaie de rassembler quelques phrases bien tournées, puis se mord la lèvre inférieure.

Thro garde un œil sur le grand tableau où clignotent les numéros, attendant le vol de Stone pour Paris.

– Tu as choisi un bon moment pour décamper, lui dit-elle d'une voix enrouée. (Elle lève le doigt et fait briller sa bague sous le nez de Stone. La bague est redevenue noire.)

Stone, embarrassé, l'embrasse sur la joue, puis sur les lèvres.

– Tu n'as pas de nouvelles hypothèses de fin du monde ? lui demande-t-il.

Thro rit nerveusement.

– Quelle coïncidence que tu me le demandes, dit-elle. Je viens juste de lire que la température à la surface du soleil a baissé de onze degrés l'an dernier, je parle de degrés Fahrenheit. Si ça continue à cette allure, Stone, dans les vingt ans, la terre sera glaciale. Imagine, tous les océans du monde… (Soudain Thro enfouit sa tête dans le cou de Stone.) Ah, Stone, mon monde finira, lui dit-elle – il sent contre sa peau les cils mouillés de Thro – si tu ne me reviens pas.

La neige fondue déborde des gouttières d'étain des bâtiments de bois dans le complexe militaire près de Nikolina Gora. À l'intérieur du plus petit des bâtiments, qui sert de cantine de fortune, trois officiers, le col de leur tunique dégrafé, font descendre des cuillerées de chou rouge mariné à coups de vodka. Un quatrième homme, plus âgé et (à en juger par le respect que lui témoignent les autres) leur supérieur en grade, regarde sombrement par la double fenêtre, embuée par son souffle.

– Il va bientôt falloir enlever les fenêtres antitempête, dit-il, l'air absent.

L'un des buveurs de vodka secoue la tête avec admiration.

– Vous devez reconnaître qu'ils s'en sont bien tirés, dit-il. À l'œil nu, c'était un boulot parfait.

– Ils sont entrés et ressortis comme des chats, dit un autre. Il n'y avait pas un bruit sur notre enregistrement.

– À dire vrai, dit un troisième, je n'étais pas prêt à admettre qu'ils étaient entrés jusqu'au moment où j'ai étudié les agrandissements. Ce sont les mesures qui m'ont convaincu.

Le vieux près de la fenêtre se tourne vers les

autres et accepte un verre de vodka de l'un d'eux. Elle est plus jaune que la vodka habituelle à cause des coquilles de noix séchées qui ont été ajoutées dans la bouteille par l'officier de l'approvisionnement qui s'occupe de la cantine. Le vieux lève son verre dans la lumière pour en étudier la couleur, estime que les coquilles de noix ont séjourné assez longtemps et avale la vodka en une rapide gorgée.

– Je donnerais cinq ans de ma vie, dit-il légèrement – mais tous comprennent qu'il est on ne peut plus sérieux –, pour avoir eu un siège à cette réunion du Comité des Quarante.

Il tend son verre pour être resservi. Les autres, qui ne l'ont jamais vu boire deux verres de vodka à la file, prennent cela pour un signe de la tension qu'il a subie depuis la défection du courrier diplomatique Koulakov.

« … Moscou, où brûle la fièvre du cœur. »

Extrait du poème d'Akhmatova
« Boris Pasternak ».

CHAPITRE 6

Une aile du 747 d'Air France plonge gracieusement, comme celle d'une mouette planant à la recherche de courants d'air ascendants. Le sol s'incline dans le champ de vision de Stone. Des forêts de bouleaux défilent. La Moskova couverte de plaques de glace se courbe autour d'un amas de *datchas* en bois. Les hautes cheminées de brique d'un complexe industriel font intrusion dans le ciel ; leurs fines ombres s'introduisent comme des doigts dans les plis du paysage. La neige, qui fond partout, s'attarde dans les champs labourés, donnant l'impression d'énormes serviettes de table blanches, étendues à sécher au soleil.

Peu importe que Stone n'ait jamais encore posé le pied en Russie. Se sentir chez soi est une question de reconnaissance du paysage du cœur. Et Stone éprouve la sensation gênante de rentrer chez lui. Il se voit se précipitant lui-même dans son passé, redécouvrant des racines que son père et le père de son père ont abandonnées lorsqu'ils ont fui en Chine, avec une tête d'avance sur les bolcheviks, tant d'années auparavant.

Stone fait de son mieux pour réprimer le curieux mélange de peur et d'exaltation qui lui fait tourner la tête ; les Russes hors de Russie ont tendance à être des infirmes émotionnels qui ont perdu l'habitude de compter avec les sentiments et donc les suppriment habituellement. Il se concentre sur l'ombre de l'avion filant au-dessus du sol, grandissant, s'élevant jusqu'à les rencontrer. Les roues touchent le sol et laissent sur la piste des traces noires de gomme brûlée ; brûlé aussi, le paysage du cœur de Stone !

– Je ressens la même chose, murmure la Française grassouillette assise dans le siège à côté de celui de Stone. (Elle a essayé, visiblement sans succès, de lier conversation avec lui dès le moment où il a rejoint le groupe de touristes français à l'aérodrome du Bourget dans la banlieue parisienne. À présent, voyant l'expression de Stone, elle se penche vers lui pour le mettre dans la confidence.) C'est électrisant de penser que tous les gens, dehors, sont des communistes, non ?

Stone passe le dos de son pouce sur sa moustache, ajuste ses lunettes, sourit poliment.

– Les musées sont ce qui m'attire, dit-il, pas les communistes. (Il hausse les épaules en guise d'excuse.) J'enseigne l'histoire de l'art dans un lycée.

L'aéroport est exactement tel qu'Avions et Trains l'a décrit : des Ouzbeks avec des valises de carton pleines à craquer, allongés sur les bancs, leurs manteaux leur servant d'oreiller ; des pendules électriques qui donnent des heures différentes ; des emballages de bonbons débordant des quelques cendriers qui n'ont pas été volés ; des familles entières campant dans les coins et attendant des avions qui n'apparaissent sur aucun tableau horaire ; des femmes aux ongles sales poussent des cris aigus de triomphe, absorbées par un jeu de cartes appelé « imbécile ».

Intimidés, mais faisant de leur mieux pour ne pas le montrer, les touristes français passent au contrôle des passeports. Le jeune officier du passage de la frontière, derrière son bureau, fait signe à Stone d'enlever ses lunettes, puis scrute la photo du passeport et le visage, les comparant pendant un long moment. Apparemment satisfait, il passe son pouce dans un carnet à feuilles mobiles, tamponne la page du passeport sur laquelle figure le visa, referme le passeport avec un claquement et le rend à Stone. Il y a une longue attente pour les bagages, et lorsque enfin ils arrivent, c'est la ruée pour s'aligner devant les inspecteurs des douanes. Stone choisit le plus jeune du lot, une femme à la coiffure crêpée et à la jupe ridiculement courte qui provoque de petites exclamations des Parisiennes qui portent les leurs à la cheville depuis déjà plusieurs années. Le premier de la file, un bruyant vendeur d'assurances de Lyon qui porte une perruque, se trouve en fâcheuse posture quand l'inspecteur des douanes découvre un numéro de *Playboy* dans sa valise. Elle appelle son chef, qui examine soigneusement la page centrale avant de hocher gravement la tête et de rendre le magazine à son propriétaire.

Quand c'est au tour de Stone, la femme se livre à une rapide inspection de son antique valise et des vêtements méticuleusement pliés. Elle est davantage intéressée par les deux livres d'histoire de l'art qu'elle trouve dans sa petite sacoche d'épaule, et par le roman policier qui dépasse de la poche de sa veste. Elle se fatigue à lire chaque mot des quatrièmes de couverture, puis rend les livres et fixe son regard inexpressif sur le touriste suivant.

Stone, qui attend que les autres membres du groupe aient passé la douane, contemple distraitement deux jeunes gens, des Moscovites, d'après leur accent, qui discutent à un autre comptoir avec un inspecteur des douanes de sexe masculin. Celui-ci ne veut rien savoir et les deux jeunes garçons se mettent à contrecœur à dénouer les ficelles qui entourent leurs valises. Les yeux aux lourdes paupières de l'inspecteur s'animent tandis qu'il commence à sortir de la valise tout un assortiment de blue jeans, transistors japonais, disques, cassettes, montres-bracelets, chaussures d'hommes à hauts talons, écharpes bariolées et autres babioles en plastique qui, à Moscou, passent pour des trésors. Une foule se rassemble ; d'un geste impatient, deux policiers en uniforme font signe aux gens de circuler. L'inspecteur en chef arrive à pas lents, palpe une écharpe de soie, essaye de lire les gros titres du journal dans lequel les cassettes sont emballées, enfonce le bras dans une jambe de blue jeans et extrait un petit sac de velours rouge avec une étoile de David brodée dessus. Puis il en trouve un deuxième, puis un troisième. L'humeur vire. L'un des garçons commence à s'éponger nerveusement le front avec une écharpe de soie.

Stone contemple le sac de velours rouge. Un *talleth* juif ! Son cœur se serre au souvenir de son grand-père le présentant cérémonieusement, le jour de sa Bar Mitzvah, avec un talleth bien à lui.

Stone est repoussé avec les autres, et il rejoint son groupe au car. Une guide sémillante de l'Intourist est assise sur un fauteuil pivotant à côté du chauffeur et souffle dans un micro pour voir s'il fonctionne.

– Bienvenue à Moscou, dit-elle dans un français prudent. L'aéroport où vous avez atterri s'appelle Vnoukovo. Vous allez séjourner à l'hôtel *Rossiya*, le plus grand hôtel du monde, sur la place Rouge. Le trajet jusqu'à l'hôtel dure une heure trois quarts.

Le trajet jusqu'à Moscou se révèle être une expérience exaltante pour Stone. Le Comité des Quarante et ses babillages sur une guerre et demie sont à un monde de distance ; même Koulakov semble une invention de son imagination. Il est saisi par des spectacles et des sons qui remuent de faibles souvenirs ; des choses sur lesquelles ses yeux ne se sont jamais posés lui sont douloureusement familières. Les premières charrettes de kvas apparaissent dans les rues, et les Moscovites font déjà avidement la queue et comptent leurs kopecks. Le car dépasse un camion en stationnement plein à ras bord de choux provenant des fermes collectives les plus proches, des usines aux murs couverts de marteaux et de faucilles et de slogans, les premiers amas de maisons préfabriquées entourées de trous et de sentiers boueux sur lesquels des planches ont été jetées pour que les résidents passent dessus au sec. Il y a l'immense statue d'un Lénine pensif, de longues files de gens aux arrêts d'autobus, et les premières boutiques aux vitrines décolorées offrant un reflet de la route. Des taxis et de luisantes Zil noires aux rideaux tirés sur leur occupant les dépassent. Un policier avec des gants blancs et un bâton régule la circulation le bras levé de façon à ce qu'une classe de maternelle, marchant en double file – chaque enfant tenant le manteau de celui de devant –, puisse traverser. Un accident sans gravité entre un camion militaire et un taxi crée un embouteillage à la porte Kalouga, connue aujourd'hui sous le nom de place Gagarine. Stone examine les immeubles en forme de croissant de chaque côté de la route. Le guide de l'Intourist ne le dit pas, bien sûr, mais ces logements furent construits par des prisonniers, dont l'un d'eux décrivit l'expérience plus tard dans un livre intitulé *Le Premier cercle*.

Et puis les voilà dans l'épais tourbillon de la circulation du centre qui s'écoule en des boulevards immensément larges autour du Kremlin, sinistre forteresse où les envahisseurs tartares plantèrent leurs étendards du haut de leurs chevaux six cents ans plus tôt. L'énorme gouffre financier, l'hôtel *Rossiya*, apparaît devant eux à côté de la Moscova.

La stratégie, concoctée par Entrées et Sorties, est assez simple. Stone, voyageant avec un passeport français établi au nom de Bernard du Bucheron, quarante-deux ans, célibataire, enseignant l'histoire de l'art au lycée Carnot à Cannes, fait semblant de recevoir les consignes concernant sa chambre auprès du guide de l'Intourist.

– Dîner dans une demi-heure dans la salle à manger à l'angle, indique-t-elle à son troupeau, et ses membres obéissants se hâtent d'aller défaire leurs bagages, critiquer la plomberie et béer devant les dômes bulbeux et colorés de la cathédrale Saint-Basile. Stone emporte sa valise dans sa chambre, verrouille la porte et se met rapidement au travail. Il vide la valise, découpe la doublure, fourre une partie des roubles dans les poches de sa veste et le reste dans sa sacoche d'épaule, ainsi que des chaussettes de rechange, des sous-vêtements et plusieurs chemises propres. Il étale sur le lit les quatre jeux de papiers d'identité russes. Il en coud trois dans la doublure de la veste de son costume ; le quatrième – l'identité avec laquelle il va commencer – va dans sa poche poitrine. La moustache est décollée et jetée dans l'eau des toilettes, les lunettes rangées dans une poche (il les jettera à la première occasion). Stone vérifie qu'un exemplaire de *Grani*, la revue antisoviétique publiée à Paris par des émigrés, se trouve toujours dans la doublure découpée de la valise ; quand les Russes en viendront à fouiller sa chambre, ils tomberont sur l'exemplaire de *Grani* et (espérons-le !) supposeront que le Français qui est entré dans le pays sous le nom de Du Bucheron n'était qu'un commissionnaire de *Grani* avec une valise pleine de revues subversives. Ce genre de choses arrive tout le temps ; la police cherchera le commissionnaire, a supposé Entrées et Sorties, mais sans trop d'ardeur.

Stone passe un peigne dans ses cheveux, change sa raie de côté, et s'examine dans la glace de la salle de bains ; le pardessus est vieux, sans rien de particulier, les chaussures italiennes (disponibles au marché noir), le chapeau est celui d'un bureaucrate russe typique.

Il est prêt à disparaître dans la foule bruyante des Moscovites qui se hâtent de rentrer chez eux pour y prendre leur dose d'anesthésique (vodka, poésie, ou sexe) qui marquera encore une fois la fin d'une journée.

C'est le genre de fille qui se remarque dans n'importe quelle foule, sans parler d'une foule russe. Stone la repère exactement là où Résidences Clandestines lui a dit qu'elle se trouverait ; flânant contre le côté d'un kiosque dans le passage souterrain qui va de la rue Gorki à la place Rouge.

– Elle a environ vingt-cinq ans, et les traits d'un beau garçon, a dit Résidences Clandestines (qui a été lui aussi un beau garçon autrefois). Ma source de renseignements, qui a été un genre de poète *manqué** malgré ses antécédents militaires, a affirmé qu'elle avait toute l'innocence d'un chaton regardant dans un miroir pour la première fois. Cherche un visage fin, des lèvres fines, un long nez fin – je crois qu'on le décrit généralement comme aquilin –, d'épais sourcils, pour ainsi dire pas de hanches, une poitrine absolument plate.

Elle porte les cheveux courts, plaqués en arrière par un foulard. Des traits nets. Un profil de beaupré – nez, mâchoire tendus en avant – ici Résidences Clandestines a fait une imitation acceptable – le genre de visage qui a l'air parfaitement naturel avec du vent lui soufflant dessus, si tu vois ce que je veux dire.

Plusieurs des femmes qui ont fait leurs courses, luttant avec des paquets et mortes de fatigue d'avoir fait la queue, regardent avec une évidente jalousie son pantalon à pli enfoncé, dans le style parachutiste, dans ses coûteuses bottes italiennes, la large ceinture en tissu de l'armée avec l'étoile rouge sur la boucle de cuivre poli, sa veste de fourrure raccourcie jusqu'à la taille, récupérée sur un élégant manteau qui raclait le sol lorsque débuta sa vie quarante ans plus tôt.

– Il te faudra t'approcher d'elle pour avoir confirmation du point suivant, l'a prévenu Résidences Clandestines. Ses pupilles sont si énormes que les gens croient qu'elle a les yeux noirs. En fait, l'un est vert, l'autre kaki. Ne me regarde pas comme ça, Stone ! C'est ce que jure l'attaché de l'air qui a couché avec elle.

Stone est suffisamment près à présent pour voir par lui-même : des pupilles énormes, un œil vert, l'autre kaki. Et encore autre chose dans ses yeux, quelque chose qu'il se souvient avoir vu dans ceux de son grand-père, alors qu'il scrutait, nuit après nuit, de vieilles photos de la guerre civile : une faim qui ne provient pas du fait de ne pas manger assez.

– Qui vous a autorisé à regarder ? demande la fille. (Le nez, la mâchoire pointent avec arrogance.) Si vous êtes intéressé, faites-moi une offre que je ne puisse pas refuser. Si vous faites seulement du lèche-vitrines, tirez-vous.

Stone parvient à faire un large sourire.

– Je suis intéressé, dit-il lentement. Qu'est-ce que je peux m'offrir avec dix roubles ?

« Elle est extrêmement indépendante, l'a prévenu Résidences Clandestines. Si ta tête ne lui plaît pas, c'en sera fini. »

La fille examine Stone de la tête aux pieds.

– Moi, pour commencer, avec un verre de vodka jeté dedans si vous n'êtes pas trop grossier.

– J'ai besoin de plus, dit Stone. (Il l'entraîne hors du flot des passants.) J'ai besoin d'un toit sur ma tête.

– Essayez un hôtel, riposte la fille, l'air moqueur.

– Les hôtels ne me conviennent pas, dit Stone. Ils veulent voir toutes sortes de papiers. J'ai besoin de quelque chose de plus discret.

« À tout moment, lui a expliqué Résidences Clandestines, il y a à Moscou des milliers de Russes en situation illégale – ils vendent ou achètent au marché noir, corrompent des fonctionnaires, se dérobent au service militaire, pourchassent de grosses cargaisons de matières premières pour leurs usines, etc. Ceux qui n'ont pas de proches s'installent habituellement avec des prostituées pour rester en dehors des projecteurs. Le problème c'est simplement de les payer suffisamment pour qu'*elles* ne tuyautent pas la milice. »

La fille, à présent, parle affaires.

– Combien de temps comptez-vous rester à Moscou ?

– Ça dépend de comment marche mon travail, dit Stone. Qu'est-ce que je peux m'offrir avec vingt-cinq roubles ?

La fille dit :

– Avec vingt-cinq roubles par jour, payés d'avance, vous vous offrirez un lit chaud, un petit déjeuner chaud, mon corps chaud et pas de questions. (Soudain son visage s'éclaire d'un sourire.) Je suis du genre curieux… Il se pourrait que je fasse une hypothèse ou deux.

Stone lui tend la main.

– Il y en aura cent de plus quand je partirai si je n'ai pas été ennuyé par la milice, lui promet-il. Mon nom est Pavel.

– J'l'aurais parié, dit la fille en riant, et elle scelle le marché d'une poignée de main. Je suis Ekaterina. Mes amis, et j'en ai tellement que je ne sais pas quoi en faire, m'appellent Katiouchka.

Elle passe son bras sous celui de Stone et se met en route à grandes enjambées vers la rue Gorki.

– Vous avez de la chance, dit-elle aimablement à Stone. Mes règles viennent de finir. Quand j'ai mes règles, je ne couche qu'avec les femmes.

Katiouchka conduit Stone à sa petite Zigouli, la Fiat fabriquée en Russie.

– Faim ? demande-t-elle. (Stone hoche la tête, et elle dit :) Je peux organiser quelque chose à l'Union des Écrivains, si ça vous convient, ou un dîner privé à l'appartement d'une femme que je connais. Ça vous coûtera vingt roubles pour nous deux, et ça inclut une bouteille de vodka polonaise et une de vin rouge de Géorgie, bien que je préfère la bière, si ça vous est égal.

Servi dans un appartement au rez-de-chaussée d'un immeuble situé dans une des communes satellites, à vingt-cinq minutes de la ville vers le nord, le repas est fait maison et les portions sont généreuses. Un petit garçon se montre de temps en temps et débarrasse les assiettes sales lorsque Katiouchka lui fait signe. Un disque de chants traditionnels russes se fait entendre à l'arrière-plan, et la pièce est éclairée aux chandelles. Katiouchka les contemple – Stone remarque encore une fois ses énormes pupilles – sans parler durant un long moment.

– Pourquoi portez-vous vos bagues avec les pierres vers l'intérieur ? demande Stone.

Elle sort de sa rêverie.

– Je les porte comme ça parce que ma mère porte les siennes comme ça. Et elle les porte comme ça parce que l'intérieur des mains ne vieillit pas. (Elle rit gaiement.) On dit que la paume d'une femme a toujours l'air d'avoir quinze ans. (Les flammes des chandelles qui sont courtes et régulières, soudain s'amenuisent et vibrent faiblement, comme si on soufflait sur elles.) Les esprits sont dans la pièce avec nous, chuchote la fille, là – elle fait un signe du regard – au-dessus de nos têtes, ils flottent, ils écoutent.

Stone a l'impression qu'elle s'invente un personnage à mesure qu'elle avance.

– Croyez-vous aux esprits ? demande-t-il.

Le petit garçon apporte un plat de *kourniki*, composé de poulet en croûte et des petits pois, et le pose devant Stone. La mère du garçon, qui fait la cuisine, place une deuxième assiette devant la fille. Katiouchka parle la bouche pleine :

– Je suis le septième enfant d'un septième enfant. Je suis un esprit. Je lis dans les paumes, les entrailles, les feuilles de thé. Je peux avoir des nouvelles de quelqu'un en ouvrant un livre au hasard. Quand je rêve, je fais les rêves de quelqu'un d'autre – j'essaye de découvrir cette personne depuis mon enfance. Je porte toujours mes chandails à l'envers pour que ça me porte chance. Vous croyez que je plaisante. Dites-le, vous ne m'offenserez pas. Tiens, donnez-moi votre paume.

Stone hésite, mais Katiouchka insiste. Elle l'examine longuement à la lueur de la chandelle, traçant des lignes du bout de ses doigts, retournant la paume pour étudier les ongles de Stone, puis la retournant encore pour contempler davantage les lignes. Finalement elle lève les yeux.

– Vous ne travaillez pas avec vos mains, dit-elle doucement, ce qui signifie que vous travaillez avec la tête.

– N'importe qui peut voir ça, ironise Stone.

Katiouchka sourit légèrement.

– Vous progressez lentement pour éviter l'arrivée car c'est le voyage qui vous intrigue. (Elle s'interrompt.) Vous avez le sentiment d'être de retour à la maison. (À nouveau elle s'interrompt.) Vous avez eu de la malchance, mais la chance vous sourit naturellement. Vous en avez eu tellement que vous croyez que c'est votre dû. Moi, je dois travailler à longueur de journée. Je dois fabriquer ma chance. J'en ai la nausée. (Elle touche du bout du doigt un point dans la paume de Stone où une ligne en rencontre une autre et s'écarte.) À Moscou, vous trouverez ce que vous cherchez mais vous ne vous en servirez pas.

Dehors, dans la Fiat, Katiouchka dit abruptement :

– Ça me plaît que tu aies laissé un rouble au garçon.

(Elle utilise le « *Ti* » intime presque comme si c'était une récompense, mais repasse immédiatement au « *Vui* » plus formel.)

– Ça vous ferait plaisir d'écouter de la musique de danse maintenant, ou bien préférez-vous faire l'amour et dormir ?

Stone indique qu'il préférerait en rester là, et elle prend la direction de sa maison, un appartement au dernier étage d'un immeuble qui surplombe le zoo de Moscou.

– Ça présente certains avantages, explique-t-elle, quand on fait mon métier. C'est central, les deux personnes avec qui je partage l'appartement sont discrètes, et on peut entendre le braiement des animaux en bas quand ils sont en chaleur. C'est un son très excitant.

– C'est comme ça que vous vous distrayez, demande Stone, en écoutant les animaux en chaleur ?

– Je me distrais du mieux que je peux, répond-elle. Quand j'étais jeune et que je me souciais énormément de choses qui ont cessé de m'intéresser, j'essayais de saboter les orchestres de danse qui jouaient cette horrible musique soviétique. Je m'avançais devant l'orchestre – elle donne un coup de klaxon, fait une queue-de-poisson à une voiture lente et brûle un feu rouge – et je suçais un citron devant eux. Ça faisait saliver les joueurs de cuivres et ça gâchait le morceau.

– Et maintenant ? demande Stone.

Katiouchka ne comprend pas la question.

– Et maintenant quoi ?

– Que faites-vous pour vous distraire, maintenant ?

De nouveau elle sourit, bien que son sourire soit plus triste cette fois.

– Maintenant je m'hypnotise avec des peut-être. Par exemple, peut-être notre univers avec ses milliards de galaxies dérivant à travers des étendues d'espace infinies est-il une molécule d'un grain de sable dans un monde gigantesque. Qu'y a-t-il de si absurde là-dedans ? Chaque fois que nos savants regardent dans un microscope, ils y voient des mondes de plus en plus petits. Pourquoi ce ne serait pas pareil quand ils regardent dans un télescope ?

Ils traversent le hall de l'immeuble sur la pointe des pieds, passent devant le gardien de nuit dont la tête a sombré sur la page ouverte de la *Pravda*, sur le bureau. Son fromage de chèvre, son pain et sa Thermos de thé sont dans un panier à ses pieds.

– Certains disent qu'il est tellement vieux qu'il travaillait pour le KGB quand c'était encore la Tchéka, chuchote Katiouchka. Posant un doigt sur ses lèvres, elle fait signe à Stone de ne pas faire de bruit. Ils montent les cinq étages à pied car l'ascenseur réveillerait le vieil homme. Elle introduit sa clé dans la serrure, et le tenant par la main elle le conduit à travers un long couloir sombre jusqu'à la chambre.

– Les toilettes sont ici, la cuisine là, chuchote-t-elle. Vous rencontrerez mes colocataires demain matin.

Katiouchka allume la lumière d'un coup de pouce et Stone entre dans la chambre.

« Normalement, tu ne peux pas dire quels sont les goûts des Russes d'après les choses qui se trouvent dans leurs appartements, avait prévenu Résidences Clandestines. C'est parce qu'ils n'achètent pas ce qu'ils veulent, mais ce qui est disponible. Elle fait exception à la règle. Elle n'achète jamais, elle troque. Services rendus contre articles qui lui tapent dans l'œil. Croirais-tu qu'elle a même une serre sur son toit ? »

La pièce est douce, des coussins abricot sont empilés dans un coin à côté de la chaîne japonaise et de la collection de disques. La moquette est blanc cassé. Le matelas, qui est posé sur une plate-forme de bois, basse, est recouvert d'un grand couvre-lit en patchwork et d'une autre petite montagne d'oreillers. Les fenêtres ont des doubles vitres, et l'espace entre les deux est rempli de mousse répandue sur du coton, afin d'éviter que les fenêtres s'embuent. Sur un mur se trouve une exquise icône du dix-huitième siècle avec une mince bougie de cire de chaque côté. Il y a une étagère basse pleine de livres ; Stone entrevoit les poèmes de Pasternak et un livre rare de Mandelstam intitulé simplement *Poèmes*. Suspendu au-dessus du lit et illuminé par un spot situé de l'autre côté de la pièce, une grande peinture à l'huile représentant la Vierge à l'Enfant est à la fois réaliste et romantique. Katiouchka remarque le regard de Stone.

– Le peintre qui a fait ça n'était pas autorisé à vendre ses toiles, dit-elle. Les autorités qui s'y connaissent en la matière lui ont dit que ce n'était pas de l'art, et qu'en conséquence, vendre ça constituerait une fraude. Quelques années plus tard, lorsque le peintre a émigré en Israël, les mêmes autorités lui ont dit qu'il ne pouvait pas emporter son œuvre hors du pays car elle était considérée comme de l'art. Alors il me l'a confiée. Ça me plaît que vous l'aimiez.

Un chat noir charbon, le dos arqué, le poil dressé, apparaît sorti de nulle part et se frotte contre la jambe de Katiouchka. Elle le prend dans ses bras et l'embrasse sur la bouche.

– Ceci est mon ombre, dit-elle à Stone. Je l'appelle Thermidor. Il a la particularité d'être le seul chat gaucher qui existe.

Stone s'installe sur le lit bas.

– Comment pouvez-vous le savoir ?

– Oh, j'ai un sixième sens pour ces choses-là, dit-elle l'air mystérieux. (Elle pose le chat avec douceur au milieu d'un grand coussin et commence à se déshabiller.) J'ai un penchant particulier pour les chats. Ils ont le même pour moi. Thermidor, par exemple, sait sans que je le lui aie jamais dit que j'ai peur du tonnerre. Je me représente toujours deux grands nuages s'écrasant l'un contre l'autre, quelque chose comme des navires dérivant l'un vers l'autre. Boum !

Katiouchka allume les bougies de chaque côté de l'icône, éteint les autres lumières, met en marche une cassette de Stan Kenton enregistrée sur la Voix de l'Amérique. Nue, maigre comme un clou dans la lueur vacillante des bougies, ses mamelons projetant de grandes ombres sur sa poitrine plate, elle se laisse tomber sur les genoux devant Stone et commence à lui délacer ses chaussures. Quelque part en contrebas résonne le bruit lointain d'un animal qui braie.

– C'est une femelle zèbre, explique-t-elle en souriant à demi. Elle est en chaleur. (Elle regarde Stone droit dans les yeux, la tête penchée sur le côté.) Comment aimez-vous faire l'amour ? demande-t-elle.

– Étonnez-moi, réplique Stone.

Et c'est exactement ce qu'elle entreprend de faire.

– Debout. (Katiouchka donne un coup de coude dans les côtes de Stone. Il roule sur le côté et enfonce sa figure dans l'oreiller, mais elle insiste.) Allez, dit-elle d'un ton cajoleur.

– Quelle heure est-il ? (À contrecœur, Stone se tourne vers elle.)

Elle ignore la question.

– J'ai deviné, lui dit-elle.

– Qu'est-ce que tu as deviné ? demande Stone, irrité parce qu'elle l'a réveillé. (Il remonte la couverture sous son menton.) Bon Dieu, on gèle ici.

– C'est ton russe qui m'a ouvert les yeux, explique-t-elle. Tu le parles très bien. Où as-tu appris ?

Stone est instantanément en alerte.

– Je croyais que notre arrangement incluait qu'il n'y aurait pas de questions.

La bouche de Katiouchka est très près de l'oreille de Stone.

– Tu n'es pas russe, dit-elle avec excitation. (Elle pose un doigt sur ses lèvres dès qu'il commence à nier.) Ne t'embête pas à mentir. C'est inutile.

Stone réussit enfin à placer un mot. Il s'efforce de garder le ton léger comme s'il poursuivait une bonne plaisanterie.

– Qu'est-ce qui te fait croire que je ne suis pas russe ?

Elle sourit dans l'obscurité.

– D'abord, il y a ta façon de manger. Tu traites la nourriture comme si c'était du carburant. Un Russe devant un repas comme celui que tu as eu hier soir en savoure chaque bouchée. Et puis il y a ta façon de boire la vodka. Tu ne bois pas pour oublier, comme nous faisons. Tu bois comme un mécanicien met de l'huile sur un essieu – pour la lubrification. Et puis il y a ta façon de faire l'amour. Tu ne fais pas l'amour comme un Russe. J'ai fait l'amour avec des Français, des Allemands, des Finnois, et une fois avec un Américain. Il se coupait les cheveux dans le style militaire et disait qu'il était homme d'affaires, mais j'ai découvert qu'il travaillait à l'ambassade américaine. Mes étrangers étaient comme toi au lit. Ils essayaient autant de donner du plaisir que d'en recevoir. Les hommes de chez nous n'aiment pas à ce point la fellation et ils sont très rapides. Et puis il y a ceci – Katiouchka plonge la main sous les draps et trace le contour du pénis de Stone du bout du doigt. Je n'ai encore jamais vu un Russe avec un pénis circoncis. Même les Juifs avec lesquels j'ai fait l'amour ne l'avaient pas, soit parce qu'ils étaient nés sous Staline, soit pendant l'occupation allemande, et que c'était dangereux d'être circoncis. Je me suis toujours demandé, est-ce qu'on a moins de sensations avec un pénis circoncis ?

Stone a un rire gêné.

– Je n'ai aucun point de comparaison.

– Là d'où tu viens, est-ce que les filles prennent le sexe de l'homme dans leur bouche comme je le fais ? veut-elle savoir.

– Comment saurais-je une telle chose, répond Stone. (Il se sent au bord de la panique ; toutes ces années de préparation laborieuse pour se retrouver au lit avec une prostituée qui est sûre qu'il n'est pas russe parce qu'il est circoncis ! Bien, il a d'autres identités, et d'autres adresses.)

Katiouchka lit dans sa pensée.

– Tu n'as pas à t'en faire, lui dit-elle. Ça me plaît que tu sois un étranger. Je ne te dénoncerai pas. (Oublieuse du froid, elle saute hors du lit, allume la lumière, fourgonne dans une malle d'osier et en ressort une chemise en plastique qu'elle présente à Stone.) Tiens, tu liras ces feuilles, lui ordonne-t-elle. Et ensuite je te raconterai l'histoire qui est derrière.

Il y a deux feuilles de papier, toutes deux rendues friables par le temps, à l'intérieur de la chemise en plastique. Chaque document est accompagné d'une traduction manuscrite agrafée à celui-ci. Stone prend soin d'ignorer les textes originaux en anglais, et lit leurs traductions en russe. Le premier est une citation britannique pour bravoure décernée à un certain Alexandre Efimov. La citation spécifie qu'Efimov, alors qu'il opérait comme partisan derrière les lignes allemandes en Pologne, a sauvé la vie de quatre aviateurs britanniques dont l'avion avait été abattu tandis qu'ils tentaient de larguer des vivres et du matériel à Varsovie pendant le soulèvement. Le deuxième papier est une lettre manuscrite envoyée à Efimov par le capitaine de l'armée de l'air Frank Peterson. La lettre, datée du 4 mars 1946, remercie Efimov de lui avoir sauvé la vie et d'avoir organisé son évasion vers l'Union soviétique. Peterson termine ainsi sa lettre : « Si vous veniez un jour à Londres, soyez assuré d'un accueil très chaleureux de ma famille. Notre adresse : 4, Cambridge Gate, Regents Park, Londres. Salutations distinguées, Frank Peterson. »

– C'est comme ça, dit Katiouchka, se lovant contre le corps tendu de Stone, plaçant sa main à présent froide sur le pénis de celui-ci. Alexandre Efimov était mon père. Il a été fait prisonnier au début de la guerre, et il a passé trois ans dans un camp de concentration en Pologne. Lui et quelques autres ont réussi à s'évader et à rejoindre la résistance polonaise. C'est là qu'il a sauvé la vie de Peterson. C'est parce qu'il était un partisan que mon père ne s'est pas retrouvé en Sibérie comme tous les autres prisonniers de guerre à leur retour. Mais en 1946, il a reçu une lettre au courrier l'invitant à se rendre à l'ambassade britannique afin d'y être décoré pour avoir sauvé la vie de quatre aviateurs britanniques. Ma mère l'avait prévenu que cela apporterait des ennuis, mais mon père était un homme très fier, alors il a emprunté un costume et y est allé. Il est rentré à la maison avec la décoration sur sa poitrine et cette citation, et la lettre de Peterson. Une semaine plus tard il était arrêté comme espion britannique et embarqué pour la Sibérie. Ma mère a fait la queue toutes les semaines pendant six ans pour lui envoyer tout ce qu'elle pouvait gratter – du tabac, des chaussettes chaudes, du lard. Quand elle rentrait, ses lèvres étaient bleues de froid et de peur. Elle n'a jamais su s'il recevait les colis. Elle ne l'a jamais revu. Elle n'était autorisée à recevoir qu'une seule lettre par an. Un jour l'un des colis est revenu avec le tampon « décédé ». (Katiouchka sourit tristement.) Ici on ne pleure jamais de tristesse, seulement de bonheur. Comme ça on pleure moins.

Il existe une école de pensée, appuyée par un bon nombre d'expériences vécues, qui soutient qu'un agent opérant sur le terrain ne devrait pas faire confiance à sa propre mère. Il existe une autre école, à laquelle Stone a toujours adhéré en principe, qui soutient qu'il vous arrive autant de coups de chance que de coups du sort et qu'on serait bien bête de ne pas en tirer avantage. Stone, qui se concentre si fort qu'il en oublie le froid et la main de Katiouchka sur son organe sexuel, contemple son « coup de chance » : il a trouvé un gîte, comme prévu, avec une prostituée qui – et voilà la prime – possède un chat qu'elle appelle « Thermidor » et se prétend secrètement antisoviétique. S'il pouvait la croire, cela ouvrirait toutes sortes de possibilités opérationnelles.

– Si seulement je pouvais te croire, dit Stone prudemment.

– Je te ferai rencontrer ma mère, chuchote Katiouchka avec ardeur. Ensuite tu me diras ce que je peux faire pour t'aider, mon bel étranger circoncis.

Le matin fond sur Stone avec une soudaineté froide et ensoleillée ; des flots de lumière se déversent à travers les doubles fenêtres, le coton et la mousse entre elles, délavant les coussins abricot au point qu'ils ressemblent à du sable blanchi. Katiouchka n'est visible nulle part, bien qu'elle ait laissé des traces derrière elle : une empreinte presque imperceptible sur l'oreiller près de Stone ; un pantalon à plis, un ceinturon militaire, éparpillés là où elle les a jetés la veille ; et l'ombre de Katiouchka, le chat nommé Thermidor, qui boude sur les coussins abricot délavé, observant avec un détachement ennuyé le dernier de la longue liste de visiteurs de sa maîtresse.

– Katiouchka, appelle Stone.

Il vérifie en hâte le contenu de sa sacoche d'épaule ainsi que la doublure de sa veste, constate qu'on n'y a pas touché, s'habille vivement, se glisse en chaussettes dans l'entrée, écoute. On entend des bruits d'assiettes posées sans ménagement sur une table, des bruits de petit déjeuner qui se prépare. Des bruits normaux, non inquiétants. Stone, prudent, va sur la pointe des pieds jusqu'à la cuisine et entrebâille la porte.

– Ça te fera froid dans le dos, avait dit Résidences Clandestines, même si je te préviens. C'est sa tête crachée, un double parfait. Il garde même la moustache taillée, bien qu'il sorte rarement à cause du risque de se faire tabasser. Mon attaché de l'air le soupçonne d'être complètement fou, mais inoffensif.

Et le voici en chair et en os, Joseph Djougachvili, mieux connu sous le nom de Staline, quatre-vingts ans au bas mot et toujours vert, retournant patiemment le toast sur le grille-pain et empilant ceux qui sont prêts sur un plat.

– Quel livre il pourrait écrire, s'était émerveillé Résidences Clandestines. Imagine être la doublure de Staline pendant toutes ces années. Apparaître au Bolchoï alors que le grand homme s'enfermait derrière les murs du Kremlin et menait la guerre. Passer en revue les soldats rassemblés par rangs de soixante sur la place Rouge. Serrer les mains de tous ces gens qui l'accueillent. Pendant la guerre, Staline passait toutes ses nuits débout jusqu'à l'aube avec ses généraux, déplaçant ses unités sur une carte des combats géante. Il était trop fatigué pour paraître en public le matin. Alors son double est devenu connu dans le cercle des intimes comme le Staline du matin. (Résidences Clandestines avait cligné de l'œil.) C'est une folle, bien sûr, notre Staline-du-Matin. Robes vaporeuses. Yeux maquillés. Il teint ses cheveux gris. Et attend de voir l'autre moitié du couple !

L'autre moitié du couple, comme l'appelait Résidences Clandestines, est un travesti à qui il arrive parfois d'être un monsieur (qui répond au nom de Ilyador Alexandrovitch), et parfois une dame (Isadora Alexandrovna). Ilyador (il traverse présentement une période masculine) est un quinquagénaire bouffi, avachi, avec une étincelante dent en or, et une déprime permanente, comme une femme après un accouchement ou avant ses règles. Alors qu'il plie méticuleusement des serviettes de papier en triangles, il aperçoit Stone à la porte, donne un coup de coude à Staline-du-Matin.

– C'est ici, cher, dit-il. (Ils interrompent tous deux leurs occupations pour jauger Stone.)

– Le toast est en train de brûler, dit Stone. Où est Katiouchka ? (Il fixe de nouveau le double de Staline, ne pouvant en croire ses yeux.)

Staline-du-Matin élève lentement son menton vers le toit.

– Elle fait joujou, dit-il avec condescendance. (Après toutes ces années à s'être fait passer pour le grand homme, quelque chose lui en est manifestement resté. Son regard est froid et assuré. Il parle comme parlent les gens qui s'attendent à ce que les autres, tout naturellement, boivent chacune de leurs paroles.) Je lui ai dit qu'elle plantait ses bégonias trop tôt, mais c'est un être indépendant, elle fait les choses comme elle les sent.

Stone trouve la porte conduisant à l'échelle et au toit. La serre de Katiouchka date d'après son aventure brève mais riche en informations avec l'attaché de l'air américain. Résidences Clandestines savait qu'elle rêvait d'en avoir une ; il savait aussi qu'elle avait déjà « troqué » ses services contre les matières premières dont elle avait besoin. Et la serre est là, *fait accompli**, doubles panneaux de verre dans un cadre de bois épais, sorte d'appentis construit contre le mur mitoyen de l'immeuble voisin qui s'élève trois étages au-dessus de celui où vit Katiouchka.

– Entre, crie-t-elle joyeusement de l'intérieur de la serre. Enfin, si tu ne souffres pas d'allergies, viens visiter mon acte de défi.

– Qu'est-ce que tu défies ?

– L'hiver !

Stone s'appuie contre l'un des radiateurs de la serre qu'un branchement pirate relie au système de chauffage central de l'immeuble, et la contemple tandis qu'elle nettoie les feuilles maladives d'un *medinila magnifica* avec un morceau de coton humide tout en murmurant des paroles d'encouragement à la plante qui a survécu à un hiver moscovite.

– Je me sens comme l'une de mes plantes après l'hiver, dit Katiouchka à Stone, levant les yeux et souriant d'un air triste et distant. J'ai besoin d'être récurée et dorlotée pour reprendre vie.

– Personne n'aime beaucoup l'hiver, commente Stone.

– Ce n'est pas seulement l'hiver que je n'aime pas, médite Katiouchka. Je n'aime pas non plus l'été. Je préfère les saisons de transition. (Elle incline la tête, le scrute de son regard myope entre les feuilles, et chuchote d'un air de conspirateur :) Je préférerais aussi être en route plutôt qu'arrivée. (Soudain elle s'illumine.) Ça t'intéresserais de savoir quelle est mon ambition dans la vie ? Mon ambition est de donner mon nom à une rose. Je n'avais jamais dit ça à personne. (Elle verse de l'engrais dans un pot de fleurs, et l'arrose doucement tout en vérifiant du pouce la spongiosité de la terre.) Tu découvriras, quand tu me connaîtras mieux, que je suis le genre de personne qui se montre à la hauteur des situations. (Elle regarde Stone dans les yeux, et il ressent l'attrait presque magnétique de ses larges pupilles.) J'ai seulement besoin de quelqu'un qui fournisse la situation. Tu me plais parce que tu ressembles à une situation.

Staline-du-Matin beurre machinalement un toast.

– Pardon pour mes mains, dit-il en le passant à Ilyador qui étale une couche de miel dessus et l'offre à Katiouchka.

Staline-du-Matin dit à Ilyador :

– J'ai toujours su que tu avais une dent contre le vieux fromage…

– Contrairement à ce que tu crois, bâille Ilyador tout en tendant la main pour recevoir un autre toast, je n'ai personnellement rien contre Karl Marx. Je trouve plutôt touchant qu'à l'âge plus qu'avancé de quatre-vingts ans il ait appris le russe pour lire Pouchkine dans le texte.

– Tu es encore en train d'inventer, l'accuse Staline-du-Matin, tournant avec agitation une cuillerée de confiture de fraises dans son thé. Je peux le dire rien qu'en regardant tes lèvres. Elles te trahissent à tous les coups. Elles sont toujours minces quand tu inventes.

Ilyador est blessé.

– Chaque fois que je sors quelque chose qu'il ne connaît pas, fait-il, prenant Katiouchka à témoin, il dit que je raconte des histoires.

– Tu as raté ta vocation, dit Staline-du-Matin, harcelant Ilyador avec allégresse. Tu aurais dû écrire des romans au lieu d'installer des lignes téléphoniques. Tu as fait beaucoup de bien en installant des lignes, cependant. Dans ce pays la moitié des gens attend le téléphone, l'autre moitié attend la tonalité. Ah ! Elle est plutôt drôle, si je peux me permettre.

Tout le monde rit sauf Ilyador qui se concentre sur son toast, mâchant des bouchées minuscules, les lèvres délicatement pressées l'une contre l'autre, les sourcils levés.

Katiouchka prend la main d'Ilyador dans les siennes, se penche vers lui et l'embrasse sur la joue.

– Tu as une âme d'artiste, lui murmure-t-elle à l'oreille.

– D'artiste ! (Staline-du-Matin manque s'étouffer avec son thé.) C'est un sacré artiste. Il n'est ni socialiste ni réaliste. (Et, de la voix pleine d'ennui d'un maître de conférence, il ajoute :) Il existe deux catégories d'artistes en ce monde… les innovateurs, et les suiveurs et profiteurs. Si ce champignon est un artiste, il se classe dans la deuxième catégorie. Quelque chose comme un éboueur.

– C'est injuste, glapit Ilyador, en éloignant sa chaise de la table dans un raclement. D'abord il m'accuse d'inventer. L'instant d'après il dit que je suis un suiveur et un profiteur.

Katiouchka se tourne vers Stone.

– Dans quel groupe est-ce que tu te classes ? Les innovateurs ou les suiveurs et profiteurs ?

Stone dit :

– Je garde un pied dans chaque camp.

– Voilà une brillante réponse, dit Staline-du-Matin. (Il désigne Stone du menton.) Où as-tu trouvé ça ? demande-t-il à Katiouchka.

– Ça m'a trouvé, dit-elle en riant. Dans le passage souterrain du métro.

– Typique, répond Staline-du-Matin avec un air supérieur. En général, les hommes sortent à la recherche d'expériences, mais les femmes restent toujours assises à attendre que les expériences viennent à elles. (Il se tourne vers Stone et lui explique avec une politesse recherchée.) Ceci, à mon humble avis, est la différence essentielle entre le mâle de l'espèce et la femelle… leur façon d'expérimenter l'expérience.

– Encore une théorie ! renifle Ilyador avec mépris.

Cette fois ce sont les plumes de Staline-du-Matin qui sont ébouriffées.

– Et qu'entends-tu exactement par « encore une théorie » ? J'ai lu ça dans un article de l'Honoré Académicien Anatol Jelizniakov lui-même. (Staline-du-Matin agite son couteau à beurre vers Ilyador.) Tu as peur de théories comme celle-ci parce qu'elles te dévoilent tel que tu es.

– Et selon ta vision tordue, qu'est-ce que je suis ? demande Ilyador.

Staline-du-Matin se précipite avec cruauté.

– Un mâle de l'espèce, voilà ce que tu es ! Et la preuve en est que tu n'attends pas que l'expérience vienne à toi, tu sors la chercher – sa voix monte jusqu'à l'hystérie – sept jours par semaine, rôdant dans les couloirs de logements décrépits en compagnie de *n'importe qui* fait tinter quelques kopecks dans sa poche.

Les narines d'Ilyador se dilatent.

– Je garde un pied dans chaque camp, remarque-t-il avec coquetterie.

Katiouchka intervient.

– La différence entre les sexes n'est pas dans la façon dont ils expérimentent l'expérience, dit-elle à Staline-du-Matin, mais dans le fait que les femmes – elle regarde carrément Stone – s'engagent dans une chose, une cause, une personne, avant de vraiment la connaître. Les hommes doivent d'abord voir un bébé avant de l'aimer.

Stone prend le métro jusqu'à la Perspective Koutouzov, flâne dans le coin en regardant les vitrines, puis revient sur ses pas. Lorsqu'il est sûr qu'on ne le suit pas, il hèle un taxi qui retourne vers le centre-ville. Dans un petit parc près du Kremlin, il s'arrête pour se reposer sur le troisième banc avant la sortie, et grave distraitement les initiales « DR » dans le bois avec la lame d'un petit couteau de poche (fabriqué en Russie, fourni par Vêtements et Accessoires). Une solide grand-mère remorquant un enfant suralimenté vogue par là et fait claquer sa langue à la vue de Stone dégradant la propriété prolétarienne. Au bout d'un moment, Stone gagne sans se presser un éventaire ambulant et attend pour avoir un verre de kvas, puis il se dirige vers un téléphone public. Une jeune femme est juste en train de terminer sa conversation.

– Du véritable mohair, dit-elle à quelqu'un, l'air heureux. Non, j'ai demandé du rouge, mais ils m'ont donné la couleur qui est arrivée juste après, et c'était du vert. Vert, c'est pas la fin du monde, non ? Très bien. Très bien. Ne t'affole pas. Si vraiment tu ne peux pas supporter le vert, je le revendrai au double de ce que je l'ai payé. Non. Tu prends le pain, il faut que je m'occupe de faire réparer le fer.

La fille raccroche, avise Stone qui attend patiemment, et sourit d'un air charmeur.

– Vous ne seriez pas intéressé par un fantastique mohair vert, des fois ?

Il secoue la tête, introduit une pièce de deux kopecks dans le téléphone, compose le 291-78-15. Le téléphone sonne deux fois, puis une troisième. Une femme répond.

– S'il vous plaît ? dit-elle en russe appris par cœur.

Stone tousse deux fois dans le récepteur, puis coupe la communication et repart en direction du zoo. Dans une heure environ l'attaché naval américain (celui qui fournit les havanes à l'Amiral) prendra sa pause déjeuner et se promènera dans le petit parc du Kremlin à la recherche des initiales gravées qui lui confirmeront que le drôle d'oiseau de Topologie a fait son nid à Moscou.

Katiouchka reste silencieuse pendant la plus grande partie du trajet vers la datcha, concentrée sur sa conduite, jetant de temps en temps seulement un regard du coin de ses yeux sombres à Stone. Elle donne un coup de klaxon, ignore une double ligne blanche et double d'un coup une Zil noire avec un chauffeur au volant et deux grosses femmes à l'arrière.

– Des putes du Comité central, marmonne-t-elle à mi-voix. Leurs maris ont tous des Zil avec chauffeur et des datchas par ici.

Ils traversent une série de petits villages pleins de sentiers boueux et de coquettes maisons de bois peintes en vert foncé, avec des volets sculptés à la main et des potagers bien entretenus. Près de Nikolina Gora, ils dépassent à vive allure une route goudronnée à une seule voie qui s'enfonce dans un bois de bouleaux blancs.

– Tu as vu ça ? fait Stone en se tortillant sur son siège pour regarder par la vitre arrière. Il y a un panneau « accès interdit » à l'embranchement. Je me demande où elle va, cette route.

– J'ai eu un client, une fois, qui allait là-bas de temps en temps, dit Katiouchka. Il réparait des machines à coder au ministère de la Défense. Je le déposais à l'embranchement quand j'allais voir ma mère à la datcha, et je le reprenais au retour.

Ils passent à la hauteur d'un jeune policier qui scrute la voiture, la reconnaît ainsi que sa conductrice, et leur fait signe de continuer. Katiouchka lui fait signe en retour.

– Là-bas… c'était la datcha de Prokofiev, annonce-t-elle à Stone en montrant du doigt une grande maison de bois à l'écart de la route. Et là, celle de Kapitsa. (Elle se concentre sur sa conduite pendant quelques instants, puis demande soudain :) Est-ce que les gens ont des datchas, en Angleterre ?

– Comment le saurais-je ? dit Stone.

Katiouchka lui sourit d'un air sagace.

– Nous y sommes presque, dit-elle. Ma mère te plaira. Elle ne lit que des livres courts parce qu'elle pense qu'ils sont plus sensibles. Elle sème des plantes médicinales dès que le sol dégèle, mais il n'en sort jamais rien. Elle porte tout le temps des gants de dentelle blanche pour ne pas être obligée de toucher quoi que ce soit de soviétique. La datcha est après le prochain tournant.

– Comment se fait-il, demande Stone, qu'elle ait une datcha ? Elles sont généralement réservées aux gens très importants.

– L'usage permanent de la datcha qu'on lui a donnée, explique Katiouchka d'un ton distant, c'est un cadeau personnel qu'on m'a fait.

La mère de Katiouchka, grande, frêle comme une fleur séchée, portant des gants de dentelle blanche et un antique renard enroulé haut sur son cou mince, tourne autour d'un jardinier qui taillade la terre fraîchement dégelée avec une vieille binette.

– Des rangées rectilignes, lui commande-t-elle, sont absolument essentielles pour des plantes médicinales. Vous zigzaguez dans tous les azimuts comme si…

Elle se retourne au bruit de la voiture qui entre et stoppe ; elle a un sursaut de surprise, se précipite pour étreindre Katiouchka qui tombe dans ses bras tendus.

– J'avais le pressentiment que tu viendrais plus tôt ce mois-ci, dit-elle à sa fille. (Elle aperçoit Stone qui émerge de l'auto et le considère avec une curiosité évidente.) Vous avez dû naître une bonne année, dit-elle en offrant une main gantée. Katiouchka n'a jamais amené d'ami homme ici. Mes salutations. Je suis le prototype, c'est-à-dire, je suis la mère.

Stone accepte la main tendue vers lui de telle

manière qu'il n'a pas d'autre possibilité que d'en baiser le dos. Se penchant, il effleure la dentelle avec ses lèvres – un geste que son père lui a appris à accomplir le jour de ses treize ans.

Katiouchka rit.

– C'est quelqu'un de spécial, chuchote-t-elle à l'oreille de sa mère. Il est étranger !

La mère, dont le nom est Tanya, examine Stone sous cet éclairage nouveau.

– Oh ! là, là ! c'est vraiment très original. Il paraît assez normal. (Elle se tourne vers Katiouchka d'un air réjoui.) Convenons de ne pas le lui reprocher.

– Où as-tu trouvé le jardinier ? demande Katiouchka à sa mère tandis qu'elles se dirigent vers la datcha. (Stone, oublié, suit le mouvement à retardement.)

Tanya s'essuie vigoureusement les pieds sur le paillasson devant la porte de bois, passe en revue les autres pour s'assurer qu'ils en font autant, se dirige vers la cuisine pour mettre de l'eau à bouillir.

– J'ai entendu parler du jardinier par le cousin de la ridicule bonne femme qui tient la boulangerie à Nikolina Gora. Il venait de s'installer là avec une sœur à lui et le bruit courait qu'il cherchait du travail. Il a une histoire fantastique, fait-elle en se léchant les lèvres ; et elle entreprend de la raconter : Apparemment, la quantité de bois fournie par une grume est déterminée par l'emplacement de la première coupe dans la grume. Une erreur d'un demi-centimètre peut réduire la production d'un tiers. Mon homme, vous l'avez maintenant deviné, a été expédié en Sibérie parce qu'il ne faisait pas bien la première coupe. Ils ont appelé ça du sabotage et il en a pris pour dix ans. Il a été libéré il y a six mois et s'est remis au travail comme premier coupeur. Il faisait des coupes splendides, mais on l'a remplacé par un ordinateur qui balaie la grume avec un œil photoélectrique et place automatiquement la scie. Eh bien, ce qu'ils perdent, je le gagne ! Nous nous sommes organisés pour faire pousser des plantes médicinales ensemble. Avec mon savoir et ses biceps, nous allons faire fortune. Oh, c'est tellement excitant, l'entreprise privée. J'adore ça, pas vous ? (Elle adresse à Stone un sourire poli.) Mais bien sûr, vous avez beaucoup d'expérience en ce qui concerne l'entreprise privée.

– Katiouchka, dit Stone, m'a conduit jusqu'ici pour que vous puissiez me parler de son père.

Tanya regarde Katiouchka d'un air innocent.

– Quelle version dois-je lui donner ?

– La vraie, mère. Dis-lui la vérité, et pour l'amour du ciel, raconte-la de manière qu'il te croie. C'est important.

Ils s'installent dans les fauteuils de bois autour du vieux poêle en faïence qui est encore tiède au toucher parce qu'on y a fait du feu la veille au soir. Katiouchka sert du thé ; sa mère prend le sien avec des tranches fines de pomme verte dans le verre. Des rideaux de dentelle blanche filtrent la lumière des doubles fenêtres, l'adoucissent. Et les voix aussi.

Quand ils s'en vont, deux heures plus tard, le soleil est couché et l'air est vif. Le premier coupeur bine toujours ; il a planté des piquets dans le sol et y a attaché des ficelles pour que ses rangées restent droites. Derrière une double fenêtre, Tanya lève une main gantée de blanc ; son haleine a embué la fenêtre devant son visage, et ses traits sont brouillés. De la voiture, Katiouchka fait signe en retour tandis qu'ils s'en vont dans le crépuscule, vers Moscou.

– Eh bien ?

Stone, encore indécis, regarde défiler les bouleaux.

– Eh bien quoi ?

– Toi et moi, dit Katiouchka, nous pouvons avoir une relation parfaite. Tu penseras que tu m'utilises. Je penserai que je t'utilise.

– Je ne comprends toujours pas, dit Stone, pourquoi tu veux m'aider.

Katiouchka le regarde dans l'ombre.

– Je ne veux pas *t'aider*, explique-t-elle. Je veux leur faire du *mal*.

Katiouchka et Stone se joignent à la queue pour les saucisses, qui avance avec une pénible lenteur. Marmonnant qu'il est un bébé de sept mois qui ne peut rester sur ses pieds pendant de longues périodes, un homme frêle avec un tic facial essaie de s'intercaler dans la file. Stone hausse les épaules et recule d'un pas pour faire place, mais Katiouchka expédie un solide coup de pied dans les tibias de l'homme et le repousse hors de la queue.

– Le mieux pour vous, camarade resquilleur, fait-elle en riant avec bonne humeur, c'est de rentrer dans la matrice pour deux mois !

Sortie du magasin, les saucisses fourrées à l'abri dans son sac à main, Katiouchka regarde Stone d'un air triomphant.

– Voilà qui prouve sans aucun doute possible que tu es étranger. Un vrai Russe ne laisserait jamais quelqu'un resquiller devant lui dans une queue !

Dans un spacieux bureau d'angle au quatrième étage du complexe du KGB, place Dzerjinski, un paisible fumeur de pipe d'une soixantaine d'années examine un dossier ouvert sur sa table de travail. Enfin il lève les yeux vers les deux jeunes hommes.

– Le nom est manifestement faux, dit-il. Comment a-t-il sorti les revues de l'hôtel ?

– Il avait un sac en bandoulière.

L'homme à la pipe secoue la tête avec agacement.

– Faites faire quelques dérivés de lui, sans la moustache ni les lunettes, par le labo photo, et transmettez-les aux unités chargées des dissidents de la liste A. Il y a toujours une chance pour qu'il essaie d'en contacter un.

– On pourrait espérer qu'ils vont se fatiguer de leur petit jeu, dit l'un des jeunes hommes, et son compagnon rit et dit :

– Ils se donnent vraiment du mal pour faire rentrer quelques douzaines de brochures.

L'homme à la pipe la tète pour la rallumer.

– Ce qui… me soucie… c'est qu'il a… laissé un exemplaire de… Grani *derrière lui dans la doublure. (Le tabac a pris et il tire pensivement dessus.) Presque comme s'il voulait s'assurer que nous sachions qu'il*

était un courrier de Grani. *Bon. (il écarte le dossier en le faisant glisser sur le bureau et adresse un geste impatient aux deux hommes.) Qu'est-ce que vous avez d'autre pour moi ?*

CHAPITRE 7

Stone est plein d'arrière-pensées inquiètes et elles le tiennent debout la plus grande partie de la nuit. Occasionnellement il sombre dans un sommeil agité, mais c'est seulement pour être réveillé par le braiment d'un zèbre dans le zoo en contrebas, et, vers l'aube, par une querelle sarcastique entre Staline-du-matin et Ilyador, qui chuchotent fiévreusement dans le couloir. Une chasse d'eau se déclenche dans un autre secteur de l'immeuble, provoquant un cliquetis de tuyaux dans les murs. Stone, encore une fois pris au piège, à la surface des choses, se redresse en sursaut. La drôle de fille aux énormes yeux sombres bouge ; la couverture tombe, dévoilant une épaule mince, un sein pâle. Stone la couvre, puis laisse l'air froid baigner sa peau un long moment, songeant à des choses qui sont à un monde de distance : à Thro, à sa fille, à l'avocate qui lui a promis ce qu'il a promis à Koulakov… que tout s'arrangerait en fin de compte.

Au matin Katiouchka s'éveille avec un frémissement, saute à bas du lit avec légèreté et, ravigotée par l'air froid qu'elle aspire à grandes gorgées, accomplit son rituel : elle scrute son corps dans la glace, essayant de le voir comme elle pense que les autres le voient.

– Quand j'étais petite, dit-elle à Stone, ma mère

me racontait toujours qu'il y a quelqu'un, quelque part dans le monde, qui vit la même vie que nous… une espèce d'image inversée, la seule différence étant que ses cheveux ont une raie de l'autre côté. (Elle regarde Stone.) Tu en viendras à comprendre que de telles choses peuvent être vraies, annonce-t-elle, et, avant qu'il ait pu faire un commentaire quelconque, elle demande : As-tu décidé d'avouer ce que je sais déjà – que tu n'es pas russe ? As-tu décidé de me laisser t'aider ?

Stone fait son choix dans l'instant.

– Je ne suis pas l'occasion que tu attendais, dit-il. Ce que j'ai à faire à Moscou, je le ferai tout seul. Tu peux m'aider en restant en dehors de ça.

– Comme tu voudras, fait Katiouchka d'un ton glacial. N'oublie pas que les vingt-cinq roubles sont payables d'avance.

Au petit déjeuner, Ilyador Alexandrovitch surgit en tant qu'Isadora Alexandrovna, vêtu d'un déshabillé vaporeux et les ongles vernis.

Staline-du-matin fait les cent pas derrière le siège d'Ilyador et s'adresse à sa nuque.

– Tu es la plus naïve poire que j'aie jamais vue, déclare-t-il, reprenant apparemment la conversation de la nuit là où ils l'avaient laissée.

– Je suis ravie que tu penses ça. (Ilyador refuse de mordre à l'hameçon.) La naïveté est une chose que je tâche de cultiver. C'est une qualité, au bout du compte, qui vient *après* la sophistication.

Katiouchka avale une cuillerée de pollen de lavande nauséabond (fourni, pour services rendus, par une relation sur le marché libre), tapote le poignet de Stone avec sa cuillère.

– Il faut que tu saches que je ne suis pas du tout

contente de toi. Tu peux encore changer d'avis, ajoute-t-elle avec espoir.

– Changer d'avis à propos de quoi ? demande Staline-du-matin.

– Je serai sorti presque toute la journée, annonce Stone.

Ilyador lève ses ongles à la lumière et les admire.

– La naïveté (il ne s'adresse à personne en particulier) est enivrante.

Stone se lève pour partir. Katiouchka, furieuse à présent, le regarde s'en aller puis jette sa tasse de thé contre le mur, plaquant des feuilles de thé contre la paroi, brisant la tasse en miettes. Ilyador se serre peureusement contre Staline-du-matin.

– Qu'est-ce qu'on a fait ? demande-t-il d'une voix faible.

Stone passe le plus clair de la matinée à un travail de rue assez élémentaire. Il flâne devant un kiosque, examinant les manchettes de la *Pravda*, jette soudain un coup d'œil à sa montre et fonce sur la chaussée à l'instant où le feu passe au vert. Personne ne fonce à sa suite. Il se précipite dans un passage souterrain, en retard pour un rendez-vous (qu'il n'a pas), et s'arrête au bout de la galerie pour regarder les radios est-allemandes dans une vitrine. Il bondit hors d'un wagon de métro au moment où les portes commencent à se fermer, traverse et s'entasse avec la foule dans une rame qui va en sens inverse. Quand il est absolument sûr qu'on ne le suit pas, il entre dans un magasin d'articles de sport de la rue Arbat pour acheter une serviette de cuir bon marché, puis s'engouffre dans les toilettes hommes de style gothique stalinien au bout de la rue pour vider le contenu de son sac d'épaule dans la serviette. En sortant, il se débarrasse tranquillement du sac (dans une corbeille à papier très publique ; quiconque le trouvera le gardera). Cela fait, il prend à pied la direction de la cantine du ministère de la Défense, dans une rue latérale non loin du Kremlin.

Moscou est une cicatrice étalée sur la terre ; les gens qui n'y sont pas habitués ont tendance à retenir leur respiration pour ne pas être contaminés. Des croûtes de suie sont collées à des bâtiments massifs, comme des sédiments. Le gothique stalinien, en tout sept gratte-ciel tape-à-l'œil, violente l'horizon. Des boulevards à douze voies coupent à travers la ville comme des erreurs géologiques.

Stone connaît Moscou aussi bien que le dos de sa main, ses ruelles et ses avenues, les itinéraires de ses autobus et ses lignes de métro, ses jardins et ses terrains de jeu, son organisation de ramassage des ordures, son système d'égouts, ses bains publics et ses stades de football, ses marchés centraux et ses gares. C'est Stone, en fait, qui – alors qu'il démarrait tout juste au sein de Topologie au début des années 50 – a organisé ce qu'on a appelé ensuite le projet Moscou. Après être monté en grade, il a repassé le projet à un de ses adjoints, mais il est resté en contact avec, comme on fait avec une *alma mater* – à cause du sentiment vague que l'on doit avoir des nostalgies. Mais connaître les idiosyncrasies de Moscou – savoir, par exemple, que les magasins restent ouverts le dernier dimanche de chaque mois pour réaliser leur plan de vente –, ce n'est pas la même chose que connaître son humeur ou son pouls. Et son humeur est grise et son pouls est lent ; les gens bougent comme s'ils avaient tout le temps du monde pour se rendre là où ils vont, comme si arriver là ne changera rien.

Mais Stone se déplace dans les rues avec un air décidé qui le démarque. À la cantine du ministère, il laisse discrètement le garde à la porte jeter un coup d'œil à sa carte d'identité du KGB, puis prend la queue pour déposer son manteau au vestiaire.

– As-tu jamais trompé ta femme ? demande le colonel devant Stone à son compagnon, qui est en civil.

– Non. Jamais.

Le colonel est incrédule.

– Tu n'as jamais couché avec une autre femme ?

– Coucher avec une autre femme et tromper sa femme, dit l'homme en civil, ça n'a rien à voir.

Stone dépose son pardessus et son chapeau, mais garde sa serviette sous le bras tandis qu'il se dirige vers la salle à manger. À l'entrée, il fourre un billet russe dans la main du maître d'hôtel.

– Je cherche un vieux camarade, nommé Aksenov, lui dit-il. Il est courrier diplomatique au ministère.

– Celui qui a des béquilles, fait le maître d'hôtel en hochant la tête en se mettant sur la pointe des pieds pour parcourir la salle du regard. Ah, il est là-bas, l'avant-dernière table, à côté de la blonde décolorée.

Stone gagne la table.

– Camarade commandant Aksenov ?

Aksenov lève les yeux de son potage et examine le visage de Stone, essayant de le situer. Intrigué, il demande poliment :

– Est-ce que nous nous connaissons ?

Stone montre brièvement sa carte du KGB à la blonde décolorée.

– Pourquoi ne prendriez-vous pas une autre table, lui commande-t-il sans la moindre trace de politesse. (Elle ramasse vivement son assiette, sa serviette et son livre de poche et s'en va, lançant un regard en arrière, à la recherche d'une place libre.)

– Vous devez avoir une carte bien impressionnante pour la faire galoper comme ça, commente Aksenov avec bonhomie. Puis-je voir aussi ?

Stone la lui montre.

– Ah, c'est ça. Si c'est à propos de Koulakov, j'ai déjà dit aux enquêteurs du ministère tout ce que je sais. C'est-à-dire rien.

Le serveur, un homme d'âge mûr avec une veste noire qui lui va mal et des taches de nourriture sur les revers, présente un menu à Stone, mais celui-ci lui fait signe de s'en aller.

– Je ne mange pas, dit-il en jouant à fond son rôle d'homme du KGB, je pose des questions. (Et, à Aksenov :) Vous étiez censé être de service le jour où Koulakov a été envoyé hors du pays.

Aksenov a un mouvement de menton en direction de ses béquilles, qui sont appuyées contre le mur à côté de la table.

– J'ai eu une indisposition, dit-il d'un ton sarcastique. Écoutez, je suis passé par tout ça avec les gens des Renseignements militaires. Si vous vous entendiez mieux les uns les autres, vous n'auriez pas besoin de remuer le même terrain une deuxième fois.

Stone laisse le silence s'établir jusqu'à ce que ce soit inconfortable ; Aksenov jette des regards nerveux alentour. Stone joue avec sa fourchette.

– Quand nous aurons besoin d'instructions quant à notre façon de mener une enquête, dit-il d'un ton paisible, nous viendrons vous demander conseil. Pour l'instant, dites-moi seulement comment, et où, et quand, et dans quelles circonstances vous vous êtes cassé la jambe.

– J'ai été heurté par une Jeep en sortant chercher du pain le matin. Je n'ai pas vu la voiture, et l'instant d'après elle m'arrivait dessus. Je n'ai pas pu m'écarter. Le salaud qui conduisait ne s'est pas arrêté.

– Quelqu'un a-t-il vu l'accident ? Quelqu'un a-t-il relevé le numéro de la Jeep ?

– Une adolescente, une voisine, a cru l'avoir relevé, mais elle a dû se tromper dans la panique, parce qu'il est apparu qu'il n'existait pas de Jeep qui ait ce numéro sur ses plaques. Et la milice locale non plus n'a jamais découvert qui c'était. (Aksenov a un sourire sombre.) Si jamais je mets la main sur le conducteur…

– Qui a averti vos supérieurs de votre empêchement ? demande Stone.

– Ma femme a téléphoné de l'hôpital. Ils lui ont dit de ne pas s'en faire, qu'il n'y avait rien de prévu, et de toute façon ils trouveraient un remplaçant s'il survenait une mission pendant le week-end.

Stone regarde durement Aksenov.

– C'était qui, « ils » ?

– L'officier de service, explique Aksenov. J'ai déjà raconté tout ça à l'équipe de nettoyage des Renseignements militaires. Pourquoi est-ce que vous y revenez ?

À la table voisine, un très vieil homme manifestement ivre tapote contre un verre vide avec un poireau.

– Les cosmonautes vont sur la Lune, fait-il à l'adresse de son compagnon également âgé et également ivre. Et tout le monde fait pipi dans sa culotte, d'excitation. Me voici qui vais bientôt m'embarquer pour un voyage dans l'éternité, et personne n'y prête la moindre attention.

L'autre vieillard verse une nouvelle dose de vodka, qu'il mesure méticuleusement, de la bouteille presque vide.

– De tels départs, dit-il à son ami d'un ton réconfortant, arrivent tous les jours.

– Qui était l'officier de service ? demande Stone à Aksenov.

– C'était Dedov.

Stone secoue la tête.

– Gamov est l'officier de service qui a envoyé Koulakov au Caire. Il lui manque un bras et il porte l'Ordre de Staline sur la poitrine.

– Dedov était de service jusqu'à neuf heures du matin samedi, insiste Aksenov. Je ne sais pas qui est venu après lui. Et je n'ai jamais entendu parler de votre Gamov à un bras.

Stone frappe doucement à la porte de chêne ciré qui porte une simple plaque de porcelaine avec un numéro : 666.

– Entrez, fait une voix étouffée, après un instant.

Stone tourne la poignée, pousse la porte du bout des doigts de sa main gauche. Le décor qui se présente à lui est un bureau format vide-poche du ministère de la Défense, marron, la seule touche colorée provenant du fond rouge vif de l'inévitable portrait de Lénine derrière la table de travail. La pièce elle-même est longue et étroite – son ambiance est celle d'un couloir – avec des étagères pleines de livres de droit sur un mur, et même pas un sous-verre sur l'autre. Un homme à l'air bienveillant, la cinquantaine, un début de calvitie, des galons de colonel sur son uniforme bien repassé, lève les yeux du dossier qu'il examinait.

Stone ferme la porte derrière lui, se glisse dans le siège en face du colonel sans y avoir été invité, pose sa carte du KGB retournée sur le bord du bureau. Le colonel contemple la carte un long instant, les yeux rétrécis, puis prend une profonde inspiration et tend la main pour la saisir. Il examine la photographie et la compare avec l'original qui se nettoie les ongles en face de lui.

– Que puis-je faire pour vous ? s'enquiert-il enfin.

– Vous êtes le colonel Koptine qui avez mené l'enquête sur le renégat Koulakov, annonce Stone (la phrase n'est pas émise sous la forme d'une question).

– J'ai déjà soumis un rapport complet à…

Le doigt levé de Stone interrompt Koptine.

– Camarade Koptine… (Il l'interpelle délibérément par son nom et omet son grade.) Nous allons examiner l'affaire de nouveau. Maintenant. Verbalement.

Koptine fait la moue, maîtrise son irritation.

– Je suis à votre disposition, dit-il d'un ton froid. (Il n'y a guère d'affection entre le procureur militaire et un représentant du KGB en civil.)

– Vous êtes prié de commencer par le commencement, lui intime Stone. Pourquoi avez-vous rouvert le dossier de Koulakov, et qu'est-ce qui vous a amené à conclure qu'il avait menti en affirmant que son père était un héros de guerre ?

Koptine s'enfonce dans son siège, tapote avec deux ongles le dossier ouvert sur le bureau.

– Le dossier a été rouvert par routine, explique-t-il. C'est notre habitude de mener des enquêtes de routine tous les trois ans sur les dossiers des officiers qui ont accès à un matériel très secret.

– L'information selon laquelle son père avait été exécuté pour collaboration avec les Nazis est apparue pendant cette enquête de routine ? demande Stone.

– Pas exactement, dit Koptine. Elle s'est présentée incidemment, pendant l'enquête sur les antécédents de

Koulakov, sous la forme d'une lettre non signée l'accusant d'avoir caché la vérité sur son père pour des motifs carriéristes. La lettre suggérait que l'officier qui avait en fait exécuté le père de Koulakov pour collaboration pouvait être encore en vie. Nous avons retrouvé sa trace. C'est un général à la retraite nommé Denisov. Vous voulez son adresse, sûrement. Il vit à Moscou… (Koptine cherche parmi les feuilles d'un classeur.) 28, Malaia Gruzinskaia, appartement 130. Il se rappelait l'incident, et nous a montré une note dans son journal de marche pour corroborer sa version. Il est indéniable que le père de Koulakov a été exécuté pour avoir collaboré avec les envahisseurs.

– Koulakov a-t-il avoué l'avoir su ? A-t-il avoué avoir falsifié son dossier ?

– En fait, il l'a nié vigoureusement, dit Koptine. Il a maintenu qu'il croyait en toute honnêteté que son père était mort en héros à la guerre. J'ai quelque expérience de ces questions, et je puis dire qu'il paraissait sincère – à tel point que je lui ai demandé s'il accepterait de se soumettre au détecteur de mensonge.

– Quelle importance ? demande Stone. Si le père a été exécuté pour collaboration, le fils ne convenait pas pour le service des courriers diplomatiques.

– C'est vrai, bien sûr, approuve Koptine. Mais s'il croyait sincèrement que son père avait été un héros de guerre, il n'aurait pas eu à faire face à l'accusation d'avoir falsifié ses états de service. Il n'aurait pas été menacé d'une peine de dix ans de réclusion. Il aurait simplement perdu son poste, peut-être même son grade. Mais il ne serait pas allé en prison.

– Et vous l'avez donc soumis au détecteur de mensonge ?

– J'ai eu quelques ennuis pour avoir pris sur moi

d'ordonner le test, avoue Koptine. Au départ, mes supérieurs étaient très irrités…

– Au départ ?

– Ils étaient irrités, jusqu'au moment où ils ont su les résultats du test. Ils indiquaient clairement qu'il mentait à propos de son père. Cela a renforcé notre détermination de le faire passer en jugement. Son nom avait déjà été retiré de la liste des courriers en activité. Je l'en ai moi-même informé, et lui ai conseillé de prendre un avocat, puisqu'il y avait toutes chances pour qu'il passe en cour martiale. Je l'ai avisé qu'un verdict de culpabilité lui vaudrait probablement une peine de dix ans. Peu après, à ma stupeur, j'ai appris qu'il avait été envoyé à l'étranger pour une mission de courrier, et qu'il était passé aux Américains avec le contenu d'une valise diplomatique.

– Avez-vous été mêlé à l'enquête qui a suivi ? veut savoir Stone.

– J'ai fait partie d'une commission d'enquête de trois officiers qui a préparé les dossiers préliminaires de plusieurs personnes en cause, oui, dit Koptine.

Stone attend patiemment. Koptine hausse les épaules et fournit les détails :

– L'affaire mettait en cause deux gardes de l'ambassade qui escortaient Koulakov à Athènes lorsqu'il a fui. En plus, il y avait un jeune deuxième secrétaire avec eux dans la voiture à ce moment-là.

– Qu'est-il advenu de ces affaires ?

– Les deux gardes sont passés en cour martiale, ont été reconnus coupables de négligence dans l'exercice de leurs fonctions et condamnés à dix ans de camp de travail à régime sévère. Le deuxième secrétaire, qui était en réalité un capitaine des Renseignements militaires opérant sous couverture à partir de l'ambassade d'Athènes, a été l'objet d'une inculpation similaire, mais un de ses supérieurs est intervenu – on a dit que le jeune homme venait d'une famille influente – et l'affaire a été classée.

– Et qu'est-il arrivé à l'homme qui a commis l'erreur d'envoyer Koulakov à l'étranger ? Qu'est-il arrivé à l'officier de service Gamov ?

Koptine prend conscience du fait que ses ongles tambourinent sur le dossier, et s'immobilise soudainement.

– Le dossier concernant l'officier de service – vous dites qu'il s'appelait Gamov, mais c'est la première fois que j'entends ça – a été traité à un très haut niveau. Je n'ai aucune idée des suites de l'affaire. Je suppose qu'il a été abattu.

La rue devant le numéro 28 de Malaia Gruzinskaia a été éventrée pour livrer passage à de nouveaux conduits d'écoulement qui, jusqu'ici, n'ont pas été livrés. Pendant le dégel, la tranchée est devenue une douve, donnant à l'immeuble trapu des airs de château fort. Stone traverse la douve sur une des quelque douze planches qu'on a mises là à cet effet, prend l'ascenseur jusqu'au sixième étage, patrouille de porte en porte jusqu'à ce qu'il trouve le numéro 130 et un petit bout de papier dactylographié au-dessus de la sonnette, qui dit « Denisov, V.M. ».

Un vieillard, miteusement vêtu d'une veste militaire élimée, ouvre la porte.

– Ah, vous êtes venu très vite, dit-il avec excitation, remontant avec son majeur les lunettes à double foyer qui ne cessent de glisser sur son long nez. J'ai écrit la lettre il y a seulement deux semaines. Entrez. Entrez.

Ne restez pas planté là comme une statue. Je vais vous montrer où j'ai calculé qu'il est, le lac.

Le vieillard boitille à travers l'étroite entrée, jusqu'à un petit salon-chambre à coucher qui paraît, aux yeux de Stone, avoir été meublé avec des éléments provenant d'un appartement beaucoup plus grand.

– Vous êtes le général Denisov ? s'enquiert Stone.

– Denisov, c'est ça, dit le vieillard. (Il déroule une grande carte d'Asie centrale sur la table à manger et se met à en lester les coins avec ce qui lui tombe sous la main : une encyclopédie soviétique, une chaussure, une canne en bois, une cruche d'eau.) J'allais en avion de Tachkent à Boukhara, rendre visite à mon fils et sa femme… mon fils est dans l'armée… tel père, tel fils. Il est en garnison à Boukhara, mais compte être transféré à Lvov… Comme je disais, j'étais dans l'avion pour Boukhara, au-dessus du désert de Kara-Koum, quand j'ai repéré ce lac qui n'était pas sur ma carte. Imaginez ! Un lac entier, et attention, pas un petit, qui n'est pas sur les cartes…

Stone l'interrompt.

– Je ne suis pas venu ici au sujet du lac que vous avez découvert.

Il montre sa carte du KGB au général à la retraite. Le vieillard est perplexe.

– Vous n'êtes pas venu pour le lac, alors ?

– Non. Pas pour le lac. Je veux vous poser quelques questions au sujet de l'affaire Koulakov. Je crois savoir que vous avez fourni la preuve que son père avait été exécuté pour collaboration avec l'ennemi.

Le vieillard s'enfonce lentement dans un fauteuil et considère Stone d'un air soupçonneux.

– Le collaborateur Koulakov a été exécuté, dit-il. J'en sais quelque chose. C'est moi qui l'ai fait exécuter.

– Avez-vous les minutes de la cour martiale…, commence Stone, mais le vieil homme agite impatiemment le doigt.

– Pas de cour martiale. Pas le moment de faire des fioritures juridiques. Il a été pris sur le fait. Vêtu d'un uniforme allemand. On traversait l'Ukraine à ce moment-là. On fonçait vers le Dniepr, comme fer de lance du 2e Ukrainien de Koniev. Noté son nom dans mon journal de marche. Vous le montrerai si vous voulez. J'écoute ses supplications, je lui donne une cigarette, je le colle au mur. C'était comme ça que ça se passait, à l'époque.

– Vous avez abattu beaucoup de collaborateurs ? demande Stone.

Le vieillard hoche la tête.

– Ils savaient ce qui les attendait. Ils avaient surtout envie d'en avoir fini le plus vite possible. Nous aussi. (Il rit méchamment, puis a un accès de toux ; sa mince carcasse tressaute tandis qu'il enfouit son visage dans un gigantesque mouchoir blanc. Cherchant l'air, il ajoute :) Nous avions des intérêts communs, pourrait-on dire.

– Vous rappelez-vous personnellement, demande Stone, l'exécution du collaborateur Koulakov ?

Denisov évite le regard de Stone, s'affaire à plier son mouchoir et à l'enfouir de nouveau dans sa poche de pantalon.

– On en a trop descendu pour se les rappeler tous.

– Alors, à part l'indication dans votre journal de marche, vous n'avez pas de preuve que vous ayez abattu un collaborateur nommé Koulakov ?

– Mon journal ne ment pas, insiste le vieillard d'un ton obstiné. Vous pouvez voir par vous-même si vous avez des yeux.

Stone prend le volume jauni par l'âge, et lit l'indication. Elle est manuscrite et datée du 4 septembre 1943. « Près du village de Bilyansk, sept collaborateurs, pris la veille sous l'uniforme de la Wehrmacht, sommairement exécutés. » Suit une liste de noms, et dans trois cas, des numéros de matricules. Le nom de Koulakov est l'avant-dernier de la liste. Il y a un matricule à sa suite.

– Pas d'erreur que c'était le bon Koulakov, grogne Denisov. Le matricule concordait.

Stone lui rend le journal.

– Qu'est-ce qui vous a fait soulever la question après toutes ces années ?

– C'est pas moi qui l'ai soulevée, jette le vieux. (Il s'apprête à chercher son mouchoir dans sa poche de pantalon, se ravise.) Des gens du ministère se sont amenés un jour. Ont passé la matinée à parcourir le journal jusqu'à ce qu'ils tombent sur le nom de Koulakov. Ils ont emporté le volume en partant. Très efficaces. M'ont donné un reçu. Récupéré le journal par la poste un mois plus tard, à peu près. Sais pas pourquoi ils s'intéressaient tellement à un fichu mort, et vous ?

Stone frappe à la porte du vieil appartement de Koulakov juste à côté du boulevard Volgograd. Après un moment la porte s'ouvre autant que le permet une chaîne de sécurité, et un œil de femme examine l'extérieur.

– Je me fiche de qui vous êtes, croasse la femme. (Elle jauge Stone, ne cache pas que ce qu'elle voit ne lui plaît pas spécialement.) Vous avez des chaussures sales, et à votre air, vous pourriez bien être un porteur de microbes. Vous voulez poser des questions, posez-les. Les réponses ne seront pas meilleures si je vous fais entrer.

Stone essaie une autre tactique.

– Vous avez été fâcheusement traitée par des gens avec qui vous partagiez l'appartement, dit-il d'un ton apaisant. Il s'agit de dédommagement…

– Dédommagement ? (La veuve ferme la porte, ôte la chaîne de sécurité, ouvre le battant pour faire entrer Stone, sans cesser de jeter des coups d'œil aux chaussures de l'homme.) Un dédommagement, comme de l'argent ? demande-t-elle, et comme Stone hoche la tête d'un air encourageant, elle déclare (d'une voix qui n'a aucun rapport avec celle qu'elle a utilisée auparavant) : Je ne savais pas qu'on pouvait avoir des dédommagements pour une chose comme ça. Oh ! là, là ! attendez que j'en parle à ma sœur.

La veuve offre du thé à Stone, refuse qu'il refuse, refuse de parler avant qu'il ait bu. Une fois lancée, toutefois, elle ne s'arrête plus.

– Feu mon regretté avait connu Oleg pendant la guerre, ce que j'ai découvert après que je me suis installée, pas avant. Une coïncidence, voilà ce que c'était. Nous regardions mes vieilles photos et Oleg a dit : « Qui est-ce, ça ? » et j'ai dit que c'était feu mon regretté, et il a dit qu'il l'avait connu pendant la guerre, et c'est pourquoi j'ai supporté tout ce que j'ai supporté avant de décider que, vraiment, ça suffisait, et de téléphoner à la milice…

– Qu'avez-vous exactement eu à supporter ? demande Stone, réamorçant la pompe.

La pompe se déverse. S'interrompant à peine pour reprendre haleine, la veuve décrit de furieuses scènes de famille où le père hurle, la fille crie hystériquement, la mère éclate en sanglots, les gens s'en vont à grands pas dans toutes les directions, les portes claquent sur eux.

– C'est devenu si révoltant que j'ai fini par appeler la milice, mais Oleg les a emmenés dehors et les a achetés avec de la vodka. Je vous jure, je ne dormais que le jour quand ils étaient tous partis quelque part. La fille, Nadia (la veuve a un sourire affecté), elle était bizarre, vous savez.

– Comment ça, bizarre ? demande Stone. Bizarre comment ?

– Bizarre, répète la veuve, comme une bizarrerie. (Et elle chuchote :) Elle aimait les filles plus que les garçons. Ça s'est calmé pendant un moment quand elle est partie à l'hôpital, mais ensuite leur espèce de fils a eu des ennuis à l'université – il a été renvoyé pour avoir pris de la drogue – et ils ont recommencé à se crêper le chignon. Pas étonnant que sa femme l'ait planté là. C'était une vraie héroïne d'être restée si longtemps, si vous voulez mon avis.

– Avez-vous rencontré l'actrice qui s'est installée avec lui ensuite ? veut savoir Stone.

La veuve pousse un hennissement.

– Actrice mes genoux ! Si elle a jamais mis les pieds dans un théâtre, ç'aurait été comme ouvreuse. Si vous voulez mon opinion, c'était une putain venue du trottoir, voilà ce que c'était. Elle s'est amenée une fois avec un de ses petits amis. C'en était trop, même pour Oleg, et il l'a jetée dehors, mais pas avant qu'ils aient tous deux vidé leur sac. Encore une bagarre !

Stone lui demande ce qu'il est advenu de Koulakov.

– Disparu. (Elle fait claquer ses doigts.) Comme ça. Un jour il était là. Le lendemain, plus de Koulakov. Pas la moindre idée d'où il est allé. M'en fiche, d'ailleurs.

Bon débarras. Il était parti depuis deux, peut-être trois jours, quand les gens de l'armée avec des chaussures plutôt bien propres sont venus frapper à la porte. Ils ont emballé tout ce qui appartenait à Oleg, livres, papiers, vêtements, tout, et l'ont emporté. (Une idée soudaine éclaire le visage de la veuve.) Si vous calculez les dédommagements, dit-elle à Stone, il y a des choses que je pourrais vous dire sur le couple qui s'est installé ensuite.

Stone, fourbu, s'assied sur le bord du lit, ôte ses chaussures, se masse les mollets. Katiouchka, vêtue d'un blue-jean passé et d'un vieux blouson militaire américain avec un brassard noir sur la manche, parle au téléphone.

– As-tu essayé une cuillerée de sucre brun ? demande-t-elle. (Elle secoue vigoureusement la tête.) Non, non, ça ne marche jamais de retenir sa respiration. C'est pareil si tu bois de l'eau. Non, la chose à faire, c'est que quelqu'un te frotte la nuque en cercles, lentement. Dans le sens des aiguilles d'une montre, c'est mieux. Ah, tu es seul. Non, ça ne marchera pas si tu le fais toi-même. Il faut que quelqu'un te le fasse. (Katiouchka réfléchit un instant, contemplant Stone d'un air pensif.) Eh bien, tu peux toujours croiser les doigts des deux mains, et si ça ne marche pas, essaie de sautiller sur ton pied gauche en décrivant des cercles avec un doigt autour de ton nombril. Le sens des aiguilles d'une montre, oui. Rappelle-moi si ça ne marche pas.

Katiouchka coupe la communication avec un doigt, compose furieusement un autre numéro.

– C'est moi, dit-elle à quelqu'un à l'autre bout du

fil. J'ai de nouveau des problèmes pour faire démarrer la voiture. (Elle écoute un instant, couvre le combiné avec sa paume et chuchote à l'adresse de Stone :) Tu as déjà entendu parler d'un truc qui s'appelle une bougie d'allumage ? (Et, au téléphone :) S'il y a le choix, j'aime mieux des ouest-allemandes que des tchèques, et des tchèques que des russes. Oui. D'accord. Si je ne suis pas là, je laisserai les clés à Staline-du-matin. Merci. Je te dois une fleur. (Elle écoute un instant, rit.) Tu veux toujours la même chose, hein ?

Stone se renverse contre les coussins.

– Qui est mort ? demande-t-il.

Katiouchka le regarde d'un air ahuri jusqu'à ce qu'il désigne le brassard noir de son bras.

– Oh, ça. J'ai perdu un *ficus benjamina* ce matin. C'était vraiment très chagrinant. Je l'avais depuis presque deux ans. On s'y attache, aux plantes, tu sais. Elle a lutté tout l'hiver, et pour lâcher prise aux premiers signes du printemps. Si seulement elle s'était accrochée encore un peu, je l'aurais soignée et remise en forme. (Avec dégoût, elle lance une revue à l'autre bout de la pièce.) C'est cette saloperie d'électricité, marmonne-t-elle.

– Qu'est-ce qui ne va pas avec l'électricité ? demande Stone, amusé.

Katiouchka prend un pichet et se verse un verre de jus de céleri.

– Il ne t'est jamais venu à l'esprit qu'il y a une relation directe entre l'électricité et la sexualité ? Je vois que la question te stupéfie. C'est comme ça : le réseau de fils dans les murs établit des champs électriques – des pôles d'attraction et de répulsion. C'est pourquoi il y a tant de frigidité dans le monde ! (Elle plonge sur le lit à côté de Stone.) Penses-y comme ceci : nous vivons sur une espèce de plate-forme en béton, suspendue dans l'espace au-dessus d'un labyrinthe de tunnels de métro et de tuyaux sanitaires et de conduites d'eau, entourée de tous côtés par un réseau de fils électriques. Le rythme de nos existences nous est imposé par la pulsation du courant, le flux des chasses d'eau, le goutte-à-goutte des robinets, les vibrations des trains qui passent au-dessous. Nous sommes coupés de la terre. Nous sommes coupés de ses saisons. (Elle surprend Stone qui commence à sourire.) C'est ton habitude de te moquer des choses que tu ne comprends pas, fait-elle sévèrement. C'est un défaut que tu devrais travailler à corriger. (Abruptement, Katiouchka change de sujet.) Staline-du-matin, qui cerne assez bien les personnalités, affirme que tu n'es pas un Latin. Il dit que ton agressivité polie est un déguisement de la colère, et que la colère est l'avant-garde de la tristesse. Selon son expérience, les Latins ne sont jamais tristes. Il dit que s'il devait deviner, il suggérerait que tu es allemand. Il dit que tu es trop méthodique pour un Français ou un Américain. Quant à Ilyador, il pense que tu es bulgare parce que tu lui rappelles un amant bulgare qu'il a eu dans le temps. Quelque chose dans la forme de la bouche. Je soupçonne Ilyador d'être attiré par toi. Je te conseille de faire attention quand les lumières s'éteindront pour la séance.

– Quelle séance ? s'enquiert Stone.

La séance, un événement mensuel et régulier dans l'appartement, commence aussitôt que Staline-du-matin a débarrassé la table du dîner. Ils sont cinq assis autour de la table de la cuisine : Staline-du-matin, Ilyador (de nouveau vêtu en Ilyador), Katiouchka (portant une longue robe ouzbek), Stone et l'antique femme qui prétend être assyrienne, a une épaisse moustache sur la lèvre supérieure, lit dans les entrailles de poulet et traite occasionnellement les problèmes sexuels par l'acupuncture. À présent, dans la lumière vacillante d'une unique bougie, elle mouille son index, qui n'a pas d'ongle, et en frotte le bout sur le bord d'un verre à cognac jusqu'à ce qu'il se mette à chanter. Le chat noir Thermidor, observant les événements depuis le comptoir de la cuisine, arque le dos et découvre ses crocs dans un feulement silencieux.

– J'entends des voix, marmonne la vieille dame, faisant toujours chanter le verre.

Sa tête tombe en arrière comme celle d'une poupée de chiffon, ses lèvres remuent à peine, comme celles d'un ventriloque – et une voix, vague, aiguë, flotte au-dessus de sa tête.

Au début elle est brouillée et il est impossible de distinguer les mots. Graduellement la voix devient plus distincte.

– Je les ai avertis… de ce qui se passerait… si l'on m'abattait, dit-elle. Il ne s'agissait pas de sauver ma peau. Il s'agissait de la désintégration du Corps des officiers. Je leur ai dit que la guerre allait venir et que nous ne serions pas prêts. Mais ils m'ont enjoint d'avouer, donc j'ai avoué. Quand ils m'ont abattu, au sous-sol, avec un revolver de la marine à canon lisse, j'ai regardé mon exécuteur dans les yeux, et il a détourné le regard avant de presser la détente.

Ilyador, profondément apeuré, se tourne vers Staline-du-matin.

– C'est le maréchal Toukhatchevski, chuchote celui-ci. Il se tenait à côté de moi pendant les revues militaires. Il n'a jamais su que je n'étais pas l'article authentique et me traitait avec beaucoup de déférence.

– Nous avons payé de notre sang…

La voix de Toukhatchevski disparaît, comme si l'on avait soudain ôté l'aiguille d'un disque. Le chant du verre devient plus fort. Thermidor crache. Une autre voix, une voix de vieillard affaibli qui parle avec de grands efforts, se fait entendre.

– Staline est trop brutal. Staline est trop brutal, répète-t-elle encore et encore. Staline est trop brutal.

Des larmes ruissellent sur les joues de Staline-du-matin, trempant sa moustache.

– C'est le camarade Lénine, sanglote-t-il, composant son ultime testament.

La voix de Lénine s'efface, et une autre la recouvre.

– J'ai toujours pensé qu'ils étaient coupables, dit la voix d'un ton détendu, quoique pas nécessairement du crime dont ils étaient accusés. Mais un homme dans ma situation ne doit pas chicaner. Pour ma défense, on doit affirmer qu'ils se sont tous *conduits* en coupables.

– Tu le reconnais ? chuchote Ilyador à présent terrifié.

– Comment se conduisaient-ils ? demande Staline-du-matin, perplexe.

Le chant du verre à liqueur monte et descend sur un étrange rythme. De là-haut, la voix répond :

– Ils se conduisaient comme s'ils avaient quelque chose à craindre. Au fond de leur cœur, c'étaient tous des démolisseurs, et ce qui était caché en eux était écrit sur leur figure ; ils savaient cela et donc ils avaient peur.

– Ça y est, annonce triomphalement Staline-du-matin. C'est l'homme de main de Staline pendant la purge de 36. C'est Gamov !

– Gamov !

Stone bondit vers l'interrupteur, allume d'un coup le plafonnier, empoigne par son châle la femme qui se dit assyrienne, la secoue pour lui faire reprendre conscience. Elle s'éveille à contrecœur, clignant des yeux l'air perdu, une expression affolée sur ses traits ridés.

– Que savez-vous de Gamov ? s'écrie Stone.

Katiouchka lui fait lâcher la femme et Staline-du-matin dit doucement :

– Pour l'amour du Ciel, elle ne sait rien. Je suis le seul à reconnaître les voix.

Stone s'en prend à Staline-du-matin.

– Qui est Gamov ?

Thermidor crache et bondit du comptoir, terrifié, renversant un verre qui éclate sur le sol. Les yeux de Staline-du-matin sont écarquillés de peur.

– Gamov, chuchote-t-il (et il regarde Katiouchka d'un air interrogateur mais elle se contente de hausser les épaules), Gamov était le type que Staline a envoyé enquêter sur le meurtre de Kirov en 34. En 36 et 37, il a été le principal interrogateur de Zinoviev, Kamenev, Boukharine, Rykov, Yakir et Toukhatchevski. Il se vantait toujours de n'avoir jamais lâché un client avant qu'il avoue. Quand ils avouaient, on les abattait. Vychinski était la vedette des procès tape-à-l'œil, mais le gars en coulisse, c'était Gamov. Ce n'était pas son vrai nom. C'était le nom de guerre qu'il avait pris pendant la révolution. Je ne me rappelle pas son vrai nom.

– Où puis-je le trouver ? (La voix de Stone est pressante.)

Staline-du-matin glousse avec nervosité.

– Dans quelque cimetière, dit-il. Son tour est venu en 53. Dès que Staline a rendu le dernier soupir, Gamov a été collé au mur.

Cette nuit-là le zèbre en chaleur est bizarrement calme. De même Staline et Ilyador, qui se sont chamaillés plus tôt que d'habitude et, épuisés, ne se font plus entendre. Katiouchka a du mal à dormir à cause du manque de bruit. Elle est assise dans la parfaite position du lotus, lisant et relisant son « émigrée de l'intérieur » préférée – Akhmatova – jusqu'aux premières heures de l'aube. Une fois elle lève les yeux et découvre que Stone l'observe.

– Je sais bien que tu ne me la demandes pas, dit-elle comme si elle poursuivait simplement une conversation qui se déroule depuis un moment, mais si tu veux mon opinion, la seule chose qui peut apporter un changement, c'est si les femmes prennent le pouvoir. Les hommes qui représentent des partis politiques radicalement différents, ou des points de vue radicalement différents, finissent par replâtrer le *statu quo*, en laissant les choses essentiellement dans l'état où ils les ont trouvées. Les femmes, d'un autre côté, ont tendance à être moins corrompues par le pouvoir, et par conséquent…

– J'accepte, dit abruptement Stone.

Katiouchka s'interrompt au milieu de sa phrase.

– Tu acceptes quoi ? demande-t-elle d'un ton soupçonneux.

– J'accepte d'être l'occasion que tu saisis. J'accepte ton aide.

D'un bond, Katiouchka a traversé la pièce.

– Je suis extrêmement contente de toi, dit-elle. (Et se courbant contre les angles du corps de Stone, pressant ses lèvres sur le téton de l'homme, elle ajoute dans un murmure :) Je vais te montrer l'étendue de mon contentement.

Pendant un long moment personne ne parle. La pièce flotte sur des ombres qui dérivent. Au-dehors, un vent violent fouette les antennes du toit. Finalement un des officiers secoue la tête.

– Où nous sommes-nous trompés ? dit-il.

L'officier supérieur ne lève pas les yeux du rapport manuscrit sur son bureau.

– Vous vous avancez quelque peu, lance-t-il paisiblement. Il n'est pas avéré que quoi que ce soit aille de travers.

– Mais un de leurs hommes a joint Denisov, dit un autre officier. Le diable sait ce que le vieux crétin lui a raconté.

L'officier supérieur sort une cigarette. Un des officiers s'empresse de lui offrir du feu.

– Le vieux crétin (L'officier supérieur tire sur sa cigarette jusqu'à ce qu'elle brasille.) lui a raconté ce qu'il était censé lui raconter. Que nous nous sommes amenés un jour et que nous avons emprunté son journal de marche.

– Comment ont-ils été mis sur la piste de Denisov ? demande le troisième officier.

– Ils ont eu le nom de Denisov par le procureur

Koptine, explique le supérieur. Ils sont aussi allés voir Aksenov.

– Koptine n'est pas un point faible, dit un des officiers d'un ton rassurant. Rappelez-vous : Koulakov mentait bel et bien au sujet de son père.

– Lequel est Aksenov ? demande quelqu'un.

– Aksenov, c'est celui qui a eu une jambe cassée, explique l'autre.

– Ah, oui, celui qui s'est flanqué sous les roues d'une Jeep. (La lèvre du supérieur s'étire en une amorce de rictus d'amusement.) La question est de savoir pourquoi le KGB s'intéresse soudain à Koulakov et aussi tardivement.

– Ce ne peut pas être une coïncidence, dit un des officiers. Ils doivent être sur une piste.

– S'ils sont sur une piste, suggère un autre, on est dans la mélasse jusqu'au cou.

Les trois officiers regardent leur supérieur, qui se détourne dans son fauteuil pour contempler pensivement un calendrier mural.

– J'ai un contact au KGB, dit-il enfin. Je le sonderai demain. Si le KGB a une piste, il sera au courant. Pour le moment, l'important est de ne pas perdre notre sang-froid. (Il a un rire rauque, un rire totalement sans joie.) Ils ne peuvent pas remonter la piste indéfiniment. Qu'est-ce qu'ils trouveront ? Nous avons examiné tous les détails un millier de fois.

CHAPITRE 8

– Ça ne me gêne pas que vous me demandiez, pas du tout, dit poliment Staline-du-matin à Stone. (Il s'arrête d'éplucher son orange, contemple le vide d'un regard soudain mouillé.) Je me suis trouvé face à face avec lui une fois, oui. C'était en 1931, juste après mon opération de chirurgie plastique. Il était curieux de savoir si nous nous ressemblions vraiment. Il a tourné autour de moi comme s'il prenait mes mesures pour un cercueil. Puis il a souri de ce sourire froid que j'avais eu quelque peine à maîtriser, et il m'a tendu la main. « Staline », a-t-il dit, comme si je ne savais pas qui il était.

Ilyador, qui est en train de se vernir un ongle, pouffe.

– Et ce fut tout ? demande Stone.

– Pas tout à fait, explique Staline-du-matin. Il est venu dans son œil une lueur sournoise. Il a téléphoné à Molotov et lui a dit de lâcher ce qu'il était en train de faire et de descendre immédiatement. Molotov est arrivé dare-dare, a frappé un coup, ouvert la porte et s'est arrêté net, regardant fixement l'un et l'autre. J'ai compris que Staline faisait une expérience pour voir si ça marcherait vraiment, et je me suis donc tourné vers Molotov, j'ai souri de ce sourire froid et j'ai dit :

« C'est incroyable, n'est-ce pas ? Il pourrait être mon jumeau. » Molotov a immédiatement supposé que j'étais l'article authentique, et m'a répondu avec beaucoup de courtoisie. De la colère a scintillé dans le regard de Staline – il a dû percevoir que nous jouions un jeu potentiellement dangereux – et il m'a renvoyé d'un geste. Comme je partais, j'ai vu Molotov s'effondrer dans un fauteuil, en état de choc.

Secouant nostalgiquement la tête, Staline-du-matin retourne à son orange et Ilyador, agitant ses ongles dans l'air pour les sécher, commente :

– Quel idiot tu as été. Tu aurais pu continuer à prétendre, abattre l'autre comme imposteur, et t'emparer du pays.

– J'aurais perdu la Seconde Guerre mondiale, dit Staline-du-matin d'un air morose. Je ne peux tout simplement pas supporter les explosions. (Il adresse à Stone un sourire d'excuse.) Aujourd'hui encore, il y a des gens qui croient que Staline s'est affolé et a fui Moscou pendant dix jours quand les bourriques teutonnes nous ont envahis. Ah ! C'est moi qui me suis affolé et qui ai fichu le camp de la ville. Il n'a jamais mis le pied hors du Kremlin.

– J'ai passé la guerre en Sibérie, dit Ilyador, satisfait de ses ongles. Les conditions de vie étaient primitives. Si nous avions du lait, nous le gardions sur le rebord de la fenêtre et nous en coupions des morceaux quand nous avions soif.

Katiouchka revient avec du papier et un crayon.

– Je suis prête, si tu l'es, annonce-t-elle à Stone.

Stone contemple un long instant le crayon en attente au-dessus de la feuille.

– J'essaie de trouver quatre personnes. La première est un commandant attaché au service des courriers du ministère de la Défense en qualité d'officier de service. Son nom est Gamov…

– Ah, Gamov… c'est pour ça que vous vous êtes tellement énervé à la séance, commente Staline-du-matin.

– Mon Gamov a la soixantaine, poursuit Stone, il lui manque le bras gauche, il porte l'Ordre de Staline sur la poitrine, il a des pellicules sur les épaules, porte sa montre-bracelet à l'intérieur du poignet, et a de longs doigts délicats comme ceux d'une femme. (Il fait une pause pour que Katiouchka, qui gribouille frénétiquement, le rattrape.) La deuxième personne que je cherche est un Juif nommé Léon Davidov. Il travaille comme concierge et homme à tout faire pour le ministère de la Défense. Pour des raisons sur lesquelles j'aime mieux ne pas m'étendre, je veux le rencontrer en dehors du ministère. À son domicile, ce serait l'idéal. La troisième est une lesbienne nommée Lina. Elle pourrait être polonaise. (Il pêche dans sa poche la photo provenant de Koulakov.) Voilà à quoi elle ressemble. La quatrième est une actrice. Tout ce que je sais d'elle, c'est que son prénom est Galya, elle est censée être belle, elle a travaillé dans une troupe de Léningrad mais est venue à Moscou il y a environ trois mois pour essayer de trouver un boulot dans une compagnie théâtrale ou cinématographique d'ici. Quelqu'un qui la connaissait l'a décrite comme très exigeante.

– Ça ne restreint pas le champ de recherche d'un seul poil, fait Ilyador avec un petit hennissement.

– Qu'est-ce que tu veux dire par exigeante ? demande Katiouchka.

– Elle a tendance à avoir des exigences sexuelles vis-à-vis d'un homme qui ne peut pas y répondre pleinement, et ensuite elle le tourne en ridicule parce qu'il ne l'a pas satisfaite, dit Stone.

Staline-du-matin adopte un ton très supérieur.

– Un homme, dit-il en regardant Ilyador pour obtenir son soutien, ne ferait jamais ça à un autre homme.

Stone assure la permanence. Les autres filent hors de l'appartement après le petit déjeuner, réapparaissent pour se laisser des messages pressants les uns aux autres, puis filent derechef. Ilyador appelle et laisse un numéro où on peut le joindre dans la demi-heure qui vient et Stone transmet le message à Katiouchka lorsqu'elle appelle peu après. Vers midi, Staline-du-matin surgit, s'effondre sur une chaise de cuisine en se massant les pieds (il porte la même pointure que portait Staline, trop petite pour lui d'une taille), hors d'haleine. Un instant Stone craint qu'il n'ait une attaque cardiaque. Quand Staline-du-matin est capable de parler, il dit :

– Le nom de l'actrice est Borisova. Galya Borisova. Je le tiens du frère d'un homme qui s'est tué pour elle. Elle est retournée à Léningrad, au théâtre Pouchkine. (Comme Stone se met à le remercier, Staline-du-matin lève la paume. Des larmes perlent au bord de ses paupières.) Personne ne m'a trouvé utile depuis vingt ans, dit-il. Je vous suis très reconnaissant.

Stone, agitant des papiers d'officiel de l'Aéroflot, bouscule un passager et attrape un vol vers Léningrad en début d'après-midi. Entrant en ville dans le taxi qu'il a pris à l'aéroport, il se rappelle soudain quelques vers que Mandelstam écrivit avant qu'on l'embarque vers la Sibérie – et vers la mort –, un volume de Pouchkine dans une poche et Dante dans une autre. La mère de Stone, qui est née à Léningrad quand ça s'appelait encore Saint-Pétersbourg, les citait sans cesse :

> À Pétersbourg nous nous reverrons,
> Comme si nous avions là enterré le soleil,
> Dans le velours noir de la nuit soviétique,
> Dans la nuit de l'universelle vacuité.

Malgré le velours noir de la nuit soviétique, Léningrad demeure une beauté nordique. La majestueuse fenêtre de Piter sur l'Occident, jamais complètement ouverte, jamais complètement fermée, est plus froide et plus quiète que Moscou. La lumière rasante d'un soleil bas au-dessus des toits aspire l'orangé sur les façades ocre. Des brumes se lèvent de la dentelle des canaux qui parcourt la cité, ou viennent en flottant de la Neva, où le cuirassé qui tira vraiment un coup de canon que le monde entier entendit est à l'ancre. Des jeunes aux bras gaiement entrelacés grouillent sur la Perspective Nevski, passant devant un cinéma ornementé qui donne un western avec Gregory Peck. Stone règle le taxi à plusieurs rues de distance du théâtre Pouchkine, erre par quelques rues adjacentes, traverse un des pont impériaux et suit le canal jusqu'au prochain pont. Quand il est certain de ne pas être suivi, il gagne l'entrée des artistes du Pouchkine, secoue doucement, pour le réveiller, l'homme au sonotone qui somnole sur un siège juste derrière la porte.

– Je cherche Galya Borisova, dit-il d'une voix forte en montrant sa carte du KGB.

L'homme augmente le volume de son appareil, regarde un instant la carte en rétrécissant les yeux, essayant de déchiffrer les lettres, secoue la tête avec dépit.

– La lecture cause des migraines, dit-il. (Stone hoche la tête avec compassion, lui fourre un billet de cinq roubles dans le poing. L'homme y jette un coup d'œil, parvient sans difficulté à discerner le chiffre cinq, sourit d'un sourire sans dents.) Elle habite au Marché au foin, fait-il aussitôt en agitant sa main dans la direction approximative. (Il marmonne un nom de rue, puis un numéro, empoche les cinq roubles, se rencogne dans le confort considérable de sa sieste.)

Il faut un moment à Stone pour trouver la maison dans le Marché au foin, un quartier rendu célèbre par Dostoïevski dans *Crime et Châtiment* ; le numéro manque sur la façade et il doit le déduire. Le bâtiment a dû être la résidence urbaine d'un membre de la cour impériale ; les fenêtres sont grandes, les plafonds sont hauts, l'atmosphère générale est d'élégance passée. Au-dedans, la rampe est en acajou, les marches pavées de carreaux craquelés et recouvertes d'un tapis élimé pour que les gens ne glissent pas. Un homme en maillot de corps répond à la sonnette en plastique du dernier étage, appartement de gauche. Il examine la carte du KGB avec un intérêt absolument minimal, recule sans un mot pour laisser Stone entrer. L'unique pièce qui constitue l'appartement était jadis la bibliothèque de la demeure ; tout un mur est fait d'étagères qui vont du sol au plafond, mais au lieu de livres elles sont garnies de chemises pliées, d'écharpes, de bottes d'hiver, de conserves et de verres à vin (il n'y a pas deux verres pareils). Du linge à sécher pend à une corde tendue entre deux lustres de cristal éteints. Galya, l'air fatigué et usé, est installée dans un fauteuil hideusement moderne, les jambes écartées, sa jupe pendant entre ses cuisses d'une manière qui les souligne. Elle mordille distraitement des graines de tournesol, crachant les cosses dans sa paume et les déposant dans une assiette qui a servi de cendrier pendant plusieurs jours. Stone jette un coup d'œil à l'homme en maillot de corps, qui s'appuie au mur près de la porte.

– Vous pouvez disparaître, lui annonce-t-il. (L'homme ne remue pas un muscle avant que Galya ait eu un mouvement du menton lui intimant de s'en aller.)

Stone montre brièvement sa carte, mais elle la néglige.

– Ce que vous êtes est écrit sur vous, fait-elle avec un sourire agressif.

– Je veux des renseignements sur Oleg Koulakov, dit Stone.

– Qu'est-ce qui vous fait penser que je connais quelqu'un de ce nom ?

Maintenant c'est au tour de Stone de sourire.

– Vous l'avez rencontré au buffet de l'Union des acteurs. Vous l'avez embrassé sur la bouche. Plus tard, vous vous êtes installée chez lui. Si vous ne désirez pas en parler maintenant et ici, nous pouvons prendre des dispositions pour en discuter à un autre moment, et dans un autre endroit.

Galya saisit le sous-entendu.

– Pas besoin de faire le méchant. Que voulez-vous savoir ?

Stone met Galya à l'épreuve, vérifiant détail après détail la version que Koulakov a donnée de l'affaire. Oui, dit-elle, ils se sont rencontrés de nouveau par hasard comme elle sortait d'un magasin de disques de la rue Gorki. Oui, elle sait que Koulakov a trahi et est passé aux Américains ; juste après, quelqu'un du ministère de la Défense l'a interrogée. Oui, c'est Galya qui a demandé à Koulakov si elle pouvait s'installer chez lui ; elle allait à la chasse au boulot à Moscou et avait besoin d'un endroit où séjourner, puisqu'elle n'avait pas de permis de séjour à Moscou.

– Il était très soucieux, explique-t-elle, à cause de certains problèmes qu'il avait… quelque chose à voir avec sa fille et son garçon. Il ne faisait pas attention à moi. Parfois j'avais l'impression que j'aurais pu mourir dans le lit à côté de lui et qu'il ne l'aurait pas remarqué.

Oui, elle a une fois ramené un homme à l'appartement, un acteur de Léningrad sur qui elle était tombée. Si elle l'a embrassé sur la bouche devant Koulakov, c'était dans un esprit facétieux.

– J'aime que mes hommes soient nerveux, avoue-t-elle et elle ajoute avec un sourire provocant : Les hommes nerveux font de meilleurs amants. (Galya humecte ses lèvres, se penche vers Stone, le regarde sous un nouvel éclairage.) Vous, par exemple, vous avez l'air convenablement nerveux. Qu'est-ce que vous faites ce soir ?

– À moi, tu ne me parais pas nerveux, dit Katiouchka. Si je devais te décrire, je dirais que tu es… aux aguets. Oui. Aux aguets.

Stone a un rictus satisfait.

– J'ai eu de la veine de sortir de là vivant.

– Tu aurais toujours pu crier au viol, le taquine Katiouchka. L'homme au maillot de corps se serait peut-être précipité pour te sauver. (Elle caresse distraitement Thermidor, lové dans son giron.) Je vois que tu es déçu, dit-elle soudain. Les choses ne tournent pas comme tu le pensais.

Les choses ne tournent pas du tout comme Stone le pensait. Plus il parle à des gens, plus il semble que l'histoire de Koulakov est vraie. *Et Stone ne veut pas que l'histoire de Koulakov soit vraie.* Parce que si elle est vraie, il lui faudra rentrer à Washington la queue basse et les mains vides. Mais si Koulakov est une opération soviétique, et si Stone peut trouver la clé qui le prouve – qui prouve la fausseté d'une histoire que tout le monde à Washington a acceptée –, il rentrera chez lui dans un sacré changement de décor. Le budget de Topologie sera augmenté, et plus rien n'arrêtera Stone. Il jette un regard à Katiouchka qui, à l'autre bout de la pièce, l'examine de ses yeux sombres. Ses traits et ses yeux sont sans expression lorsqu'elle demande à voix basse :

– Et t'en iras-tu quand tu auras fini ce que tu fais ici ?

Le visage de Stone est lui aussi inexpressif comme il répond :

– Oui. Je m'en irai. Je ne reviendrai pas.

Les jours qui suivent sont si mouvementés que Stone perd la notion du temps. Il laisse à l'ambassade un signal de « mission en cours » (un coup de téléphone à l'attaché naval pour demander, avec un fort accent américain, s'il est le Bolster qui est sorti diplômé de Cornell en 1956) pour signaler qu'il va bien et qu'il n'a jusqu'ici rien découvert qui indique que Koulakov soit un imposteur. Tandis que Katiouchka, Staline-du-matin et Ilyador suivent des pistes à la recherche des trois chaînons manquants, Stone a une entrevue avec le recteur de l'université Lomonossov qui a renvoyé Gregori, le fils de Koulakov, pour usage de stupéfiants, puis avec le médecin qui a soigné quelque temps Gregori dans une clinique, et enfin le capitaine de la milice qui a découvert les marques d'aiguille sur le bras de Gregori et l'a fait embarquer pour Irkoutsk.

– Son père avait de bonnes relations, se rappelle le capitaine de la milice en levant les yeux du dossier de Gregori pour répondre aux questions de Stone. Mêlé à un travail secret quelconque pour le ministère de la Défense. Nous voyons la même chose tout le temps, en ce moment – les fils et filles de camarades importants, élevés avec tous les avantages jusques et y compris les voyages à l'étranger, et ils finissent avec des piqûres dans les bras. C'est écœurant. Hier encore on a eu ici la fille d'un officiel du Komsomol de Géorgie…

Stone l'interrompt avec vivacité.

– Qui a branché Gregori sur la drogue ?

Le capitaine de la milice, un militaire fatigué avec un tic à la paupière, hausse les épaules.

– Il ne voulait pas le dire. Pendant la période de sevrage, on l'a invité ici pour une autre séance d'interrogatoire ; ils sont généralement plus… comment dire ?… plus coopératifs quand ils sont en sevrage. Mais celui-là, il a passé son temps à pleurer encore et encore que ce n'était pas sa faute, qu'ils l'avaient obligé à tâter de la chose. (Il adresse à Stone un sourire sagace, de professionnel à professionnel.) C'est ce qu'ils disent tous, n'est-ce pas ? Ce n'est jamais leur faute, c'est toujours celle de quelqu'un d'autre.

Un mercredi pluvieux, Stone fait l'exercice habituel qui consiste à vérifier qu'on ne le suit pas. Il coupe par la ruelle presque déserte derrière la maison où Gorki vécut jadis, tourne un coin, attend un instant, puis revient sur ses pas – *et repère quelque chose*. Alors même qu'il s'éloigne vivement, le cœur battant, la respiration courte, il n'est pas certain de ce qui a attiré son attention. Une ombre qui se retirait trop vite de son champ de vision ? Un imperceptible mouvement là où il n'y aurait pas dû en avoir ? Quoi que ce fût, c'est suffisant pour mettre à vif les nerfs de Stone, et il passe le reste de la matinée à plonger par des poternes dans des ruelles obscures avant d'arriver à la conclusion (hypothétique ; quand un signal d'alarme se déclenche, vous pouvez le débrancher mais il résonne encore) qu'il s'est fait des idées, ce qui arrive à pratiquement à tous ceux qui ont fait l'expérience, si peu que ce soit, de ce genre d'activité.

Après le déjeuner, Stone – qui garde toujours un œil circonspect sur ses propres traces – se présente à l'Institut Serbzki de psychiatrie médico-légale de Tcherniakhovsk, une banlieue de Moscou.

– Êtes-vous attendu ? demande une sentinelle en uniforme au bout de l'allée.

Stone brandit sa carte du KGB.

– Nous avons une invitation permanente, dit-il en clignant de l'œil, et le garde hoche la tête d'un air entendu et tire juste assez les lourdes grilles d'acier pour laisser Stone se glisser à l'intérieur. Comme il monte l'allée en direction du bâtiment, il entend le portail se refermer avec fracas derrière lui, et il doit lutter pour réprimer la peur qui monte dans sa gorge.

– Koulakova, Nadia. (Stone répète le nom à la femme médecin trop grosse tandis qu'elle feuillette du pouce un paquet de fiches.)

– Ah, Koulakova. (Elle lève les yeux sur Stone avec un intérêt nouveau, la tête inclinée de côté, une cigarette bulgare s'agitant entre ses lèvres.) La fille du transfuge Koulakov. Elle a déjà été interrogée, vous savez.

– Pas par moi, fait Stone d'un ton définitif, et la grosse femme médecin ne peut que le conduire à travers le labyrinthe de couloirs, avec des portes de fer gardées à chaque embranchement, jusqu'au réfectoire en sous-sol qui a été transformé en théâtre en rond pour l'après-midi.

Des douzaines de pensionnaires de l'institut, tous vêtus de peignoirs gris informes qu'ils serrent contre leur corps faute de ceinture, sont assis sur les chaises qui ont été rassemblées. Certains sont avachis, la tête ballant sur la poitrine, d'autres se penchent en avant et suivent chaque mot des acteurs, qui serrent aussi contre leurs corps raidis des peignoirs informes.

– Koulakova, c'est la jeune aux cheveux courts, chuchote la grosse femme médecin. La pièce, c'est le dernier cri en matière de thérapie, ajoute-t-elle d'un ton d'excuse (elle s'attend manifestement à ce qu'il désapprouve la chose). C'est assez sommaire ; un point de départ, si vous voulez. Les acteurs fabriquent leurs répliques au fur et à mesure. Quelquefois des choses sortent, d'un des acteurs ou même d'un des spectateurs, qui sont très utiles… (Sa voix commence à s'éteindre.) Tous les pays bourgeois pratiquent ce genre de…

Un jeune homme, complètement chauve mais qui fait courir ses doigts sur son crâne comme s'il avait tous ses cheveux, se détache d'un des deux groupes formés par les acteurs.

– Chaque fois que mon esprit saisit un événement, gémit-il en reculant vers le centre de la scène, mon intérêt s'épuise comme la ficelle sur une bobine reliée à un cerf-volant. (Il tente de s'élever en l'air, de voler, puis se laisse retomber d'un air déjeté.) Il me faut plus de vent, sanglote-t-il. Il me faut plus de vent.

Nadia Koulakova quitte lentement son groupe, se met à parler avec une lenteur insoutenable, comme si chaque mot allait être le dernier.

– Ils font des préparatifs pour une naissance. Ma naissance. On apporte de l'eau chaude. Des draps propres aussi. On force la sage-femme à se laver les ongles, c'est une concession qu'elle fait au maître de maison, qui est un membre du Parti plus ou moins haut placé. Ma mère, qui est pieuse, se signe secrètement comme l'épreuve commence. Quand c'est fini, on coupe le cordon ombilical et on me met à sécher au soleil sur une corde à linge. Un voisin, avisé de l'heureux événement par le bouche-à-oreille, jette des poignées de flocons de neige artificielle du toit de notre immeuble. Un flocon atterrit dans ma paume minuscule, et j'éclate en sanglots parce qu'il refuse de fondre.

Nadia contemple un long instant sa main tendue, et puis elle éclate en sanglots parce que le flocon de neige artificielle ne fondra pas.

Stone remarque ses ongles, qui sont rongés jusqu'au sang, et ses cheveux mal coupés, comme si quelqu'un en avait taillé des poignées avec une tondeuse à moutons. Elle a la voix singulièrement dépourvue de mélodie, dépourvue d'inflexions, comme si elle était bloquée sur une seule longueur d'onde.

– Ils m'ont donné de l'Halopéridol et de la Triftazine, et une fois, après que mon père a quitté le pays, un traitement au soufre. Le soufre fait monter votre température. C'est comme si on avait une très forte fièvre. Vous restez au lit et vous cherchez pendant des heures et des heures une position qui ne vous fasse pas mal. Mais vous n'en trouvez pas, jamais.

– Sur quoi portait la pièce ? demande Stone.

– De quelle pièce parlez-vous ? Il y en a beaucoup ici.

– La pièce que vous jouiez en bas, dit Stone.

– Vous êtes plein d'égards, de demander ça, dit Nadia. Ça a commencé par être l'histoire de deux psychiatres aux points de vue opposés qui tiennent des asiles. L'un soutient que nous inventons les problèmes auxquels nous jouissons de ne pouvoir faire face. L'autre croit qu'on peut remonter la piste de tous nos problèmes jusqu'au traumatisme de notre naissance, qui est gravé dans notre mémoire à la façon dont les circuits sont imprimés dans les radios à transistors. La pièce est un affrontement entre les patients des deux psychiatres.

– Est-ce que vous pouvez choisir votre camp, ou est-ce qu'on le fixe pour vous ?

– On a le droit de choisir, dit Nadia, mais quand on fait un choix, il n'est généralement pas respecté.

Stone est touché par la fragilité de la jeune fille assise au bord de sa couche. Il se rappelle le désespoir de Koulakov lorsqu'il parlait d'elle ; il songe soudain à sa propre fille, et puis s'aperçoit qu'il chasse cette pensée avant qu'elle devienne trop douloureuse.

– Avez-vous vu votre amie Lina ? demande-t-il.

Nadia est ébranlée par la question.

– Comment se fait-il que vous connaissiez ce nom ? demande-t-elle ; et comme Stone ne dit rien, elle hausse les épaules : J'en ai fini avec tout ça, dit-elle. Ils s'en sont occupés de telle manière que je n'aime plus les filles. Je n'aime pas non plus les garçons. (Elle lève les yeux, une expression suppliante dans le regard.) Je ne m'aime même pas moi-même, dit-elle doucement.

Katiouchka exulte.

– Je l'ai trouvée, annonce-t-elle triomphalement à Stone. Je suis allée la voir…

– Trouvée qui ? demande Stone, mais Katiouchka, empourprée par l'excitation, poursuit avec empressement.

– J'ai pensé qu'à partir du moment où je savais où elle était, je pouvais aussi bien lui parler, explique-t-elle en se laissant tomber dans les coussins, caressant Thermidor.

– Parler à qui ? questionne Stone, exaspéré.

Katiouchka regarde Stone l'air ahuri.

– La fille de la photo, voilà qui, dit-elle comme si c'était parfaitement évident. La nommée Lina, voilà qui. (Elle jette la photo sur les coussins.) Elle est bien polonaise. Parle même avec un accent. Son père est un gros bonnet dans les services de renseignements de l'armée polonaise. Lina est une professionnelle. Tu le savais déjà, non ? Elle ne se débrouille pas mal du tout, avec ça, à en juger par ce qu'elle a au soleil – trois pièces en grande banlieue, une Mercedes, une datcha.

– Et sa technique, elle est comment ? demande Stone d'un ton sarcastique (mais Katiouchka prend la question au pied de la lettre).

– Elle est bien, mais pas super, déclare-t-elle avec beaucoup de sérieux. Elle n'est pas spontanée, pas inventive. Juste compétente. Elle a tendance à trop faire confiance aux accessoires. Tout ce dont on a besoin pour faire l'amour, ajoute-t-elle d'un ton taquin, c'est ce avec quoi on est arrivé dans la vie : deux mains, une langue…

Ça n'amuse pas Stone.

– Comment as-tu fait pour en découvrir si long sur elle ?

La question semble étonner Katiouchka.

– Comment ? Mais en faisant l'amour avec elle. Comment peut-on découvrir des choses sur quelqu'un, sinon ?

Ils se disputent pendant tout le dîner et la plus grande partie de la soirée, et Katiouchka, au bord des larmes, s'en va dormir sur une couchette dans la chambre de Staline-du-matin. Stone attend pendant un moment convenable, puis longe le couloir sur la pointe de ses pieds nus, ouvre la porte de Staline-du-matin et les découvre tous les trois, Staline-du-matin, Ilyador et Katiouchka, dormant dans les bras les uns des autres.

C'est seulement après quatre heures de vol en direction d'Alma-Ata qu'il vient à l'esprit de Stone que ce qui s'est produit était une querelle d'amoureux. Stone contemple par la vitre ovale les vastes étendues de terres labourées jusqu'à l'horizon – les terres vierges de Khrouchtchev, avec d'infinies rangées d'arbres pour couper les vents qui menacent de changer la région en un énorme tas de poussière. « Je suis jaloux, se dit Stone, je suis bel et bien jaloux. »

Le lac Baïkal scintille sous le bout de l'aile gauche. Quand l'avion vire, Stone distingue au loin les cimes blanches des montagnes qui s'adossent à la frontière chinoise. À côté de Stone, un général d'artillerie, très gras, narre la bataille de Berlin à une jeune fille en minijupe.

– J'avais dix-neuf ans à l'époque, et j'étais mince comme ton petit doigt, dit-il. On était fous d'excitation, tu devines. Ils se battaient pour chaque maison de chaque rue, et pour chaque pièce de chaque maison. Des enfants, des vieillards, c'est tout ce qui leur restait. Il y avait des cadavres en décomposition pendus à des réverbères avec des pancartes en carton sur la poitrine disant qu'ils avaient été exécutés pour désertion. Désertion ! Il n'y avait nulle part où ils puissent aller s'ils désertaient. Ce qui était dur, c'était de voir les derniers camarades mourir quelques heures avant la fin. Ils s'étaient battus à travers l'Ukraine, à travers la Pologne et la Tchécoslovaquie, à travers l'Oder et à travers l'Allemagne, jusqu'au milieu de l'Allemagne, pour mourir sur les marches du Reichstag. (Le double menton du général vibre d'émotion. Il se tourne vers Stone.) Les jeunes d'aujourd'hui, ils n'ont pas la moindre idée de comment c'était, se plaint-il. Tout leur vient trop facilement. N'est-ce pas, camarade ? – nous semons et ils récoltent.

Stone regarde fixement le général, l'air sérieux.

– Il est dans la nature des choses qu'une génération bâtisse toujours pour la suivante, entonne-t-il. Lénine a illustré la formule lorsqu'il nous a enjoint d'abattre le mur séparant les générations et de devenir, tous, de simples constructeurs du communisme.

La fille en minijupe roule des yeux et retourne à son livre. Le général hoche vigoureusement la tête pour marquer son approbation.

– Assurément, dit-il en se tortillant inconfortablement sous sa ceinture de sécurité. Quel plaisir de rencontrer quelqu'un qui connaît son Lénine. Je suppose que vous êtes membre du Parti ? J'ai également cet honneur. (Il tend la main.) Petrov, Nikolaï. Général de l'artillerie. Actuellement en tournée d'inspection sur notre frontière.

De la façon dont le général Petrov sourit au nez de Stone, il est manifeste qu'il attend en retour la même dose d'informations – et de nouveau l'ombre d'un danger traverse fugitivement le champ de vision de Stone. Il se rappelle les trois quarts d'heure d'attente avant qu'on autorise les passagers à monter dans l'avion pour Alma-Ata. Il se rappelle aussi que c'est le général qui s'est assis à côté de lui, non l'inverse. Cependant, l'idée que l'autre camp (à l'entraînement, les Russes étaient toujours désignés comme « l'autre camp ») l'a repéré, et a ensuite réussi à planter un de ses hommes dans le siège voisin, cette idée est trop tirée par les cheveux pour que Stone l'accepte.

– Je suis… (Stone lui donne un des noms qu'il n'a pas encore utilisés.) Je suis directeur littéraire adjoint pour les livres pour enfants au Combinat central d'édition de Moscou. Je vais à Alma-Ata pour rencontrer des membres de l'Union des écrivains kazakhs.

Le général s'illumine avec bonne humeur.

– On pourrait dire que nous avons quelque chose en commun, vous et moi. J'ai dirigé la publication d'un manuel sur l'observation aérienne d'artillerie. Ce n'est pas si facile que vous le croiriez, parce que le point de vue de l'observateur n'est guère celui de l'artilleur, ce qui revient à dire que la trajectoire qui paraît courte à l'observateur peut être trop longue et trop à droite pour l'artilleur.

Le général en est encore à tâcher d'expliquer les complexités de l'observation d'artillerie lorsque Alma-Ata surgit doucement des montagnes couvertes de neige. Peu après, l'Iliouchine roule devant des rangées de biplans kaki que les fermes collectives utilisent pour la pulvérisation des cultures. L'aéroport, un vieux bâtiment d'avant guerre en ciment, grouille de gens qui entrent ou sortent, Stone ne sait pas au juste. De longues files de Kazakhs, poussant devant eux des valises en carton ou des sacs de toile grossière, dépassent un officier harassé qui jette à peine un coup d'œil aux papiers qu'on lui agite devant la figure. Stone aperçoit le gros général qui s'engouffre dans une limousine militaire. Comme il n'y a pas de taxis en vue, il déplore de ne pas être resté auprès de l'auteur du livre sur l'observation d'artillerie ; le pire qui aurait pu lui arriver, c'est de se faire remplir l'autre oreille avec du jargon technique. Finalement Stone parvient à soudoyer le chauffeur d'une voiture qui appartient au Combinat local du coton, et il pénètre dans la ville par les larges boulevards bordés de pommiers bourgeonnants.

Alma-Ata est moitié une ville, moitié une oasis. Les ombres d'arbres feuillus tombent sur les trottoirs. Des canaux miniatures charrient une eau glacée (venue des neiges qui fondent sur les montagnes proches) à travers les rues, donnant à l'atmosphère la fraîcheur d'un ruisselet rapide. Des vendeurs de rue font leur beurre en proposant des légumes provenant de lopins privés. Stone, soudain affamé, règle son chauffeur, s'offre un déjeuner rapide à une cantine pour ouvriers et un verre de kvas à un éventaire ambulant, puis prend le chemin sinueux qui le rapproche de l'ensemble d'appartements préfabriqués du centre-ville, derrière l'immeuble du Parti. Au bâtiment numéro quatre, il examine les boîtes aux lettres du hall, trouve le nom qu'il cherchait, gravit les marches jusqu'au troisième étage, attend longuement dans la cage d'escalier, par précaution, puis monte encore une volée de marches jusqu'au quatrième et sonne une fois.

Des chaussons glissent sur le sol et viennent vers la porte.

– Laissez la lampe et glissez la facture sous la porte, fait une voix fatiguée.

Stone pousse sous le battant sa carte du KGB, et un instant plus tard la porte s'ouvre et il se trouve face à face avec la femme de Koulakov. Elle est beaucoup plus maigre que Stone l'imaginait, plus maigre et plus dure et plus en colère aussi. Le manque de sommeil a creusé ses yeux. Sa bouche est maussade. Il n'y a rien en elle de doux ni de féminin ni de joli. Elle regarde Stone et lui rend sa carte.

– Je préfère vous parler en présence d'un tiers, annonce-t-elle.

– Je prendrai note de votre préférence dans mon rapport, réplique Stone. Pour l'instant, on ne vous propose pas de choisir.

La femme de Koulakov maîtrise son irritation, recule de mauvais gré pour laisser Stone entrer, indique du menton dans quelle pièce l'entrevue aura lieu.

Stone pénètre dans un combiné chambre-salon plein de meubles modernes plastifiés, un buffet avec des portes en glace, une petite table encore encombrée de la vaisselle sale du petit déjeuner, un téléviseur avec une lentille grossissante fixée dessus pour agrandir l'écran.

– Où est votre commandant de char ? s'enquiert poliment Stone.

– Mon commandant de char, dit la femme de Koulakov, est allé retrouver son char.

– Ça veut dire quoi ? fait Stone.

La femme de Koulakov a un rire sans humour.

– Mon commandant de char a disparu à peu près en même temps qu'Oleg. Je n'ai plus eu de nouvelles de l'un ni de l'autre. (Une pensée lui vient.) Peut-être qu'ils sont passés à l'Ouest ensemble. Peut-être qu'ils partagent un appartement à Washington – les salauds, tous les deux !

Elle se détourne pour lutter contre l'amertume qui monte en elle comme de la sève. Quand elle se retourne, Stone fait un geste en direction d'un siège.

– Puis-je ?

Sans attendre d'y être autorisé, il s'assied. La femme de Koulakov passe ses doigts dans ses cheveux hirsutes, s'appuie au buffet, allume une cigarette sans en offrir à Stone. Elle pose son regard sur lui à travers un nuage de fumée.

– Je veux vous poser des questions, commence Stone, sur divers problèmes de votre vie familiale qui peuvent avoir contribué à causer la défection de votre mari.

Et, patiemment, méticuleusement, il fait parcourir à la femme de Koulakov un trajet douloureusement familier : la liaison saphique de la fille, l'arrestation du fils et son expulsion de Moscou pour usage de stupéfiants, sa propre liaison avec le commandant de char qui s'est terminée peu après qu'elle fut venue vivre avec lui à Alma-Ata.

– J'y ai longuement réfléchi, dit-elle à Stone. Mon opinion est que mon mari n'est pas passé à l'Ouest à cause de l'effondrement de sa vie personnelle. Non. Il est passé à l'Ouest pour régler ses comptes avec moi qui l'avais quitté. Vous autres (sa voix dégoutte de venin), vous m'avez privée de ses droits à la retraite, ses droits médicaux. Même son appartement de Moscou a été saisi. Je ne pourrais pas y retourner si je voulais – je n'ai pas d'endroit où aller. Après vingt ans de mariage… (Sa voix est aiguë à présent et elle est proche de l'hystérie.) Je n'en ai rien tiré. Rien. Pas de fille. Pas de fils. Pas de mari. Pas de maison. Pas d'argent. Rien. Ce n'est pas moi qui suis passée à l'Ouest. Mais c'est moi qui pâtis.

Devant la porte, Stone se retourne pour poser une dernière question :

– Où puis-je trouver votre fils ? Où est Gregori ?

Un nuage de fumée de cigarette les sépare, et Stone a soudain une vision de la femme vivant en enfer. Sa voix est étrangement lointaine quand elle répond.

– Vous avez l'air de connaître toutes les réponses. Si vous voulez parler à Gregori, allez-y, trouvez-le.

Trouver Gregori n'est pas difficile. Comme tous les toxicomanes qu'on a expulsés de Moscou, il est enregistré auprès de la milice locale.

– Signez ici, enjoint à Stone le capitaine de la milice en faisant pivoter le registre et en lui tendant un crayon à bille bon marché.

Stone n'est pas très content d'avoir à signer un reçu en échange des renseignements ; c'est la première trace tangible qu'il laisse de sa présence. Mais une fois que le capitaine – impressionné par quiconque vient de Moscou, sans parler des membres du KGB – lui a passé le bout de papier avec l'adresse de Gregori dessus, il ne peut guère refuser de signer sans éveiller des soupçons.

Il apparaît que Gregori habite de l'autre côté des traces (les traces faites par des camions qui vont et viennent à partir d'une fabrique de ciment en banlieue sur une chaussée dont le mince revêtement a depuis longtemps fait place à la boue et aux herbes folles).

– Attendez-moi, commande Stone au chauffeur de taxi qui a déjà eu droit à un coup d'œil à sa carte du KGB et à un billet de dix roubles.

Stone monte les marches de bois de la maison en ruine et frappe bruyamment à la porte. L'arthritique qui s'occupe de la chaudière à charbon pendant l'hiver en échange d'une chambre gratuite surgit derrière Stone.

– L'est pas là, fait-il posément. Ça fait presque une semaine. (Il crache sur le sol. Stone s'apprête à faire demi-tour quand l'arthritique reprend :) J'ai un passe si vous avez une raison officielle de l'utiliser. (Il sourit largement, découvrant des dents entartrées.)

Stone fournit la raison officielle, et l'homme produit un trousseau de clés, en choisit une, l'insère dans la serrure. La porte s'ouvre avec un déclic. Stone fait signe à l'homme d'attendre dehors, et entre.

Les volets sont verrouillés, et ce qu'il y a de lumière vient de fentes dans le plafond en planches. La pièce est dégoûtante. Des vêtements sont jetés sur des chaises, une commode a été posée sur le flanc à côté du matelas et utilisée comme table. Les restes moisis d'un repas – une boîte de sardines vide, des croûtes de pain – sont dessus. Clouée au mur au-dessus du matelas, ses bords gondolés par le temps, se trouve une photo d'Oleg Koulakov.

Stone a trouvé l'endroit qu'il cherchait.

De la pointe du pied, il entrouvre la porte de la salle de bains, allume la lumière du plafonnier avec le dos de sa main – et trouve Gregori nu, mort depuis longtemps à en juger par son aspect, étendu dans une baignoire sans eau avec des traînées de rouille là où l'émail est usé. Les morceaux brisés d'une seringue gisent sur le sol là où elle est tombée de sa main tendue. Une cravate qui a été attachée autour de son bras et puis dénouée pend à son coude gauche.

– On dirait qu'il est mort ! (L'arthritique est arrivé discrètement et contemple le corps dans la baignoire.)

L'esprit de Stone fonctionne à toute vitesse. La mort de Gregori sera signalée et il ne faudra pas longtemps à la milice locale pour se précipiter sur le registre où figure le nom de l'homme du KGB qui a fait tout le chemin de Moscou pour le voir. Quand ils découvriront qu'ils n'arrivent pas à mettre la main sur l'homme du KGB, des télégrammes seront envoyés à Moscou. Une réponse arrivera, leur demandant de vérifier le nom. Bientôt il apparaîtra à tout le monde – à la milice locale comme aux gens du KGB à Moscou – que quelqu'un s'est fait passer pour un homme du KGB. Tout cela ne devrait pas prendre moins d'une journée ; avec de la chance, ça pourrait prendre deux ou trois jours.

Stone entraîne l'arthritique dans le hall, ferme la porte de l'appartement.

– Vous allez monter la garde ici, lui commande-t-il. Personne ne doit entrer jusqu'à ce que je revienne avec la milice.

L'arthritique redresse ses épaules arrondies.

– Comptez sur moi, camarade, dit-il. J'ai servi pendant la Grande Guerre patriotique.

Et Stone, un œil sur sa montre, commence à mettre autant d'espace qu'il peut entre lui et la maison de bois défraîchie de l'autre côté des traces, à Alma-Ata.

Les paupières du maréchal pendent comme des plis de peau sur ses yeux coléreux. Il frappe d'un doigt boudiné les boutons de son interphone de bureau et aboie des ordres dans le micro d'une voix rocailleuse.

– Pas de photos. Pas de Bulgares. Pas de journalistes. Pas d'anciens combattants. Aucun visiteur d'aucune sorte. Pas de communications téléphoniques. Compris ?

Il sort du tiroir de son bureau ce qui semble être une petite radio portative noire, déploie l'antenne et met l'appareil en marche. Une plainte aiguë à peine audible s'élève de la boîte.

– Voilà pour des micros éventuels, dit le maréchal. (Il se tourne vers son visiteur qui fouille ses poches avec son bras valide, à la recherche d'une cigarette.) Pas de cigarettes, jette-t-il sèchement. Quand il y a trop de fumée, mes yeux se mettent à me piquer. Vous avez dix minutes. À quoi avons-nous affaire ?

– Ce ne sont absolument pas nos amis du KGB là-bas, dit l'officier à un bras. (Sa lèvre supérieure se retrousse en une amorce de rictus amusé tandis qu'il prononce « KGB ».) J'ai une source à l'intérieur du KGB. Bien placée. S'ils étaient en train de remonter la piste, ma source serait au courant.

Le maréchal hoche la tête.

– Voilà au moins une chose dont nous pouvons nous réjouir, grogne-t-il. Mais si ce n'est pas le KGB, qui est-ce ?

L'officier à un bras se tortille dans son fauteuil.

– Mon hypothèse personnelle est que ce sont les Américains, dit-il doucement. Quand il a interrogé l'actrice à Léningrad, il a révélé des détails – comment elle a rencontré Koulakov, par exemple – qu'il ne peut tenir que du transfuge lui-même, après la défection.

– Les Américains ! (Le poing du maréchal s'abat sur le bureau, faisant tressauter tout ce qui s'y trouve.) Vous m'aviez assuré... (Il essaie de maîtriser son irritation ; l'énervement n'est pas bon pour sa tension.) Vous m'aviez assuré que les Américains limiteraient leur attention au transfuge et aux papiers qu'il a emportés.

– C'était une erreur de calcul, admet l'officier à un bras. Nous avons considéré la question sous tous les angles, et conclu que la CIA n'autoriserait jamais une pénétration. Ils ont déjà assez d'affaires gênantes à régler sans se mêler d'une pénétration. (Il secoue la tête.) Je ne comprends pas la logique de l'entreprise...

Le maréchal place sur sa langue une petite pilule et la fait descendre avec une gorgée d'eau minérale. Plus calme à présent, il demande :

– Qu'est-ce qui vous rend si sûr que l'homme qui enquête sur Koulakov est américain ? Même si la CIA est derrière ça, elle aurait plutôt tendance à faire faire ce genre de chose par les Français ou les Allemands...

– Nous avons réussi à placer un de nos spécialistes des langues à côté de lui dans l'avion d'Alma-Ata...

– Il n'est pas devenu soupçonneux, j'espère ?

– Non, non, assure l'officier à un bras. Notre homme s'est présenté comme un expert en artillerie en tournée d'inspection. Il dit que le suspect parle un russe absolument parfait – trop parfait, à la limite. Mais il a eu l'impression – je dois souligner que c'est seulement une impression – que le suspect a pu être élevé parmi la communauté russe blanche en Chine. Quelque chose à voir avec sa façon d'aplatir les « a » quand il prononçait certains mots.

– Comment passons-nous de Chine en Amérique ? demande le maréchal.

– S'il a été élevé dans une famille russophone de Chine, il y a neuf chances sur dix pour qu'il s'agisse de Juifs russes blancs qui ont fui pendant ou après la révolution. Parmi les Russes de Chine, à peu près tous les Juifs ont abouti en Amérique après 1949, et dans les années 50 beaucoup se sont retrouvés dans les organisations antisoviétiques. C'était un mariage naturel. Ils parlaient russe, et ils haïssaient le communisme.

– Cet Américain, en supposant qu'il soit américain comme vous le suggérez... Est-ce que c'était un agent dormant qui fait maintenant surface, ou bien...

L'officier à un bras brosse distraitement des pellicules de son épaule gauche.

– Je soupçonne qu'il est entré pour une mission ponctuelle, explique-t-il. Vous vous rappelez le courrier de Grani *qui a disparu de son hôtel sans laisser de traces ? Changez sa raie de côté, ajoutez une moustache et des lunettes, et le signalement est à peu près celui de notre homme.*

Le maréchal médite tout cela.

– Vous êtes absolument certain qu'il est impossible qu'il s'agisse d'une opération du KGB ?

– Absolument. Je parierais ma réputation là-dessus.

Le maréchal rit doucement.

– Vous pariez davantage que votre réputation, camarade Volkov. (Il réfléchit un instant.) Si c'est un Américain, ça veut dire que les Américains n'ont pas avalé la défection ?

– Pas nécessairement. S'ils n'y avaient pas mordu, ils ne prendraient pas la peine de procéder à une vérification. Il peut y avoir une faction, ou même un seul homme, qui ne l'a pas complètement avalée, et ils remontent la piste, par précaution, pour voir s'ils peuvent découvrir quelque chose indiquant que Koulakov n'est pas un transfuge authentique.

– Et y arriveront-ils ? (Le maréchal jette un coup d'œil à son carnet de rendez-vous, écrit dans la marge une note pour lui-même.) Découvriront-ils quelque-chose ?

– Nous avons bien examiné l'affaire, dit Volkov. Il peut fouiner jusqu'au jugement dernier. Il n'y a rien à découvrir. Il n'y avait qu'un maillon faible : le jeune Gregori. Nous avons fait en sorte qu'il ne parle plus jamais à quiconque.

– Je n'aime quand même pas ça, dit le maréchal. Je n'aime pas l'idée qu'un Américain fasse des fouilles dans notre jardin. Que se passerait-il s'il disparaissait tout simplement ?

– Sauf votre respect, Maréchal, c'est la dernière chose à faire à ce stade.

Le maréchal hoche pensivement la tête.

– Si leur homme disparaît, réfléchit-il à haute voix, cela indiquera à ceux qui, dans les organisations américaines, soupçonnent déjà Koulakov, que leur agent a dû découvrir quelque chose qui confirme leurs soupçons.

– Pire que ça, Maréchal, dit Volkov. Les Américains ne laisseront pas passer sans réagir la disparition d'un agent opérationnel. Ils déclencheront une tempête très discrète mais très efficace dans les milieux du renseignement. Nos amis du KGB seront contactés par les Américains et accusés d'avoir supprimé un agent opérationnel. Le KGB enquêtera, découvrira qu'il n'a rien à voir avec ça, et se tournera vers nous pour réclamer une explication. Ils voudront savoir pourquoi un agent américain qui remontait la piste de Koulakov a disparu. La réponse qui se présentera d'elle-même dans leur petite tête, c'est que Koulakov était en fait bidon ; que l'agent américain a découvert cela. Nous devons nous rappeler, Maréchal, que le KGB pense que Koulakov était un transfuge authentique parce que nous avons remonté sa piste après la défection et leur avons assuré qu'il était authentique. Non, la disparition de l'agent américain ne fera qu'amener le KGB sur le pas de notre porte. La meilleure chose que nous puissions faire est de laisser cet agent opérationnel américain vérifier l'histoire de Koulakov jusqu'à ce qu'il soit convaincu qu'elle est entièrement vraie, et puis de le laisser rentrer tranquillement chez lui et convaincre quiconque a encore des doutes là-bas.

On frappe doucement à la porte et un colonel passe la tête à l'intérieur.

– Je croyais vous avoir dit pas d'interruptions, explose le maréchal. Pas d'interruptions, ça veut dire ne pas frapper à la porte.

– Je vous demande pardon, Maréchal. (Le colonel ne bat pas en retraite.) J'ai un message « urgent à voir par le destinataire seulement » pour le général Volkov

et j'ai pensé qu'il le voudrait. Tout de suite. (Il insiste sur le « tout de suite ».)

Le maréchal approuve d'un mouvement de tête. Le colonel tend la planchette métallique à l'officier à un bras et quitte la pièce. Volkov ôte le cache et parcourt le message. Ses sourcils se froncent. Son regard est sombre lorsqu'il lève les yeux.

– Je dois vous informer que le corps de Gregori, fils de Koulakov, a été découvert par quelqu'un se faisant passer pour un agent du KGB. L'homme qui a découvert le corps a utilisé le nom et le numéro d'identification d'un agent du KGB à la retraite quand il a signé un reçu en échange de l'adresse de Gregori, au quartier général de la milice locale, à Alma-Ata. Le KGB suppose qu'un agent de Grani, *sans doute de nationalité allemande, tentait de retrouver le fils du transfuge pour publier un article sur les mauvais traitements dont sont victimes les proches des transfuges.*

Le maréchal tire de sa poche un mouchoir de soie multicolore et se tamponne le front. Quand il parle enfin, sa voix n'est guère plus qu'un chuchotement rauque.

– Quoi qu'il arrive, on ne doit pas laisser votre Américain tomber entre les mains du KGB.

Volkov comprend que ses dix minutes avec le maréchal commandant les Forces armées soviétiques sont écoulées.

– Ça ne nous laisse pas beaucoup de temps pour manœuvrer, dit-il en se levant.

– Camarade Général Volkov (le maréchal le regarde dans les yeux), vous m'avez personnellement assuré, lorsque nous avons mis cette affaire en branle, que nous opérions dans des conditions qui ne lais-

saient absolument aucune place à l'échec. Si quiconque se met maintenant à avoir des soupçons (le ton du maréchal est égal ; il ne fait que signaler l'évidence), ce sera, bien sûr, sur vous que les soupçons pèseront.

CHAPITRE 9

Appuyée contre le flanc d'un kiosque dans le passage souterrain qui va de la rue Gorki à la place Rouge, Katiouchka se détache encore dans la foule. Elle porte une jupe imprimée qui lui descend aux chevilles et un corsage blanc écru (serré à la taille, à la cosaque, par une ceinture de crin de cheval tressé) à travers lequel ses bouts de sein sont clairement visibles. Et presque tous ceux qui passent regardent. Stone, qui l'observe depuis un autre kiosque plus loin dans le tunnel, la voit jauger un client potentiel qui plante devant elle son corps massif et bombe la poitrine en lui donnant toutes les raisons (à part l'argent) pour lesquelles elle pourrait coucher avec lui. Elle écoute poliment, la tête inclinée de côté, puis dit « non merci » d'une façon qui ne laisse aucune possibilité de discuter. Le héros à la poitrine bombée fait la grimace, lâche un commentaire dépréciateur sur la taille de ses seins et s'en va majestueusement.

Stone a gardé l'œil sur Katiouchka assez longtemps pour être sûr que personne d'autre n'en fait de même. Il s'engage dans le flot de Moscovites et dérive jusqu'à elle. Sans raison apparente, il sent les battements de son cœur se précipiter. Quand il est assez près pour voir ses yeux, ils s'écarquillent avec une joie non dissimulée.

– Tu n'as pas peur de la fin du monde ? demande Stone en désignant une affiche du kiosque, qui dit que les Américains ont assez de têtes nucléaires pour détruire plusieurs fois la population de la planète.

Katiouchka sourit chaleureusement, noue son bras à celui de Stone.

– Le monde finira, dit-elle gaiement, quand les gens qui le peuplent cesseront de faire l'amour. Où étais-tu ? Tu as disparu comme un nuage. J'ai levé la tête et tu n'étais plus là. Pour te dire la vérité, j'ai pensé que je ne te reverrais jamais. (D'une voix étonnamment timide, elle ajoute :) Je suis contente que tu sois revenu.

Stone se met à expliquer qu'il est revenu lui dire au revoir, mais avant qu'il ait pu choisir ses mots, elle déborde de nouvelles :

– Ilyador a parcouru de vieux annuaires téléphoniques dans le sous-sol de la poste et il a trouvé un numéro pour le Juif que tu cherches, Léon Davidov. J'ai appelé, mais Davidov a déménagé depuis plusieurs années.

– Alors c'est fini de ce côté, commente Stone.

– Pas tout à fait, dit Katiouchka. L'homme qui a répondu au téléphone m'a donné le nom d'un vieux Juif qui pourrait savoir où est Davidov.

– Lui as-tu parlé, à lui aussi ?

– J'ai essayé, explique Katiouchka, mais dès qu'il a vu ce que je voulais, il s'est fermé comme une huître. Il a refusé tout contact avec moi. En fait, il a été très insultant. Il m'a accusée d'être malpropre. Je prends au moins deux bains par semaine !

– Viens, dit Stone. Voyons ce que je peux tirer de lui.

Ils coupent à travers une arrière-cour non loin de l'hôtel *Rossiya* et débouchent sur la rue Arkhipova juste au bas de la seule synagogue en activité de Moscou. Dans l'entrée, deux vieux Juifs en chapeaux noirs se chamaillent poliment. Ils cessent de parler comme Stone et la fille entrent, contemplent les seins de Katiouchka, puis se regardent avec de grands yeux et haussent les épaules.

– C'est lui, chuchote Katiouchka en désignant un vieux Juif qui récite des prières à l'arrière de la synagogue presque vide.

Il porte un costume noir qui a vu des jours meilleurs, une kippa noire sur sa tête chauve et un taleth noué sur son front. Stone place son mouchoir sur sa propre tête en guise de kippa et se glisse auprès du vieillard, qui parle, les yeux mi-clos, à Dieu. De nouveau, Stone éprouve la douce nostalgie des choses qu'il se rappelle à peine. Son propre père, et le père de son père, auraient pu s'asseoir sur ce même banc exactement pour parler avec ce même Dieu qu'ils rendaient responsable de tout, et qu'ils continuaient d'honorer.

Lentement, le vieillard se tourne vers Stone, le jauge, n'essaie pas de dissimuler qu'il n'est pas excessivement impressionné par ce qu'il voit.

Stone lui adresse la parole en yiddish.

– Excusez-moi de vous interrompre, dit-il. Je cherche quelqu'un et on m'a dit que vous pouviez m'aider à le trouver.

– Vous cherchez quelqu'un, répète le vieillard avec agressivité, et on vous a dit que je pouvais vous aider à le trouver. Peut-être que oui, peut-être que non. Il a peut-être un nom, l'homme que vous cherchez ?

– J'essaie de trouver Léon Davidov.

Le vieillard examine Stone un long instant, puis siffle tout bas, probablement pour que Dieu n'entende pas :

– Va te faire assassiner !

Un air innocent sur le visage, il se détourne pour reprendre sa conversation avec Dieu.

– C'est très important, insiste Stone. (Trois rangées plus loin, un homme mûr se retourne et jette à l'intrus un regard furieux.) Je ne veux pas lui faire de mal. Je veux seulement lui parler.

Le vieux Juif regarde Stone du coin de son œil injecté de sang.

– Le pourquoi, voilà ce que tu n'as pas expliqué.

Stone jauge son homme en une fraction de seconde.

– Je veux lui dire ce qu'il est advenu de son fils.

Le vieillard marmonne plusieurs fois le mot « fils », se met à trembler. Des larmes emplissent ses yeux.

– Davidov, c'est moi, murmure-t-il. Et alors, où est le bon à rien ? Et alors, quels ennuis a-t-il pour admettre qu'il a un père, après toutes ces années ?

La douleur du vieillard émeut Stone, et il tend malaisément la main pour lui toucher le coude. Davidov s'écarte, contracté, regardant la main qui l'a presque touché comme si elle allait le contaminer.

– Si tu as des choses à me dire, dis-les et laisse-moi un semblant de paix, fait-il.

– J'ai des choses à vous dire. Et j'ai des choses à vous demander.

Davidov secoue la tête d'un air buté.

– Rien du tout, voilà ce que je te dirai, chuchote-t-il

d'un ton dramatique. Les gens comme toi, je ne leur parle pas. (Il se penche vers Stone, les yeux luisants, son souffle aigre sortant en petites bouffées nerveuses ; il a l'air d'un oiseau décharné sur le point de becqueter un ver.) J'étais un stalinien loyal quand tu tétais encore un sein. Je travaillais au ministère de la Défense. Une fois Staline est passé à portée de ma main. J'aurais pu tendre le bras et le toucher, tellement il était près, voilà. C'est la mode de ne plus parler comme ça à présent, mais les vieux vêtements, voilà ce que je trouve confortable à porter. Alors tu veux me donner des nouvelles, fiston, eh bien, raconte. Moi je suis blanc comme neige !

– C'est comme parler à un mur, dit Stone à Katiouchka dans le hall.

– Je te l'avais dit.

– Il est à moitié fou. Il proclame qu'il est un vieux stalinien et qu'il n'a rien à craindre. (Soudain Stone et Katiouchka s'arrêtent net et se regardent.) Pourquoi pas ? demande Stone.

– C'est une idée dingue, dit Katiouchka, mais qu'as-tu à perdre ?

– Tu crois qu'il le fera ?

– Si c'est moi qui demande, lui dit Katiouchka, il le fera.

Staline-du-matin lisse sa moustache du bout de son index.

– J'ai appris le geste en observant l'article authentique, déclare-t-il fièrement. J'étais absolument parfait. Une fois j'ai joué pendant un après-midi avec Svetlana, et elle ne s'est pas doutée que je n'étais pas le vrai bonhomme.

– Peut-être qu'elle s'en est doutée, dit Stone, et qu'elle était contente du changement.

– Pas drôle, fait sèchement Staline-du-matin. Pas drôle du tout.

– Ne soyez pas nerveux, dit Stone d'une voix apaisante. C'est un vieillard. Rien ne peut aller de travers. (Stone fait signe qu'on fasse silence, puis frappe doucement à la porte.)

Après un instant, on entend Davidov derrière la porte fermée.

– Et alors, qui est-ce qui frappe ?

– Léon Issaïevitch Davidov ? demande Staline-du-matin. (Sa voix est profonde et emplie de sa propre importance.)

La porte s'ouvre autant que le permet la chaîne de sûreté. Un œil mouillé contemple le palier mal éclairé. L'œil s'écarquille. On entend un lointain bruit d'étranglement, un demi-sanglot de stupeur. Le vieillard se débat avec le verrou, ouvre la porte, titube et s'appuie au mur en scrutant Staline-du-matin.

– C'est Malechamovitz… c'est l'ange de la mort, chuchote-t-il en reculant devant ses visiteurs ; il se laisse tomber, pris de faiblesse, sur un lit défait dans le coin de la petite pièce obscure.

– Pas d'affolement, enjoint Staline-du-matin à Davidov, de sa voix puissante. Vous n'êtes sur aucune de mes listes. J'ai besoin de votre aide. J'ai besoin de renseignements.

– Mort, vous êtes mort, vagit Davidov, mais Staline-du-matin le fait taire d'un geste, marche jusqu'à lui.

– Touchez, commande-t-il.

Le vieillard fait ce qu'on lui dit. Il tend des doigts tremblants et effleure le dos du poignet de Staline-du-matin. La peau est lissée par la vieillesse et joue facilement sur les os.

– Vous voulez savoir quoi ? fait Davidov d'une voix faible. Vous n'avez qu'à demander.

Stone s'avance derrière Staline-du-matin.

– Pendant la guerre, ton fils Oleg a pris une autre identité ?

– J'avais un ami dans l'armée nommé Koulakov, explique le vieillard en s'adressant à Staline-du-matin. Il est mort en héros. Oleg a payé quelqu'un au bureau d'état civil pour le ficher à la lettre K. (Davidov commence à jouir de l'expérience qu'il fait, de parler à Staline. Ses yeux brillent.) Il entrait à l'académie militaire. Il s'est dit qu'il avait de meilleures chances avec un nom comme Koulakov plutôt que Davidov, si vous me permettez de le dire. (Le vieillard contemple le visage de Staline-du-matin.) Par le plus grand des hasards, vous ne vous souvenez pas de moi ? Dans le hall du ministère de la Défense, une fois, vous êtes passé près de moi. C'était pendant la Grande Guerre patriotique. 1944. 45 au maximum. Je mettais des ampoules neuves sur de vieilles douilles. Vous êtes passé si près que j'aurais pu vous toucher.

Staline-du-matin jette un regard gêné à Stone en quête d'une indication ; Stone hoche la tête et Staline-du-matin se retourne avec amabilité vers Davidov.

– Maintenant que vous m'en parlez… les ampoules électriques me disent quelque chose…

– Une combinaison de travail grise, je portais, dit le vieil homme avec enthousiasme.

– Une combinaison grise, bien sûr, dit Staline-du-matin.

– Où est Oleg ? demande soudain Davidov.

De nouveau Staline-du-matin regarde Stone.

– Oleg est en Amérique, dit Stone.

– En mission ? demande le vieillard.

Staline-du-matin toussote et se racle la gorge, et puis confirme qu'Oleg est, oui, en mission, une importante mission pour le Politburo.

Davidov saute bruyamment à bas du lit.

– Ah, je le savais au plus profond de mon cœur, dit-il à Staline-du-matin. Quand ce brigand manchot de Volkov est sorti de la pièce derrière Oleg…

Stone écarte Staline-du-matin, empoigne le vieillard par les revers.

– Redites ça, fait-il doucement.

Davidov dévisage Stone pour la première fois.

– Je te connais… tu es le Juif qui a un mouchoir au lieu d'une kippa. Est-ce l'un des nôtres ? demande-t-il à Staline-du-matin.

Stone soulève Davidov du sol et le secoue gentiment.

– Redites ce que vous avez dit, commande-t-il.

Très impressionné, le vieillard caquette faiblement.

– J'ai su qu'Oleg partait en mission quand j'ai vu ce brigand à un bras, Volkov, sortir de la pièce derrière lui. Volkov est une grosse légume dans les Renseignements militaires. Il n'y a pas beaucoup de gens qui le sachent. Mais je le sais. Je nettoyais ses toilettes, il y a quinze ans.

Stone relâche son étreinte et Davidov se laisse retomber sur le lit.

– C'est ce que je pensais avoir entendu, dit Stone sans s'adresser à personne en particulier.

Staline-du-matin claque des doigts avec excitation.

– Bien sûr, dit-il à Stone. Maintenant je me rappelle. Volkov. Ah, Volkov était le vrai nom du type qui a fait les enquêtes pour Vychinski dans les années 30. Quel nom utilisait-il ?

Stone sourit largement.

– Gamov. Son nom, c'était Gamov.

– Gamov, oui, dit Staline-du-matin. Le vrai nom de Gamov était Volkov. Je savais que je finirais par le trouver.

– Moi aussi, fait Stone avec exaltation, je savais que je finirais par le trouver.

– Alors vous partez, dit Staline-du-matin d'un ton morose. Je vais vous l'avouer franchement. Je regrette de vous voir partir. Vous êtes un type intéressant. Vous m'avez fait... oublier... pendant quelques jours... Katiouchka aussi, ajoute-t-il, regrettera de vous voir partir.

Ils dépassent le zoo et rentrent dans l'immeuble de Katiouchka. Le gardien de nuit qui mange du fromage sur une page de la *Pravda* étalée sur le comptoir salue Staline-du-matin – un peu raidement, semble-t-il à Stone. Il appelle l'ascenseur.

– Je regrette de partir, dit-il à Staline-du-matin comme l'ascenseur arrive. (Il s'entend le dire, et il sent à quel point c'est profondément vrai ; tout au fond de lui-même il regrette beaucoup de partir.)

Staline-du-matin reste silencieux un moment, perdu dans ses pensées. Puis il soupire et secoue la tête. Les portes de l'ascenseur s'ouvrent et ils longent le couloir peu éclairé en direction de l'appartement.

– Le monde a changé de mon vivant, dit Staline-du-matin. Quand j'étais enfant, j'ai travaillé pour un dentiste. Je pédalais pour actionner sa roulette. Les patients me donnaient des pourboires afin que je pédale aussi vite que je pouvais, pour que la roulette tourne rapidement. À présent… (Il insère sa clé dans la serrure ; la porte s'ouvre avec un déclic.) À présent…

Staline-du-matin n'achève pas sa pensée. Comme il franchit le seuil, des bras puissants le saisissent des deux cotés et le plaquent au mur. Stone, les nerfs à vif, pivote et échappe aux bras qui veulent l'atteindre – mais c'est pour trouver deux malabars qui bloquent le couloir derrière lui. À présent Stone aussi est plaqué au mur et fouillé. Un des hommes pousse un cri d'excitation en palpant les passeports et l'argent dans la doublure de veste de Stone. Celui-ci est poussé, en même temps que Staline-du-matin, à travers l'entrée et dans la chambre de Katiouchka. Katiouchka est debout près de la fenêtre, ses poignets minces menottés devant elle, un léger sourire ironique aux lèvres. Le corps brisé et sans vie d'un chat gît dans un coin, et Stone doit le contempler un long instant avant de se rendre compte que c'est Thermidor.

Ilyador, sans menottes, est assis sur un coussin et geint hystériquement.

– Il fallait que je le fasse, explique-t-il à Katiouchka d'une voix suppliante. Ils ont menacé de m'envoyer dans un de ces asiles. (Entre les mots, il aspire convulsivement.) Ils ont dit… que j'étais schizophrène… que j'avais deux personnalités… que j'étais un travesti… Pour l'amour de Dieu… J'ai été forcé de le faire… j'ai été forcé de le faire…

Au loin, dans un monde plus sain d'esprit, résonne le braiment d'un zèbre en rut.

Ils se relaient auprès de Stone, deux par deux, posant patiemment des questions tandis qu'il est assis sur une chaise de bois à dossier droit, les poignets menottés dans le dos, un projecteur braqué sur sa figure, avec les voix qui arrivent des ténèbres impénétrables alentour.

– Quel est votre vrai nom ?

– Quelle est votre nationalité ?

– Quelle est votre organisation ?

– Convenez seulement que vous êtes un courrier de *Grani* et nous couperons la lumière et vous laisserons dormir.

– Votre nom ?

– Votre nationalité ?

– Votre organisation ?

Stone lutte désespérément pour ne pas perdre certains fils. Il a été arrêté par le KGB, il est au moins sûr de ça ; il a reconnu la prison Lubianka, quartier général du KGB, comme la voiture où ils ont tous trois été fourrés franchissait les portes. Ses interrogateurs ont compris qu'il est étranger ; Stone a aperçu ses passeports bidon et son argent empilés sur le bureau juste avant qu'on braque le projecteur sur sa figure. D'après les questions qu'on lui lance, il comprend qu'ils sont persuadés qu'il est le courrier de *Grani* qui a disparu dix jours auparavant de l'hôtel *Rossiya*, laissant derrière lui un unique exemplaire de *Grani* dans la doublurc dc sa valisc. Cc qui veut dire qu'ils ne savent pas qu'il est américain. Stone entend bien que ça continue.

– Je vous l'ai dit mille fois, dit-il d'une voix fatiguée (sa tête tourbillonne d'épuisement et il doit lutter pour construire des phrases cohérentes). Mon nom est… (Il leur donne l'identité d'un ingénieur dans une lointaine ville de Géorgie, dans l'idée qu'il va leur falloir au moins un jour pour retrouver l'homme qui porte réellement ce nom. Gagne du temps, se répète continuellement Stone. La seule chose qui compte maintenant est de gagner du temps.)

Un des interrogateurs, un homme jeune à en juger par le son de sa voix, rit vicieusement, et l'autre se place derrière Stone et chuchote à son oreille.

– Si vous ne coopérez pas, ça ira mal pour vous. Nous savons que vous travaillez pour les groupes d'émigrés antisoviétiques. Nous savons que vous recherchiez les proches du transfuge Koulakov pour écrire un article sur les souffrances qui leur sont infligées.

– On vous inculpera du meurtre du jeune Gregori, ricane le plus jeune.

– Sauvez votre peau, fait celui qui est derrière, d'un ton cajoleur.

– Quel est votre nom ?

– Quelle est votre nationalité ?

– Quelle est votre organisation mère ?

Quelque part dans l'immeuble, une femme hurle ; Stone se convainc que c'est Katiouchka, et il force sur ses menottes jusqu'à ce qu'elles coupent la chair de ses poignets.

– Vous faites erreur, dit-il faiblement. Vous faites une terrible erreur.

– Il n'y a pas d'espoir pour vous, chuchote l'homme qui est derrière Stone. Pensez à vous. Quel est votre nom ? Donnez-nous seulement votre vrai nom et on vous autorisera à dormir.

Hébété, sa tête pendant sur sa poitrine, Stone est à moitié traîné le long d'un couloir sans fin, en bas d'un escalier étroit qui descend sur les arrières des locaux, et jusqu'à un fourgon qui attend. Katiouchka et Staline-du-matin sont déjà à l'intérieur. Ils tendent les mains et l'aident à monter. La porte de métal claque, est verrouillée de l'extérieur, et le fourgon démarre avec une secousse.

– Est-ce que ça va ? demande Stone à Katiouchka. J'ai cru t'entendre hurler.

– Ils ne nous ont pas interrogés, explique-t-elle. Ils ont dit que nous serions inculpés d'avoir donné asile à un agent envoyé par un des groupes d'exilés antisoviétiques. Ils ont dit qu'ils reviendraient s'occuper de nous quand ils en auraient fini avec toi. Puis d'autres sont arrivés et nous ont fait filer à toute vitesse dans l'escalier et jusqu'au fourgon. Puis tu es arrivé. Où nous emmènent-ils ?

À sa voix, Stone se rend compte qu'elle est très effrayée, bien qu'elle essaie de toutes ses forces de ne pas le montrer.

– Il y a combien de temps qu'ils nous ont arrêtés ? demande-t-il.

– Quarante heures, lui dit Staline-du-matin. Ils nous ont donné deux repas – un petit déjeuner, un déjeuner. (Il fait la grimace.) Mon visage les rendait très nerveux. Vous auriez dû voir les têtes se retourner sur mon passage, dans le hall. Est-ce que je ne les ai pas rendus nerveux, Katiouchka ?

– Ils ont cru que tu étais un fantôme venu les hanter, approuve Katiouchka. (Et à Stone, elle dit avec douceur :) Es-tu réellement un agent antisoviétique ?

Il n'y a pas de réponse. La tête pendant sur sa poitrine, Stone a sombré dans un sommeil profond.

Stone revient lentement à la surface. La première chose qu'il voit lorsqu'il réussit enfin à ouvrir un œil, ce sont les pattes d'épaule du jeune officier de l'armée qui est debout à côté du lit. Le lit ! Stone se redresse d'un coup, cligne plusieurs fois des yeux, jette un regard alentour. La petite pièce est propre comme un sou neuf. La couche où il est étendu est de style militaire, avec des couvertures kaki et une cantine à côté qui sert de table de nuit.

– Vous pouvez vous raser si vous le désirez, dit l'officier de l'armée. Vous trouverez un rasoir électrique dans la salle de bains. Après quoi vous êtes invité à prendre le petit déjeuner avec l'officier responsable.

Le jeune officier regarde d'un air détaché Stone qui se lève et trotte pieds nus jusqu'à la fenêtre. Il n'y a pas de barreaux. Stone observe le complexe de bâtiments, qui est baigné de soleil. Il y a plusieurs petites constructions en bois. De la fumée monte des cheminées. Au centre du complexe se trouve une bâtisse à un étage en ciment avec une forêt d'antennes sur le toit. On distingue deux ou trois soldats qui circulent dans le complexe. Stone, intrigué, se retourne vers le jeune officier.

– Où sont les autres ? Où sont Katiouchka et Staline-du-matin ?

Mais l'officier se contente de répéter :

– Vous êtes invité à prendre le petit déjeuner avec l'officier responsable.

Stone prend une douche et se rase, trouve ses vêtements (nettoyés et repassés) sur un cintre dans la penderie et s'habille. Le jeune officier fait un signe de tête et mène Stone hors du bâtiment et à travers le complexe, en direction du bâtiment en ciment à un étage qui a des antennes sur le toit. À l'intérieur, l'officier indique l'escalier.

– À l'étage, première porte à droite.

Stone hésite devant la porte, se demande s'il n'a pas d'autres possibilités, décide qu'il n'en a pas et entre sans frapper. L'officier qui prend son petit déjeuner à une petite table devant la fenêtre se retourne, se lève poliment, fait signe à Stone, avec son unique bras, de prendre place en face de lui.

L'officier à un bras, qui porte un uniforme de général, l'Ordre de Staline clairement visible sur la vareuse, sert une tasse de café à Stone.

– Ainsi vous êtes le fameux Stone dont nous avons tellement entendu parler. Du sucre ? De la crème ?

Il pousse les deux tasses à travers la table et Stone remarque ses doigts, longs, minces, gracieux, des doigts de femme sur une main d'homme.

Stone réfléchit précipitamment, tâchant de comprendre comment l'officier à un bras a appris qui il est.

– Mon nom est… (De nouveau il donne l'identité russe qu'il a donnée au KGB.)

L'officier à un bras lui adresse un sourire.

– Il est un peu tard pour nous mettre à jouer à des petits jeux, dit-il. Nous vous avons identifié grâce à l'empreinte de votre pouce gauche, comme étant le Stone, prénom inconnu, qui est à la tête d'un petit groupe travaillant exclusivement pour le président de l'Interarmes et doté du nom relativement innocent quoique poétique de Topologie. Curieux choix, ce nom : Topologie – l'étude des surfaces ! Au vrai, nous avons suivi votre carrière avec intérêt depuis le jour où vous avez conçu ce très original gambit, au début des années 60, consistant à nous observer pour voir si nous mobilisions en vue d'une guerre. C'est vers ce temps-là que nous avons fait l'achat d'une enveloppe portant l'empreinte de votre pouce – vous me pardonnerez si je ne vous donne pas l'identité du vendeur – pour la coquette somme, d'après mes souvenirs, de trois mille dollars américains. Jusqu'à hier, nous ne savions pas du tout à quoi vous ressembliez. Il vous intéressera de savoir que votre grande idée d'observer chez nous des signes de mobilisation n'a pas tout à fait marché comme vous le pensiez. Au lieu de nous demander : « Qu'est-ce que les Américains ont mis en place qui causerait notre mobilisation si nous le savions », nous nous sommes posé, de manière un peu plus intelligente, la question : « Pourquoi les Américains veulent-ils que nous *croyions* qu'ils nous observent en cherchant des signes de mobilisation ? » La réponse était relativement facile une fois qu'on avait posé la bonne question. Vous vouliez que nous croyions que vous mettiez en place des systèmes d'armement que vous ne mettiez pas en place. Pour faire face à des systèmes d'armement dont vous croyiez que nous les avions *déjà* mis en place. Et vous croyiez que nous les avions mis en place parce que nous voulions vous faire croire que c'était le cas. Eh bien (Le général se sert de sa main valide pour balayer le passé) de l'eau a coulé sous les ponts, depuis lors. Avez-vous la même expression en anglais ? De l'eau sous les ponts.

La question paraît innocente, mais Stone comprend que le général est en train de lui demander s'il est prêt à cesser de prétendre qu'il est russe. Et Stone est prêt ; quelque chose, il ne sait pas quoi, se trame. Il a été arrêté par le KGB, mais se retrouve à présent en train de prendre tranquillement son petit déjeuner en face de nul autre que le camarade Volkov, le chef des

Renseignements militaires, qui se trouve comme par hasard être l'officier de service Gamov qui a envoyé Koulakov en direction de l'Amérique.

– Oui, dit simplement Stone, en conséquence. Oui, général Volkov, nous avons la même expression en anglais.

– Ah, soupire Volkov, voilà ce que j'appelle progresser. Bravo, monsieur Stone. Oui, vraiment, bravo. Je suppose que vous avez reconstitué le puzzle Gamov-Volkov après avoir parlé au vieillard Davidov. Celui que vous appelez Staline-du-matin nous a tout dit là-dessus pendant que vous dormiez. C'est curieux, n'est-ce pas, comme on prépare une opération dans ses moindres détails, et puis quelque chose d'imprévu vous flanque par terre.

– Combien de temps avez-vous travaillé l'opération Koulakov ? demande Stone sur le ton de la conversation.

À présent c'est au tour de Volkov de sourire devant l'innocence de la question.

– Nous avons conçu l'idée générale de la chose il y a environ deux ans. Ça nous a pris un moment pour trouver l'homme adéquat, et puis pour mettre en place les diverses équipes qui s'occuperaient de sa fille, de son fils et de sa femme. De professionnel à professionnel, toute l'opération a été incroyablement compliquée. La chose a failli capoter quand le procureur militaire, de sa propre initiative, a décidé de faire passer Koulakov au détecteur de mensonge. S'il avait passé le test avec succès, toute l'affaire aurait été mise au panier. Heureusement pour nous, Koulakov mentait au sujet de son père, quoique ce ne fût pas le mensonge dont nous l'accusions. Mais peu importe. Un mensonge en valait un autre.

– C’était une opération spectaculaire, approuve Stone.

Volkov sourit à ces souvenirs.

– Nous avons même fait arrêter la camionnette de linge sale, à Athènes, en sachant que le transfuge n’était pas dedans. Nous calculions que vous seriez impressionnés par nos efforts pour récupérer la valise diplomatique.

– La défection de Koulakov, dit Stone, est probablement une des grandes opérations de renseignement de notre temps.

Volkov accepte le compliment de bon gré.

– Ce n’était pas une opération de renseignement, dit-il d’un ton mesuré. C’était une opération des renseignements *militaires*.

– Pardon, dit Stone. Opération des renseignements *militaires*. (Et soudain il commence à y voir un peu plus clair.) Bien sûr. Une opération des renseignements *militaires*. Dans laquelle vos homologues civils, le KGB, n’ont joué aucun rôle.

– Nos homologues civils ne savent pas, même à présent, que Koulakov était une opération.

Stone, frémissant jusqu’au bout des doigts, a une demi-longueur d’avance sur Volkov.

– Et à présent vous allez enfreindre toutes les règles et me dire *pourquoi* vous avez organisé la défection de Koulakov.

Volkov hoche la tête.

– Vous êtes très rapide, monsieur Stone. Je vais vous dire pourquoi parce que c’est seulement si je vous le dis que l’opération a encore une chance de réussir.

Et Volkov, parlant à demi-voix, chassant de temps en temps des pellicules sur ses épaulettes, dit à Stone ce que les militaires espéraient gagner par la défection du courrier diplomatique Koulakov.

Stone reste silencieux un long moment après que le général a terminé. Finalement, il secoue la tête avec admiration.

– C'est vraiment incroyable. Tous ces efforts pour nous faire avaler le contenu d'un seul petit bout de papier. Et la seule erreur que vous avez commise a été de jouer vous-même le rôle de l'officier de service.

Volkov fait la moue.

– J'étais curieux de voir le visage de l'homme dont j'avais manipulé la vie…

Stone se rappelle sa propre envie de voir le visage du diplomate russe à Paris.

– Gâché, corrige-t-il à l'adresse de Volkov.

– Gâché. (Volkov admet la correction.)

– Et le père juif de Koulakov, dont vous ignoriez l'existence, s'est trouvé travailler comme concierge dans le bâtiment du ministère et vous a vu sortir derrière lui, dit Stone.

– Il m'a vu sortir, et il savait qui j'étais, approuve Volkov. Et il vous l'a dit. Et c'est pourquoi nous prenons ce petit déjeuner ce matin.

Stone regarde par la fenêtre ; on relève les gardes postés en divers points le long de la clôture électrifiée qui entoure le complexe.

– Qu'est-ce que vous imaginez que je vais faire, à présent ? demande-t-il à Volkov.

– En supposant que vous puissiez quitter le pays et rentrer à Washington, dit le général, que feriez-vous, normalement ?

– Je ferais mon rapport directement à mon chef, le président de l'Interarmes. Je lui dirais que Koulakov était une opération de renseignement – je veux dire, des Renseignements *militaires*. Et il sonnerait l'alerte. (Et Stone ajoute gentiment :) Nous avons la même expression en anglais – sonner l'alerte.

Du bout de ses longs doigts délicats, Volkov tambourine sur le flanc d'un verre.

– Je suis en train d'arranger votre retour à Washington, sous condition que vous ferez précisément ce que vous avez dit que vous feriez – un rapport direct à l'Amiral qui préside l'Interarmes. Personne d'autre. Rien que lui. Et laissez-le décider de ce qu'il faut faire des renseignements que vous lui donnez.

Stone tâtonne encore, indécis.

– Et si j'écris la nouvelle dans le ciel ? (De l'index, il trace un message dans les airs.) Koulakov-est-bidon.

– Nous sauverons ce que nous pourrons, dit Volkov d'un ton égal. Nous affirmerons que c'est une opération de Topologie destinée à provoquer un affrontement. Bien sûr, la fille sera morte… vous comprenez ça, sûrement. Après tout, nous travaillons dans la même branche…

– Nous sommes peut-être dans la même branche, général, déclare Stone avec une passion soudaine, mais nous sommes encore de différents côtés de la barrière.

Volkov jette un coup d'œil à sa montre qu'il porte à l'intérieur du poignet, puis regarde Stone avec un dédain non dissimulé.

– À ce que je comprends, nos deux camps se ressemblent plus ou moins.

– Oh, non, général, ils ne se ressemblent pas. De mon côté, on ne ferait jamais à quelqu'un ce que vous avez fait à Koulakov – gâcher ainsi la vie d'un homme, gâcher la vie des gens qui l'entourent. Voilà la différence de base entre nos systèmes. De mon côté, il y a des limites. Vous les avez franchies. Nous ne le ferions pas.

– Vous êtes complètement dans l'erreur, monsieur Stone, dit Volkov. Il n'y a pas de limites. Pendant la Grande Guerre patriotique, j'ai passé quatorze mois dans un camp de concentration allemand. Une fois nous nous sommes enfermés dans nos baraquements. Les gardes nous ont coupé les vivres pour nous prendre par la faim. Au bout d'un moment, ils se sont impatientés et ont envoyé des chiens. Nous les avons mangés et nous avons jeté les os dehors. Et puis nous nous sommes mangés les uns les autres. (La lèvre supérieure de Volkov esquisse un rictus.) Nous continuons de nous manger les uns les autres.

– Alors tu as ce que tu étais venu chercher, dit Katiouchka. Et maintenant tu rentres chez toi… où que ce soit.

Ils parlent doucement, le soleil de midi jouant sur leur tête, au milieu du complexe. Stone voit le général qui les regarde de la fenêtre de l'étage. Devant la porte principale du complexe, une limousine noire et une Jeep de l'armée attendent, moteur au ralenti. Le jeune officier qui a réveillé Stone ce matin se tient près de la limousine, regardant avec impatience dans la direction de Stone.

– Il faut que je parte maintenant, dit Stone.

– Est-ce que ça ira pour nous… moi, Staline-du-matin ? Est-ce que… on s'occupera de nous ?

Stone regarde Katiouchka dans les yeux.

– On s'occupera de vous. Il n'y a rien à craindre.

Katiouchka lui rend son regard avec ses yeux immenses, et, dans la bouche, le goût de ce qui n'a pas été dit. Puis elle se met en marche avec lui vers la limousine. À la porte, elle pose la main sur le bras de Stone.

– J'aurai de tes nouvelles en ouvrant un livre au hasard. (Ils demeurent immobiles, silencieux, pendant un long, un très long instant.) C'est la tradition, explique-t-elle, d'attendre paisiblement sur le seuil de son foyer avant de partir en voyage.

Stone hoche la tête et se détourne, et puis se retourne pour la regarder une dernière fois. Et il l'entend qui parle très doucement, ses lèvres remuant à peine.

– Tu es venu dans nos vies aussi fortuitement qu'une goutte de pluie. Tout bien considéré, je suis très contente de toi.

Le maréchal se penche en avant et tape sur l'épaule du conducteur.

– Ralentissez. Je ne veux pas arriver là-bas avant d'avoir terminé cette conversation. (Et, à l'adresse de Volkov :) Et nos amis de Lubianka ? Et le KGB ?

D'un œil absent Volkov regarde une femme corpulente qui fait la queue devant un magasin de jouets.

– Ils croient que c'est une opération de Grani, *dit-il. Ils regardent sous les lits à la recherche d'une bande d'émigrés. Et ils regardent discrètement ; ils ne sont pas tellement fiers de s'être fait soulever un courrier* Grani *juste sous leur nez, alors ils ne font pas de campagne publicitaire.*

Le maréchal médite cela.

– Vous êtes certain qu'il ira directement trouver l'Amiral ? Il ne va pas aller voir un parlementaire quelconque, ou la Maison-Blanche ?…

– Il est dans le métier depuis longtemps, affirme Volkov. Il suivra la voie hiérarchique. C'est une lourde décision à prendre, surtout avec la fille et tout ça. Il laissera l'Amiral la prendre.

Le maréchal se tourne vers Volkov.

– Et que fera l'Amiral ? demande-t-il avec amertume.

Volkov évite le regard du maréchal, et tout ce qu'il arrive à dire, c'est :

– Je voudrais bien le savoir.

CHAPITRE 10

L'Amiral donne un coup de poing sur le bouton de son interphone.

– Ne me dérangez que si la guerre est déclarée. (Il réfléchit un instant.) Et pas pour les petites guerres, ajoute-t-il. (Il met en marche la boîte noire avec la petite antenne circulaire, puis pivote pour faire face à Stone et le considère à travers la sombre brume de fumée de havane qui gravite comme un nuage d'orage au-dessus de son énorme bureau.) Très bien, en dix mots ou moins, qu'avez-vous trouvé en regardant sous le rocher ?

– J'avais raison, lui dit Stone. (Il n'y a aucune trace de fatuité dans sa voix.) La défection de Koulakov était une opération montée par les militaires soviétiques. Ils avaient besoin d'un transfuge authentique pour nous refiler des renseignements que nous avalerions. Ils ont donc créé le transfuge. Ils ont drogué son fils, branché sa fille sur les femmes, séduit sa femme, et lui, ils l'ont berné avec une inculpation fabriquée. Ils ont fait tout ça de manière qu'il file quand il en aurait l'occasion, puis ils lui ont fourni l'occasion. Et il a filé. Le pauvre con qui avait tout perdu a filé exactement comme il était censé le faire.

– Où ont-ils commis une erreur ? veut savoir l'Amiral. Où se sont-ils plantés ?

– Volkov lui-même a monté l'opération, explique Stone.

– Le Volkov sans visage qui dirige leur machine des Renseignements militaires ?

– Lui-même. À la fin, il a voulu jeter un coup d'œil à l'homme qu'il avait démoli. Il a donc joué le rôle de l'officier de service. Il a utilisé le pseudonyme Gamov parce que c'est celui que son père utilisait dans les années 30 quand il interrogeait des suspects pour le compte de Staline. Ce que Volkov ne savait pas, c'est que le vrai père de Koulakov travaillait comme concierge au ministère de la Défense. Il était là depuis trente ans. Le père a reconnu Volkov qui sortait du bureau de service à la suite de son fils. Et il me l'a raconté.

L'Amiral écrase son cigare dans un cendrier, en lui imprimant un mouvement tournant, puis vide le cendrier dans la corbeille à papier.

– Des mégots de haine qui s'accumulent, commente-t-il, le front plissé, l'esprit manifestement ailleurs. Très bien, venons-en au fait. Vous avez expliqué comment ils ont procédé. Mais à présent, pourquoi ? Quel est le bout de papier qu'ils voulaient nous faire avaler ?

– Celui, déclare Stone, qui dit : « Tu me dois cent roubles. » (Il jette un regard à la coupure de presse qui dit : « Le fait que la situation est désespérée ne la rend pas plus intéressante », puis regarde de nouveau l'Amiral, qui est en train d'allumer un autre cigare.) Ils comptaient que nous ouvririons le coffre du diplomate de Genève qui a écrit la note. Ils voulaient que nous croyions que tout ce que nous avions à faire, aux négociations sur le désarmement, c'était de tenir bon, et que les Russes céderaient. (Soudain Stone est très fatigué ; son esprit erre. Il songe à Katiouchka qui a défié les conventions morales en jouant les putains, défié la mode avec ses vêtements garçonniers, défié l'hiver avec sa serre.) Ils voulaient nous faire croire ça, Amiral, parce que les militaires savent que les gens du Parti, c'est-à-dire les civils, n'ont aucune intention de faire des concessions. Et les militaires voulaient s'assurer que nous ne ferions pas de concessions non plus. Ils veulent une situation bloquée à Genève. Ils ne veulent pas d'un accord de désarmement. Les choses leur plaisent juste comme elles sont, avec chaque camp qui court après la queue de l'autre.

– Je vous connais depuis longtemps, Stone, fait l'Amiral d'un ton rêveur. C'est la première fois que je vous entends… porter un jugement. Je me rends bien compte que cette affaire n'a pas été facile pour vous. Mmh. Combien de personnes sont au courant de tout ça, de notre côté ?

– Je suis au courant, Amiral. À présent vous aussi. Ça fait deux.

L'Amiral pivote de cent quatre-vingts degrés et contemple la fenêtre. Un crépuscule gris, zébré de bleu, commence à tomber sur la ville comme de la suie. Les silhouettes ont des contours adoucis. La voix de l'Amiral flotte par-dcssus son épaule.

– Comment voyez-vous nos diverses options ?

– Vous pouvez sonner l'alerte et signaler l'opération, dit Stone. Charlie Evans et la CIA auront l'air plutôt ridicules ; ils ont gobé l'histoire de Koulakov, et ils se trompaient complètement. Evans finirait sans doute au chômage, et je ne pense pas qu'il retrouverait un emploi à Washington. À Moscou, la rançon de l'erreur est plus grave. Si nous sonnons correctement l'alerte, Volkov et plusieurs autres seront collés au mur et fusillés pour avoir défié l'autorité du Parti. Le groupe le plus répressif de Russie, le KGB, utilisera l'affaire comme prétexte pour ôter le pouvoir aux militaires, qui constituent l'unique institution d'Union soviétique à pouvoir contrebalancer le Parti. Quoi d'autre ? Le Président sera très content de vous ; il vous invitera à prendre le petit déjeuner dans le Bureau Ovale et vous tapera dans le dos devant les caméras et vous proposera un deuxième mandat comme président de l'Interarmes. Sans aucun doute il autorisera ses négociateurs à Genève à faire les concessions nécessaires, parce qu'il compte sur un accord de désarmement avec les Soviétiques pour des raisons de politique intérieure. Ce sera le gain principal ; en fin de compte nous signerons un accord de désarmement avec les Russes.

– À leurs conditions, remarque l'Amiral. Et si je ne sonne pas l'alerte ? (Il parle très précautionneusement, soupesant les possibilités.) Et si j'oublie toute l'affaire ?

– Volkov compte précisément que vous ferez ça, Amiral.

– Je vous ai demandé d'explorer les options, jette sèchement l'Amiral, pas de porter des jugements.

– Si vous ne sonnez pas l'alerte, dit Stone, nous tiendrons bon à Genève et attendrons des Russes qu'ils fassent les concessions dont Charlie Evans a dit qu'ils les feraient. Les Russes ne feront pas de concessions, et il n'y aura pas d'accord de désarmement.

– S'il n'y a pas d'accord de désarmement (À présent l'Amiral se parle à lui-même.), Charlie Evans aura en tout cas quelques explications à donner. Il devra répondre du fait que les choses n'ont pas tourné comme il a dit qu'elles tourneraient.

– Il peut toujours affirmer que les Russes, sous la pression des militaires, ont simplement changé d'avis, suggère Stone.

D'un air absent, l'Amiral s'empare de sa calculatrice de poche et se met à élever des nombres au carré.

– Il y a des choses qui m'intriguent. Pour commencer, pourquoi est-ce que Volkov ne s'est pas contenté de vous tuer et de flanquer votre cadavre dans un lac sibérien très profond ?

– Volkov a supposé que j'étais entré avec une mission de pénétration formelle, explique Stone. Si j'avais disparu, les gens qui m'ont envoyé auraient sans doute commencé à poser des questions. On ne tue pas les agents, par les temps qui courent ; on les échange. Volkov s'est dit que vous tiendriez le KGB pour responsable de ma disparition. Le KGB aurait su qu'il n'y était pour rien, et il se serait donc mis à se demander ce qu'un agent américain vérifiant les traces de Koulakov avait bien pu trouver qui provoque sa disparition. Toute l'affaire se serait effilochée. Rappelez-vous, Volkov devait tenir secrète la véritable raison de la défection non seulement par rapport à nous, mais aussi par rapport au KGB, c'est-à-dire les civils, qui désirent vivement un accord de désarmement s'ils peuvent l'obtenir à ce qu'ils tiennent pour des conditions raisonnables.

– Mmh. Ça me trouble, fait l'Amiral, qu'ils aient lâché tant de secrets pour nous faire avaler un seul bout de papier.

– Ils ont lâché des petits poissons pour en pêcher un gros, dit Stone. Quand on va au fond des choses, ils n'ont pas lâché *tellement* d'informations, d'ailleurs.

Le viseur de nuit de leur T-62 devait forcément nous tomber entre les mains dès que les Israéliens auraient capturé un des chars égyptiens. Le fait que Moscou a obtenu d'une secrétaire au code le code Alpha Delta de l'OTAN ne changera pas grand-chose. La secrétaire qui le leur a donné est en prison, mais les Russes ont peut-être une douzaine d'autres sources, pour ce qu'on en sait. Et nous faisons rarement passer du matériel prioritaire en code OTAN parce que nous estimons que l'organisation est pleine de fuites. Et puis il y a la défectuosité dans l'entrée des données relatives à la parallaxe à basse altitude dans le système de guidage radar des SAM. À présent, le défaut a probablement été corrigé. Ils pouvaient se permettre de le révéler.

– Et l'homme qu'ils ont mis en place au secrétariat du cabinet égyptien ?

Stone hausse les épaules.

– Ils peuvent avoir voulu le rayer de leurs listes pour une douzaine de raisons. (Une pensée soudaine lui vient.) Il est peut-être même innocent. L'histoire d'argent qui mène à lui peut être un leurre pour nous éloigner de quelqu'un d'autre qui travaille vraiment pour eux au secrétariat du cabinet. Qui sait ? Qu'est-ce que ça nous laisse ? Quelques lettres à propos d'émeutes de la faim ou de la vie sexuelle de quelqu'un. Des listes de pièces détachées pour les MIG égyptiens. Ça nous fait quoi, réellement ?

L'Amiral fixe son regard sur son havane.

– Qu'est-ce qui nous empêcherait de garder sous le coude ce que nous savons et de faire chanter Volkov à un moment quelconque, plus tard ?

– Ça ne marcherait pas, dit Stone, impassible. Le fait que vous n'ayez pas sonné l'alerte quand vous le pouviez, que vous ayez laissé les conversations sur le désarmement n'aboutir à rien, pourrait être utilisé contre vous. Non. Il y aurait blocage.

Les résultats de la calculatrice de l'Amiral commencent à être moins nets.

– Ce sale engin a besoin de piles neuves, marmonne-t-il d'un air distrait. La fille… elle doit être importante pour vous ?

– Elle est importante, oui.

– Si je sonne l'alerte quant à l'opération Volkov, qu'est-ce qui lui arrive ?

– Il se débarrassera des pièces à conviction, dit Stone. Elle est une pièce à conviction.

– Si elle est importante pour vous, veut savoir l'Amiral, pourquoi ne vous êtes-vous pas contenté de revenir déclarer que vous n'aviez rien trouvé qui indique que Koulakov soit un leurre ?

– Nous parlons des négociations sur le désarmement, dit doucement Stone. Nous parlons de la course aux armements qui continue encore et encore. Je ne prends pas de telles décisions. C'est vous qui les prenez.

L'Amiral ricane.

– Vous êtes comme tout le monde, Stone. Vous passez au voisin. Vous voulez que je fasse ce que vous n'avez pas le cran de faire. Vous voulez que j'oublie tout ça pour sauver la fille…

– Vous voyez les choses à l'envers, Amiral. Je veux que vous sonniez l'alerte même si ça tue la fille ! Je ne peux pas le faire, mais vous le pouvez. Vous le devez.

À présent la voix de l'Amiral est dure.

– Je me fous complètement de cette fille. Ce dont je me soucie, c'est de tous les civils, tous les monsieur-je-sais-tout, qui essaient de nous retirer les armes dont nous avons besoin pour garantir la victoire dans la prochaine guerre.

– C'est exactement le point de vue de Volkov, dit Stone avec lassitude. (Et du bout d'un long tunnel, il entend sa propre voix qui vient presque comme un écho :) Le vainqueur, Amiral, appartient aux dépouilles.

Thro n'a pas le cœur à ça, voilà tout.

– Sais-tu que chaque fois qu'il pleut, dit-elle d'un ton vague, il pleut une eau acide, qui pollue les lacs, extermine les poissons, arrête la croissance des forêts, pénètre dans le sol pour attaquer… Stone, tu n'écoutes pas.

– Le monde finira, dit-il tranquillement, quand les gens qui le peuplent cesseront de faire l'amour.

Thro se tourne vers lui de telle manière que leurs corps sont étendus l'un contre l'autre.

– Qu'est-ce qui t'est arrivé là-bas, Stone ? Tu n'es plus le même.

Stone ferme hermétiquement les yeux.

– J'ai la nostalgie des choses que je n'ai pas connues, dit-il. (Il s'efforce de lui expliquer, de s'expliquer à lui-même, aussi.) Toute ma vie j'ai haï la Russie communiste et aimé l'Amérique comme seul un immigrant l'aime. C'était la terre promise, pour moi. Mais trop de promesses ont été rompues. (Il secoue la tête avec perplexité.) Je ne distingue plus face de pile. Les deux côtés de la pièce me semblent pareils.

Au dernier moment, Mozart se rappelle le protocole : les inférieurs entrent les premiers et sortent les derniers. Il insère sa masse à l'arrière de la Buick et se glisse sur la banquette pour faire place à l'Amiral.

– Est-ce que Topologie vous plaît, demande celui-ci, maintenant que c'est votre boutique ?

Mozart jette un coup d'œil gêné au cigare qui dépasse de la bouche de l'Amiral.

– J'ai longtemps attendu ça, Amiral. C'est mon truc.

Le président de l'Interarmes allume le cigare et savoure la première bouffée.

– Stone a dit que ce serait votre truc, quand il vous a recommandé, dit-il.

La Buick est prise dans la circulation qui descend Pennsylvania Avenue, pare-chocs contre pare-chocs. Le conducteur, un caporal de l'armée, se retourne vers l'Amiral.

– Vous voulez que j'utilise la sirène, Amiral ?

– Non, jette sèchement l'Amiral. Un quelconque gros malin du *Washington Post* accuserait l'Interarmes de faire mauvais usage d'une sirène pour se rendre à un cocktail.

– Dommage, pour Genève, dit Mozart. (Et comme il n'obtient pas de réaction de l'Amiral, il ajoute :) C'est drôle comme tout le monde a supposé que l'accord était dans la poche. J'ai entendu dire que Charlie Evans a été sur le gril toute la matinée dans le Bureau Ovale, essayant d'expliquer où la CIA s'est trompée. Il affirme que les pronostics étaient corrects, mais que les Russes ont changé d'avis et n'ont plus voulu d'accord. On dit qu'Evans est sur un siège éjectable, qu'il va se retrouver ambassadeur en Inde dans sa prochaine incarnation.

– Ça ne pouvait pas arriver à un type plus sympa, dit l'Amiral d'un air impassible. (Ils dépassent un groupe d'une cinquantaine de femmes, certaines portant des pancartes où l'on lit : « Désarmement immédiat », qui se dirigent vers la Maison-Blanche pour manifester devant.) Qu'avez-vous pour moi cette semaine ? demande l'Amiral à Mozart.

Mozart extrait de sa serviette une enveloppe de papier kraft.

– Le membre du congrès dont nous avons parlé la semaine dernière, celui qui fait tant de vagues à propos des dépassements financiers du programme de constructions navales, eh bien, il apparaît qu'il a une maîtresse à Georgetown. Nous avons filmé ses entrées et ses sorties, et des talons de billets, la fois où il l'a fait passer pour sa secrétaire pour l'emmener à Londres aux frais de la princesse l'automne dernier.

– Mmh. Je ferai envoyer un des gars de Stone, de la DIA, à son bureau, pour qu'il pose quelques questions sur elle dans le cadre d'une enquête de sécurité, dit l'Amiral. Il comprendra.

– Nous avons le suicide du transfuge Koulakov sur les bras – vous vous rappelez, le courrier qui avait une valise diplomatique pleine de gâteries, poursuit Mozart. Il s'est pendu avec une corde pour faire sécher les photos développées, dans une galerie d'art. Ce qui est drôle, c'est qu'il a laissé un mot adressé à Stone. Quelque chose sur le fait que des trucs comme ça n'arrivent pas dans la vraie vie.

– Des trucs comme quoi ? demande l'Amiral.

– Il n'a pas précisé, répond Mozart. Il a fallu se démener un peu, mais nous nous sommes arrangés pour que l'affaire ne s'ébruite pas dans les journaux. (Mozart lève les yeux.) Il ne faudrait pas faire quoi que ce soit qui risque de décourager les transfuges futurs.

– Certes non, approuve l'Amiral. Avez-vous pu

penser à la question que j'ai soulevée la semaine dernière ?

– J'ai mis dessus une équipe *ad hoc*, et je crois que nous avons trouvé quelque chose, dit Mozart. D'après ce que j'ai compris, l'Interarmes veut construire une nouvelle génération de missiles balistiques intercontinentaux déployés dans de longs silos afin que les Russes ne puissent pas les situer précisément ni les détruire par une attaque préventive.

– Le problème, dit l'Amiral, est de faire voter par le Congrès les trente milliards de financement du projet.

– Je crois que nous avons trouvé un scénario plausible, dit Mozart en jouant avec sa breloque Phi Beta Kappa. À mon avis, nous pouvons tirer l'argent du Congrès si nous pouvons donner des preuves que les Russes mettent au point une nouvelle génération de missiles suffisamment précis pour menacer nos forces existantes de missiles non-mobiles.

L'Amiral ne suit pas.

– Mais les Russes *ne sont pas* en train de mettre au point une nouvelle génération de missiles super-précis.

C'est là que Mozart voulait en venir.

– Mais ils le feront, dit-il triomphalement, si l'on peut arriver à leur faire croire que nous mettons secrètement au point une nouvelle génération de missiles précis au mètre près à dix mille kilomètres de distance !

L'Amiral est très intrigué.

– Et comment pouvons-nous faire croire aux Russkofs que nous mettons secrètement au point un nouveau système de missiles ?

– Tout ce que nous avons à faire, explique Mozart comme si c'était aussi visible que le nez au milieu de la figure, c'est de faire passer à l'Est quelqu'un qui transporterait le renseignement adéquat.

Il paraît désœuvré, à demi convaincu, poli mais distant, vaguement louche avec ses épais cheveux qui tirebouchonnent dans tous les sens. Il regarde d'un air absent par-dessus l'épaule des gens et a tendance à se rendre compte qu'ils ont parlé quand ils s'arrêtent.

– Tu as entendu ce que je disais ? demande Kiick, l'homme aux cheveux clairsemés qui tient la boutique parisienne de Topologie. (Il a chaud et transpire et se tamponne la nuque avec un mouchoir trop grand. Il regarde fixement Stone, puis se rend compte qu'il le fixe et détourne les yeux.)

– Excuse-moi, dit Stone. Je pensais à des serres. (Il consulte sa montre, et puis examine le tableau des départs.) Voilà… Air France 613 pour Istanbul, porte 6.

Ils se mettent en marche le long d'une des ailes d'Orly en direction de la porte de départ. L'esprit de Stone erre – il songe au télégramme de l'avocate qui se fait appeler mademoiselle, lui disant que le juge a rendu un jugement défavorable à son encontre ; à la lettre pleine de protestations défensives qui a suivi, affirmant qu'un scandale quelconque est en passe d'éclater autour de Stone et que le relent de ce qui se passe a sapé l'évolution de son affaire ; à la longue lettre incohérente de Thro avouant (dans une parenthèse décousue) que l'incident de la griffure n'avait pas été accidentel après tout, et annonçant (dans un P.S. brutal) la fin de leur petit univers.

Kiick a du mal à rester à la hauteur de Stone.

– Je n'ai jamais eu l'occasion de te féliciter pour

ton nouveau poste. La DIA est un plus gros morceau que Topologie… Il y a davantage de place pour la créativité si tu vois ce que je veux dire.

– C'est agréable de ne plus avoir Mozart sur le dos, concède Stone.

Kiick a un rire gêné, regarde nerveusement les passagers derrière eux.

– Écoute, Stone, tu m'as fait une fleur, une fois… (Kiick parle vivement, à présent, comme s'il voulait en avoir fini aussitôt que possible.) Et je te la dois.

Stone, médiocrement intéressé, jette un regard à Kiick.

– Voilà ce qu'il y a, dit Kiick. Quelqu'un veut ta peau. Ils sont en train de monter un dossier – ils ont du film, ils ont des bandes magnétiques – sur toi en train de vendre du matériel de l'OTAN à ce Russe au *Grand Véfour*.

Stone s'arrête net.

– Mais tu sais qu'il s'agissait d'une opération.

– J'ai ta parole là-dessus, dit Kiick, et je te crois. (Il s'éponge de nouveau la nuque.) Tu avais une autorisation écrite ?

Ils savent tous deux la réponse ; les autorisations de ce genre sont toujours verbales.

– Tu étais dans le coup, dit Stone qui se remet en marche. Tu peux prouver que c'était une opération – tu peux leur dire ce qu'est devenu l'argent.

– Ils ont trouvé l'argent, Stone, dit Kiick. À Zurich. Sur un compte numéroté qu'on a pu relier à toi.

Dans les haut-parleurs, une voix de femme annonce en français, anglais et turc le départ imminent du vol Air France 613 à destination d'Istanbul. Stone regarde

Kiick sans le voir puis se retourne vers le comptoir pour présenter son billet.

– J'avais presque oublié pourquoi je suis venu, dit Kiick. L'ambassade a appris que tu allais étudier la configuration du terrain à Istanbul. Ils ont demandé, puisque tu vas là-bas, si ça ne te gêne pas d'emporter ça avec toi. (Kiick déverrouille le mince bracelet couleur d'or à son poignet et tend à Stone la valise diplomatique.) Ça leur évite une mission de courrier, si tu vois ce que je veux dire.

Pour Stone, c'est soudain une solution comme une autre. « De mon côté, il y a des limites » – un écho de sa propre voix revient se moquer de lui, le hanter – « Vous les avez franchies. Nous ne le ferions pas. » Fronçant les sourcils comme s'il avait confirmé l'absence d'un grand plan universel, il verrouille le bracelet à son poignet et tourne le dos à Kiick.

DU MÊME AUTEUR

La Boucle
Presses de la Cité, 1973
et « 10/18 », nº 1541

La Défection d'A.J. Lewinter
Presses de la Cité, 1973
et « J'ai lu », nº 8131

Coup de barre
Presses de la Cité, 1974
et « 10/18 », nº 1902

Le Cercle Octobre
Presses de la Cité, 1975
et « 10/18 », nº 1727

Mère Russie
Plon, 1978
et « 10/18 », nº 1728

L'Amateur
Presses de la Cité, 1981
et « J'ai lu », nº 7770

Les Sœurs
Presses de la Cité, 1985

Les Larmes des choses
Julliard, 1989

Un espion d'hier et de demain
Julliard, 1991

Ombres rouges
Denoël, 1992
et Gallimard, « Folio Policiers », nº 143

Le Sphinx de Sibérie
Denoël, 1994
et Gallimard, « Folio », nº 2877

Les Enfants d'Abraham

Denoël, 1996
et Gallimard, « Folio Policiers », n° 157

Conversations avec Shimon Peres

Denoël, 1997
et Gallimard, « Folio Actuels », n° 58

Le Fil rouge

Denoël, 1998
et Gallimard, « Folio Policiers », n° 200

La Compagnie : le grand roman de la CIA

Buchet-Chastel, 2003
et « Points », n° P1227

Légendes : le roman de la dissimulation

Flammarion, 2005
et « J'ai lu », n° 8329

L'Hirondelle avant l'orage

Baker Street, 2009
et « Points », n° P2348

RÉALISATION : IGS-CP À L'ISLE D'ESPAGNAC
IMPRESSION : CPI BRODARD ET TAUPIN À LA FLÈCHE
DÉPÔT LÉGAL : FÉVRIER 2010. N° 101924-2 (58028)
IMPRIMÉ EN FRANCE

Collection Points Policier

DERNIERS TITRES PARUS

P18. L'Héritage empoisonné, *Paul Levine*
P19. Les Égouts de Los Angeles, *Michael Connelly*
P29. Mort en hiver, *L.R. Wright*
P81. Le Maître de Frazé, *Herbert Lieberman*
P103. Cadavres incompatibles, *Paul Levine*
P104. La Rose de fer, *Brigitte Aubert*
P105. La Balade entre les tombes, *Lawrence Block*
P106. La Villa des ombres, *David Laing Dawson*
P107. La Traque, *Herbert Lieberman*
P108. Meurtre à cinq mains, *Jack Hitt*
P142. Trésors sanglants, *Paul Levine*
P155. Pas de sang dans la clairière, *L.R. Wright*
P165. Nécropolis, *Herbert Lieberman*
P181. Red Fox, *Anthony Hyde*
P182. Enquête sous la neige, *Michael Malone*
P226. Une mort en rouge, *Walter Mosley*
P233. Le Tueur et son ombre, *Herbert Lieberman*
P234. La Nuit du solstice, *Herbert Lieberman*
P244. Une enquête philosophique, *Philip Kerr*
P245. Un homme peut en cacher un autre, *Andreu Martín*
P248. Le Prochain sur la liste, *Dan Greenburg*
P259. Minuit passé, *David Laing Dawson*
P266. Sombre Sentier, *Dominique Manotti*
P267. Ténèbres sur Jacksonville, *Brigitte Aubert*
P268. Blackburn, *Bradley Denton*
P269. La Glace noire, *Michael Connelly*
P272. Le Train vert, *Herbert Lieberman*
P282. Le Diable t'attend, *Lawrence Block*
P295. La Jurée, *George Dawes Green*
P321. Tony et Susan, *Austin Wright*
P341. Papillon blanc, *Walter Mosley*
P356. L'Ange traqué, *Robert Crais*
P388. La Fille aux yeux de Botticelli, *Herbert Lieberman*
P389. Tous les hommes morts, *Lawrence Block*
P390. La Blonde en béton, *Michael Connelly*
P393. Félidés, *Akif Pirinçci*
P394. Trois heures du matin à New York, *Herbert Lieberman*
P395. La Maison près du marais, *Herbert Lieberman*
P422. Topkapi, *Eric Ambler*
P430. Les Trafiquants d'armes, *Eric Ambler*
P432. Tuons et créons, c'est l'heure, *Lawrence Block*

P435. L'Héritage Schirmer, *Eric Ambler*
P441. Le Masque de Dimitrios, *Eric Ambler*
P442. La Croisière de l'angoisse, *Eric Ambler*
P468. Casting pour l'enfer, *Robert Crais*
P469. La Saint-Valentin de l'homme des cavernes
George Dawes Green
P483. La Dernière Manche, *Emmett Grogan*
P492. N'envoyez plus de roses, *Eric Ambler*
P513. Montana Avenue, *April Smith*
P514. Mort à la Fenice, *Donna Leon*
P530. Le Détroit de Formose, *Anthony Hyde*
P531. Frontière des ténèbres, *Eric Ambler*
P532. La Mort des bois, *Brigitte Aubert*
P533. Le Blues du libraire, *Lawrence Block*
P534. Le Poète, *Michael Connelly*
P535. La Huitième Case, *Herbert Lieberman*
P536. Bloody Waters, *Carolina Garcia-Aguilera*
P537. Monsieur Tanaka aime les nymphéas
David Ramus
P539. Énergie du désespoir, *Eric Ambler*
P540. Épitaphe pour un espion, *Eric Ambler*
P554. Mercure rouge, *Reggie Nadelson*
P555. Même les scélérats…, *Lawrence Block*
P571. Requiem caraïbe, *Brigitte Aubert*
P572. Mort en terre étrangère, *Donna Leon*
P573. Complot à Genève, *Eric Ambler*
P606. Bloody Shame, *Carolina Garcia-Aguilera*
P618. Un Vénitien anonyme, *Donna Leon*
P626. Pavots brûlants, *Reggie Nadelson*
P627. Dogfish, *Susan Geason*
P636. La Clinique, *Jonathan Kellerman*
P639. Un regrettable accident, *Jean-Paul Nozière*
P640. Nursery Rhyme, *Joseph Bialot*
P644. La Chambre de Barbe-Bleue, *Thierry Gandillot*
P645. L'Épervier de Belsunce, *Robert Deleuse*
P646. Le Cadavre dans la Rolls, *Michael Connelly*
P647. Transfixions, *Brigitte Aubert*
P648. La Spinoza Connection, *Lawrence Block*
P649. Le Cauchemar, *Alexandra Marinina*
P650. Les Crimes de la rue Jacob, *ouvrage collectif*
P651. Bloody Secrets, *Carolina Garcia-Aguilera*
P652. La Femme du dimanche
Carlo Fruttero et Franco Lucentini
P653. Le Jour de l'enfant tueur, *Pierre Pelot*
P669. Le Concierge, *Herbert Lieberman*

P670. Bogart et moi, *Jean-Paul Nozière*
P671. Une affaire pas très catholique, *Roger Martin*
P687 Tir au but, *Jean-Noël Blanc*
P693. Black Betty, *Walter Mosley*
P706. Les Allumettes de la sacristie, *Willy Deweert*
P707. Ô mort, vieux capitaine…, *Joseph Bialot*
P708. Images de chair, *Noël Simsolo*
P717. Un chien de sa chienne, *Roger Martin*
P718. L'Ombre de la louve, *Pierre Pelot*
P727. La Morsure des ténèbres, *Brigitte Aubert*
P734 Entre deux eaux, *Donna Leon*
P742. La Mort pour la mort, *Alexandra Marinina*
P754. Le Prix, *Manuel Vázquez Montalbán*
P755. La Sourde, *Jonathan Kellerman*
P756. Le Sténopé, *Joseph Bialot*
P757. Carnivore Express, *Stéphanie Benson*
P768. Au cœur de la mort, *Laurence Block*
P769. Fatal Tango, *Jean-Paul Nozière*
P770. Meurtres au seuil de l'an 2000
Éric Bouhier, Yves Dauteuille, Maurice Detry, Dominique Gacem, Patrice Verry
P771. Le Tour de France n'aura pas lieu, *Jean-Noël Blanc*
P781. Le Dernier Coyote, *Michael Connelly*
P782. Prédateurs, *Noël Simsolo*
P792. Le Guerrier solitaire, *Henning Mankell*
P793. Ils y passeront tous, *Lawrence Block*
P794. Ceux de la Vierge obscure, *Pierre Mezinski*
P803. La Mante des Grands-Carmes
Robert Deleuse
P819. London Blues, *Anthony Frewin*
P821. Palazzo maudit, *Stéphanie Benson*
P834. Billy Straight, *Jonathan Kellerman*
P835. Créance de sang, *Michael Connelly*
P847 King Suckerman, *George P. Pelecanos*
P849. Pudding mortel, *Margaret Yorke*
P850. Hemoglobine Blues, *Philippe Thirault*
P851. Exterminateurs, *Noël Simsolo*
P859. Péchés mortels, *Donna Leon*
P860. Le Quintette de Buenos Aires
Manuel Vázquez Montalbán
P861. Y'en a marre des blondes, *Lauren Anderson*
P862. Descente d'organes, *Brigitte Aubert*
P875. La Mort des neiges, *Brigitte Aubert*
P876. La lune était noire, *Michael Connelly*
P877. La Cinquième Femme, *Henning Mankell*

P882. Trois Petites Mortes, *Jean-Paul Nozière*
P883. Le Numéro 10, *Joseph Bialot*
P888. Le Bogart de la cambriole, *Lawrence Block*
P892. L'Œil d'Ève, *Karin Fossum*
P898. Meurtres dans l'audiovisuel, *Yan Bernabot, Guy Buffet, Frédéric Karar, Dominique Mitton et Marie-Pierre Nivat-Henocque*
P899. Terminus pour les pitbulls, *Jean-Noël Blanc*
P909. L'Amour du métier, *Lawrence Block*
P910. Biblio-quête, *Stéphanie Benson*
P911. Quai des désespoirs, *Roger Martin*
P926. Sang du ciel, *Marcello Fois*
P927. Meurtres en neige, *Margaret Yorke*
P928. Heureux les imbéciles, *Philippe Thirault*
P949. 1 280 Âmes, *Jean-Bernard Pouy*
P950. Les Péchés des pères, *Lawrence Block*
P963. L'Indispensable Petite Robe noire, *Lauren Henderson*
P964. Vieilles Dames en péril, *Margaret Yorke*
P965. Jeu de main, jeu de vilain, *Michelle Spring*
P971. Les Morts de la Saint-Jean, *Henning Mankell*
P972. Ne zappez pas, c'est l'heure du crime, *Nancy Star*
P976. Éloge de la phobie, *Brigitte Aubert*
P989. L'Envol des anges, *Michael Connelly*
P990. Noblesse oblige, *Donna Leon*
P1001. Suave comme l'éternité, *George P. Pelecanos*
P1003. Le Monstre, *Jonathan Kellerman*
P1004. À la trappe !, *Andrew Klavan*
P1005. Urgence, *Sara Paretsky*
P1016. La Liste noire, *Alexandra Marinina*
P1017. La Longue Nuit du sans-sommeil, *Lawrence Block*
P1029. Speedway, *Philippe Thirault*
P1030. Les Os de Jupiter, *Faye Kellerman*
P1039. Nucléaire chaos, *Stéphanie Benson*
P1040. Bienheureux ceux qui ont soif…, *Anne Holt*
P1042. L'Oiseau des ténèbres, *Michael Connelly*
P1048. Les Lettres mauves, *Lawrence Block*
P1060. Mort d'une héroïne rouge, *Qiu Xiaolong*
P1061. Angle mort, *Sara Paretsky*
P1070. Trompe la mort, *Lawrence Block*
P1071. V'là aut'chose, *Nancy Star*
P1072. Jusqu'au dernier, *Deon Meyer*
P1081. La Muraille invisible, *Henning Mankell*
P1087. L'Homme de ma vie, *Manuel Vázquez Montalbán*
P1088. Wonderland Avenue, *Michael Connelly*
P1089. L'Affaire Paola, *Donna Leon*

P1090. Nous n'irons plus au bal, *Michelle Spring*
P1100. Dr la Mort, *Jonathan Kellerman*
P1101. Tatouage à la fraise, *Lauren Henderson*
P1102. La Frontière, *Patrick Bard*
P1105. Blanc comme neige, *George P. Pelecanos*
P1110. Funérarium, *Brigitte Aubert*
P1111. Requiem pour une ombre, *Andrew Klavan*
P1122. Meurtriers sans visage, *Henning Mankell*
P1123. Taxis noirs, *John McLaren*
P1134. Tous des rats, *Barbara Seranella*
P1135. Des morts à la criée, *Ed Dee*
P1146. Ne te retourne pas !, *Karin Fossum*
P1158. Funky Guns, *George P. Pelecanos*
P1159. Les Soldats de l'aube, *Deon Meyer*
P1162. Visa pour Shanghai, *Qiu Xiaolong*
P1174. Sale temps, *Sara Paretsky*
P1175. L'Ange du Bronx, *Ed Dee*
P1187. Les Chiens de Riga, *Henning Mankell*
P1188. Le Tueur, *Eraldo Baldini*
P1189. Un silence de fer, *Marcello Fois*
P1190. La Filière du jasmin, *Denise Hamilton*
P1197. Destins volés, *Michael Pye*
P1206. Mister Candid, *Jules Hardy*
P1207. Déchaînée, *Lauren Henderson*
P1215. Tombe la pluie, *Andrew Klavan*
P1224. Le Vagabond de Holmby Park, *Herbert Lieberman*
P1225. Des amis haut placés, *Donna Leon*
P1228. Chair et Sang, *Jonathan Kellerman*
P1230. Darling Lilly, *Michael Connelly*
P1239. Je suis mort hier, *Alexandra Marinina*
P1240. Cendrillon, mon amour, *Lawrence Block*
P1242. Berlinale Blitz, *Stéphanie Benson*
P1245. Tout se paye, *George P. Pelecanos*
P1251. Le Rameau brisé, *Jonathan Kellerman*
P1256. Cartel en tête, *John McLaren*
P1271. Lumière morte, *Michael Connelly*
P1291. Le croque-mort a la vie dure, *Tim Cockey*
P1292. Pretty Boy, *Lauren Henderson*
P1306. La Lionne blanche, *Henning Mankell*
P1307. Le Styliste, *Alexandra Marinina*
P1308. Pas d'erreur sur la personne, *Ed Dee*
P1309. Le Casseur, *Walter Mosley*
P1318. L'Attrapeur d'ombres, *Patrick Bard*
P1331. Mortes-eaux, *Donna Leon*
P1332. Déviances mortelles, *Chris Mooney*

P1344. Mon vieux, *Thierry Jonquet*
P1345. Lendemains de terreur, *Lawrence Block*
P1346. Déni de justice, *Andrew Klavan*
P1347. Brûlé, *Leonard Chang*
P1359. Los Angeles River, *Michael Connelly*
P1360. Refus de mémoire, *Sarah Paretsky*
P1361. Petite musique de meurtre, *Laura Lippman*
P1372. L'Affaire du Dahlia noir, *Steve Hodel*
P1373. Premières Armes, *Faye Kellerman*
P1374. Onze jours, *Donald Harstad*
P1375. Le croque-mort préfère la bière, *Tim Cockey*
P1393. Soul Circus, *George P. Pelecanos*
P1394. La Mort au fond du canyon, *C.J. Box*
P1395. Recherchée, *Karin Alvtegen*
P1396. Disparitions à la chaîne, *Ake Smedberg*
P1407. Qu'elle repose en paix, *Jonathan Kellerman*
P1408. Le Croque-mort à tombeau ouvert, *Tim Cockey*
P1409. La Ferme des corps, *Bill Bass*
P1414. L'Âme du chasseur, *Deon Meyer*
P1417. Ne gênez pas le bourreau, *Alexandra Marinina*
P1425. Un saut dans le vide, *Ed Dee*
P1435. L'Enfant à la luge, *Chris Mooney*
P1436. Encres de Chine, *Qiu Xiaolong*
P1437. Enquête de mor(t)alité, *Gene Riehl*
P1451. L'homme qui souriait, *Henning Mankell*
P1452. Une question d'honneur, *Donna Leon*
P1453. Little Scarlet, *Walter Mosley*
P1476. Deuil interdit, *Michael Connelly*
P1493. La Dernière Note, *Jonathan Kellerman*
P1494. La Cité des Jarres, *Arnaldur Indridason*
P1495. Électre à La Havane, *Leonardo Padura*
P1496. Le croque-mort est bon vivant, *Tim Cockey*
P1497. Le Cambrioleur en maraude, *Lawrence Block*
P1539. Avant le gel, *Henning Mankell*
P1540. Code 10, *Donald Harstad*
P1541. Les Nouvelles Enquêtes du juge Ti, vol. 1
Le Château du lac Tchou-An, *Frédéric Lenormand*
P1542. Les Nouvelles Enquêtes du juge Ti, vol. 2
La Nuit des juges, *Frédéric Lenormand*
P1559. Hard Revolution, *George P. Pelecanos*
P1560. La Morsure du lézard, *Kirk Mitchell*
P1561. Winterkill, *C.J. Box*
P1582. Le Sens de l'arnaque, *James Swain*
P1583. L'Automne à Cuba, *Leonardo Padura*
P1597. La Preuve par le sang, *Jonathan Kellerman*

P1598. La Femme en vert, *Arnaldur Indridason*
P1599. Le Che s'est suicidé, *Petros Markaris*
P1600. Les Nouvelles Enquêtes du juge Ti, vol. 3
Le Palais des courtisanes, *Frédéric Lenormand*
P1601. Trahie, *Karin Alvtegen*
P1602. Les Requins de Trieste, *Veit Heinichen*
P1635. La Fille de l'arnaqueur, *Ed Dee*
P1636. En plein vol, *Jan Burke*
P1637. Retour à la Grande Ombre, *Hakan Nesser*
P1660. Milenio, *Manuel Vázquez Montalbán*
P1661. Le Meilleur de nos fils, *Donna Leon*
P1662. Adios Hemingway, *Leonardo Padura*
P1678. Le Retour du professeur de danse, *Henning Mankell*
P1679. Romanzo Criminale, *Giancarlo de Cataldo*
P1680. Ciel de sang, *Steve Hamilton*
P1690. La Défense Lincoln, *Michael Connelly*
P1691. Flic à Bangkok, *Patrick Delachaux*
P1692. L'Empreinte du renard, *Moussa Konaté*
P1693. Les fleurs meurent aussi, *Lawrence Block*
P1703. Le Très Corruptible Mandarin, *Qiu Xiaolong*
P1723. Tibet or not Tibet, *Péma Dordjé*
P1724. La Malédiction des ancêtres, *Kirk Mitchell*
P1761. Chroniques du crime, *Michael Connelly*
P1762. Le croque-mort enfonce le clou, *Tim Cockey*
P1782. Le Club des conspirateurs, *Jonathan Kellerman*
P1783. Sanglants Trophées, *C.J. Box*
P1811. - 30°, *Donald Harstad*
P1821. Funny Money, *James Swain*
P1822. J'ai tué Kennedy ou les mémoires d'un garde du corps
Manuel Vázquez Montalbán
P1823. Assassinat à Prado del Rey et autres histoires sordides
Manuel Vázquez Montalbán
P1830. La Psy, *Jonathan Kellerman*
P1831. La Voix, *Arnaldur Indridason*
P1832. Les Nouvelles Enquêtes du juge Ti, vol. 4
Petits Meurtres entre moines, *Frédéric Lenormand*
P1833. Les Nouvelles Enquêtes du juge Ti, vol. 5
Madame Ti mène l'enquête, *Frédéric Lenormand*
P1834. La Mémoire courte, *Louis-Ferdinand Despreez*
P1835. Les Morts du Karst, *Veit Heinichen*
P1883. Dissimulation de preuves, *Donna Leon*
P1884. Une erreur judiciaire, *Anne Holt*
P1885. Honteuse, *Karin Alvtegen*
P1886. La Mort du privé, *Michael Koryta*
P1907. Drama City, *George P. Pelecanos*

P1913. Saveurs assassines. Les enquêtes de Miss Lalli
Kalpana Swaminathan
P1914. La Quatrième Plaie, *Patrick Bard*
P1935. Echo Park, *Michael Connelly*
P1939. De soie et de sang, *Qiu Xiaolong*
P1940. Les Thermes, *Manuel Vázquez Montalbán*
P1941. Femme qui tombe du ciel, *Kirk Mitchell*
P1942. Passé parfait, *Leonardo Padura*
P1963. Jack l'éventreur démasqué, *Sophie Herfort*
P1964. Chicago banlieue sud, *Sara Paretsky*
P1965. L'Illusion du péché, *Alexandra Marinina*
P1988. Double Homicide, *Faye et Jonathan Kellerman*
P1989. La Couleur du deuil, *Ravi Shankar Etteth*
P1990. Le Mur du silence, *Hakan Nesser*
P2042. 5 octobre, 23 h 33, *Donald Harstad*
P2043. La Griffe du chien, *Don Wislow*
P2044. Les Nouvelles Enquêtes du juge Ti, vol. 6
Mort d'un cuisinier chinois, *Frédéric Lenormand*
P2056. De sang et d'ébène, *Donna Leon*
P2057. Passage du Désir, *Dominique Sylvain*
P2058. L'Absence de l'ogre, *Dominique Sylvain*
P2059. Le Labyrinthe grec, *Manuel Vázquez Montalbán*
P2060. Vents de carême, *Leonardo Padura*
P2061. Cela n'arrive jamais, *Anne Holt*
P2139. La Danseuse de Mao, *Qiu Xiaolong*
P2140. L'Homme délaissé, *C.J. Box*
P2141. Les Jardins de la mort, *George P. Pelecanos*
P2142. Avril rouge, *Santiago Roncagliolo*
P2157. À genoux, *Michael Connelly*
P2158. Baka !, *Dominique Sylvain*
P2169. L'Homme du lac, *Arnaldur Indridason*
P2170. Et que justice soit faite, *Michael Koryta*
P2172. Le Noir qui marche à pied, *Louis-Ferdinand Despreez*
P2181. Mort sur liste d'attente, *Veit Heinichen*
P2189. Les Oiseaux de Bangkok, *Manuel Vázquez Montalbán*
P2215. Fureur assassine, *Jonathan Kellerman*
P2216. Misterioso, *Arne Dahl*
P2229. Brandebourg, *Henry Porter*
P2254. Meurtres en bleu marine, *C.J. Box*
P2255. Le Dresseur d'insectes, *Arni Thorarinsson*
P2256. La Saison des massacres, *Giancarlo de Cataldo*
P2271. Quatre Jours avant Noël, *Donald Harstad*
P2272. Petite Bombe noire, *Christopher Brookmyre*
P2276. Homicide special, *Miles Corwin*
P2277. Mort d'un Chinois à La Havane, *Leonardo Padura*

P2288. Les Nouvelles Enquêtes du juge Ti, vol. 7
L'Art délicat du deuil, *Frédéric Lenormand*
P2290. Lemmer, l'invisible, *Deon Meyer*
P2291. Requiem pour une cité de verre, *Donna Leon*
P2292. La Fille du Samouraï, *Dominique Sylvain*
P2296. Le Livre noir des serial killers, *Stéphane Bourgoin*
P2297. Une tombe accueillante, *Michael Koryta*
P2298. Roldán, ni mort ni vif, *Manuel Vásquez Montalbán*
P2299. Le Petit Frère, *Manuel Vásquez Montalbán*
P2321. La Malédiction du lamentin, *Moussa Konaté*
P2333. Le Transfuge, *Robert Littell*

Collection Points

DERNIERS TITRES PARUS

P2241. Race et Nation, *M. L. King, E. Renan*
P2242. Face à la crise, *B. Obama, F. D. Roosevelt*
P2243. Face à la guerre, *W. Churchill, général de Gaulle*
P2244. La Non-Violence, *Mahatma Gandhi, Dalaï Lama*
P2245. La Peine de mort, *R. Badinter, M. Barrès*
P2246. Avortement et Contraception, *S. Veil, L. Neuwirth*
P2247. Les Casseurs et l'Insécurité
F. Mitterrand et M. Rocard, N. Sarkozy
P2248. La Mère de ma mère, *Vanessa Schneider*
P2249. De la vie dans son art, de l'art dans sa vie
Anny Duperey et Nina Vidrovitch
P2250. Desproges en petits morceaux. Les meilleures citations
Pierre Desproges
P2251. Dexter I, II, III, *Jeff Lindsay*
P2252. God's pocket, *Pete Dexter*
P2253. En effeuillant Baudelaire, *Ken Bruen*
P2254. Meurtres en bleu marine, *C.J. Box*
P2255. Le Dresseur d'insectes, *Arni Thorarinsson*
P2256. La Saison des massacres, *Giancarlo de Cataldo*
P2257. Évitez le divan
Petit guide à l'usage de ceux qui tiennent à leurs symptômes
Philippe Grimbert
P2258. La Chambre de Mariana, *Aharon Appelfeld*
P2259. La Montagne en sucre, *Wallace Stegner*
P2260. Un jour de colère, *Arturo Pérez-Reverte*
P2261. Le Roi transparent, *Rosa Montero*
P2262. Le Syndrome d'Ulysse, *Santiago Gamboa*
P2263. Catholique anonyme, *Thierry Bizot*
P2264. Le Jour et l'Heure, *Guy Bedos*
P2265. Le Parlement des fées
I. L'Orée des bois, *John Crowley*
P2266. Le Parlement des fées
II. L'Art de la mémoire, *John Crowley*
P2267. Best-of Sarko, *Plantu*
P2268. 99 Mots et Expressions à foutre à la poubelle
Jean-Loup Chiflet
P2269. Le Baleinié. Dictionnaire des tracas
Christine Murillo, Jean-Claude Leguay,
Grégoire Œstermann
P2270. Couverture dangereuse, *Philippe Le Roy*
P2271. Quatre Jours avant Noël, *Donald Harstad*

P2272. Petite Bombe noire, *Christopher Brookmyre*
P2273. Journal d'une année noire, *J.M. Coetzee*
P2274. Faites vous-même votre malheur, *Paul Watzlawick*
P2275. Paysans, *Raymond Depardon*
P2276. Homicide special, *Miles Corwin*
P2277. Mort d'un Chinois à La Havane, *Leonardo Padura*
P2278. Le Radeau de pierre, *José Saramago*
P2279. Contre-jour, *Thomas Pynchon*
P2280. Trick Baby, *Iceberg Slim*
P2281. Perdre est une question de méthode, *Santiago Gamboa*
P2282. Le Rocher de Montmartre, *Joanne Harris*
P2283. L'Enfant du Jeudi noir, *Alejandro Jodorowsky*
P2284. Lui, *Patrick Besson*
P2285. Tarabas, *Joseph Roth*
P2286. Le Cycliste de San Cristobal
Antonio Skármeta
P2287. Récit des temps perdus, *Aris Fakinos*
P2288. L'Art délicat du deuil
Les nouvelles enquêtes du juge Ti (vol. 7)
Frédéric Lenormand
P2289. Ceux qu'on aime, *Steve Mosby*
P2290. Lemmer, l'invisible, *Deon Meyer*
P2291. Requiem pour une cité de verre, *Donna Leon*
P2292. La Fille du Samouraï, *Dominique Sylvain*
P2293. Le Bal des débris, *Thierry Jonquet*
P2294. Beltenebros, *Antonio Muñoz Molina*
P2295. Le Bison de la nuit, *Guillermo Arriaga*
P2296. Le Livre noir des serial killers, *Stéphane Bourgoin*
P2297. Une tombe accueillante, *Michael Koryta*
P2298. Roldán, ni mort ni vif, *Manuel Vásquez Montalbán*
P2299. Le Petit Frère, *Manuel Vásquez Montalbán*
P2300. Poussière d'os, *Simon Beckett*
P2301. Le Cerveau de Kennedy, *Henning Mankell*
P2302. Jusque-là… tout allait bien !, *Stéphane Guillon*
P2303. Une parfaite journée parfaite, *Martin Page*
P2304. Corps volatils, *Jakuta Alikavazovic*
P2305. De l'art de prendre la balle au bond
Précis de mécanique gestuelle et spirituelle
Denis Grozdanovitch
P2306. Regarde la vague, *François Emmanuel*
P2307. Des vents contraires, *Olivier Adam*
P2308. Le Septième Voile, *Juan Manuel de Prada*
P2309. Mots d'amour secrets.
100 lettres à décoder pour amants polissons
Jacques Perry-Salkow, Frédéric Schmitter

P2310. Carnets d'un vieil amoureux, *Marcel Mathiot*
P2311. L'Enfer de Matignon, *Raphaëlle Bacqué*
P2312. Un État dans l'État. Le contre-pouvoir maçonnique
Sophie Coignard
P2313. Les Femelles, *Joyce Carol Oates*
P2314. Ce que je suis en réalité demeure inconnu
Virginia Woolf
P2315. Luz ou le temps sauvage, *Elsa Osorio*
P2316. Le Voyage des grands hommes, *François Vallejo*
P2317. Black Bazar, *Alain Mabanckou*
P2318. Les Crapauds-brousse, *Tierno Monénembo*
P2319. L'Anté-peuple, *Sony Labou Tansi*
P2320. Anthologie de Poésie africaine,
Six poètes d'Afrique francophone, *Alain Mabanckou (dir.)*
P2321. La Malédiction du lamentin, *Moussa Konaté*
P2323. L'Histoire d'un mariage, *Andrew Sean Greer*
P2324. Gentlemen, *Klas Östergren*
P2325. La Belle aux oranges, *Jostein Gaarder*
P2326. Bienvenue à Egypt Farm, *Rachel Cusk*
P2327. Plage de Manacorra, 16h30, *Philippe Jaenada*
P2328. La Vie d'un homme inconnu, *Andreï Makine*
P2329. L'Invité, *Hwang Sok-yong*
P2330. Petit Abécédaire de culture générale
40 mots-clés passés au microscope, *Albert Jacquard*
P2331. La Grande Histoire des codes secrets, *Laurent Joffrin*
P2332. La Fin de la folie, *Jorge Volpi*
P2333. Le Transfuge, *Robert Littell*
P2334. J'ai entendu pleurer la forêt, *Françoise Perriot*
P2335. Nos grand-mères savaient
Petit dictionnaire des plantes qui guérissent
Jean Palaiseul
P2336. Journée d'un opritchnik, *Vladimir Sorokine*
P2337. Cette France qu'on oublie d'aimer, *Andreï Makine*
P2338. La Servante insoumise, *Jane Harris*
P2339. Le Vrai Canard, *Karl Laske, Laurent Valdiguié*
P2340. Vie de poète, *Robert Walser*
P2341. Sister Carrie, *Theodore Dreiser*
P2342. Le Fil du rasoir, *William Somerset Maugham*
P2343. Anthologie. Du rouge aux lèvres. Haïjin japonaises.
Haïkus de poétesses japonaises du Moyen Age à nos jours
P2344. Poèmes choisis, *Marceline Desbordes-Valmore*
P2345. « Je souffre trop, je t'aime trop », Passions d'écrivains
sous la direction de Patrick et Olivier Poivre d'Arvor
P2346. « Faut-il brûler ce livre ? », Écrivains en procès
sous la direction de Patrick et Olivier Poivre d'Arvor